Pire que tout

Michel LECOCQ

Pire que tout

Michel LECOCQ

Directrice de collection : Violaine Georgiadis

www.editions-alter-real.com
Illustration : Fleurine Rétoré

ISBN papier : 978-2-37812-404-5
ISBN numérique : 978-2-37812-403-8
Dépôt : septembre 2021

Tout ce nouveau savoir m'inspirait
des sentiments bizarres. L'humain
pouvait-il être si puissant, si magnifique,
et à la fois si mauvais, si vil ?
Se montrer grand, noble, sensible,
mais également plein
d'abjection et de bassesse ? »

Mary Shelley,
Frankenstein ou le Prométhée moderne

Prologue

Vendredi 26 février

La fille se souvient. Le bruit du carillon. Celui de la porte d'entrée. La voix rassurante et grave de Leroy. Le cliquetis des clés que l'on tourne et ce bruit mat soudain et étranger, puis un très court silence, le temps qu'elle se précipite de la salle de bains vers le couloir.

Elle découvre d'abord son ami, inconscient sur le sol dallé. Surprise intense. Peur soudaine. Elle voit ensuite la silhouette. Elle est revêtue de la tête au pied d'une combinaison blanche, de celle que l'on utilise pour se protéger. Pour se cacher. Elle crie, le corps tétanisé. Seulement deux secondes puis le piment OC fait son effet. Il ne lui laisse aucune chance. La piqûre à la base du cou, pas davantage. Elle aussi s'effondre, les jambes inertes.

***

Elle ne peut pas oublier. Comment le pourrait-elle ? Le retour à la réalité, d'abord, et la douleur due aux écarteurs de paupières, ensuite, tandis qu'elle essaye de fermer les yeux pour s'accommoder à la lumière brusquement plus présente.

S'impose alors le spectacle nivéen, comme un brouillard que l'astre chasserait. La chambre immaculée couverte totalement au sol et sur trois murs d'un film plastique. Le lit dont les draps sont encore propres. La présence étrangère et méticuleuse aux déplacements lents de cosmonaute. Le corps nu de Leroy étendu sur le matelas et apparemment, soigneusement ligoté. Elle, sur une chaise, parfaitement immobile, un adhésif sur la bouche et de part et d'autre des yeux. Le dos plaqué au dossier, les jambes collées au bois.

***

La mise en scène s'incruste enfin définitivement dans sa mémoire. L'horreur, bien sûr, embuée par les larmes rouges et diluées. Une évidence ? Oui. L'ombre blafarde reste consciencieuse et méthodique. Presque taciturne. Elle tient un scalpel dans la main droite. La lame, guidée par les doigts chirurgicaux, suit lentement les fines ridules du corps. Le sang coule à chaque coupure et dessine un delta sur la peau avant d'imbiber le matelas.

Le regard de Leroy, fixé par l'effroi et par la succinylcholine – un curare dépolarisant – n'émet pas le moindre bruit. Pas la moindre douleur. Le cœur en tachycardie de la fille attrape, en revanche, cette géhenne subite comme s'il s'agissait d'un injuste châtiment.

Tremblements irrépressibles à chaque mutilation. Rupture de la conscience, une seconde fois.

***

Dernier acte. La gifle forte infligée afin de réveiller la spectatrice. Le retour vers l'enfer. Le spectre ne s'accommode pas de rester seul. Généreux, il veut jouir autant de la souffrance de la femme, orbites révulsées, que de l'incompréhension de Leroy. Il représente le mal. La punition.

Forme floue, il tourne autour d'elle. Se rapproche et sent l'odeur acide de la terreur à travers le masque. Satisfait, il s'écarte et retourne au chevet du condamné. Caresse son corps une dernière fois comme une femme le ferait, les mains bien sûr gantées jusqu'au coude, puis écrit sur le mur avec le sang de la victime, un seul mot. Une explication à la mise à mort. Elle déglutit. Fin proche.

Le monstre, subitement, saisit un couteau de la trousse étalée à même le sol et sans même s'arrêter, continue son geste théâtral. Tranche le sexe de l'homme d'un coup sec, rapide. Magistral. Nouvelle désescalade. Elle hurle du corps, tant qu'elle tombe au sol, puis disparaît dans le noir de l'anesthésie.

***

— Mort ? demande le premier médecin légiste en entrant dans l'immense chambre, parfaitement rangée et aseptisée.

— Oui ! Pas terrible. Quelle merde ! Et la fille ? s'inquiète son collègue.

Détachée de ses liens depuis quelques heures, elle tremble, hagarde et muette, face au spectacle

— Elle vit. Seulement ça. J'ai appelé la psy. On verra !

— Tu crois que...

— Non, non ! Elle n'a pas été violée. Mais c'est bizarre !

— Quoi ? Qu'elle n'ait pas été violée ?

— Non, non. Le truc, là ! Qu'on l'ait trouvée libre. Assise et immobile, presque statufiée, le dos contre le mur. Devant... le cadavre de son mec. L'inscription au-dessus de la tête du lit. Un aveu de vengeance, peut-être ? En tout cas, une explication. Et puis tout ce fatras au milieu de la pièce pourtant javellisée. Le scalpel. Le tranchoir. La bombe lacrymogène. Les seringues. Même les gants... Hum ! Je mets ma main à couper qu'il y a ses empreintes partout.

— Tu ne vas pas me dire que..., s'étonne le deuxième scientifique de la police. Ça serait un peu trop facile, non ?

— Tu sais, si c'est le cas, ce n'est pas la première fois qu'on découvre un truc aussi tordu, lâche, désabusé, le médecin.

PREMIER JOUR
Mercredi 10 mars

1

— Je n'ai pas saisi. Que voulez-vous, finalement, au point de griller votre seul appel de la journée pour me faire venir, moi, Léopold Camaert, sombre détective ?

Je pose mes yeux sur la fille. Prise en charge dans le centre hospitalier spécialisé de Valvert, elle reste sous le coup d'une inculpation pour meurtre aggravé. Autant dire un séjour prolongé à l'asile si d'aventure, son cerveau poursuit sa vacation.

C'est vrai, elle m'a effectivement téléphoné, hier, mardi. J'ai évidemment répondu. Un client ne se refuse pas. Celui-ci aurait pourtant pu passer à la trappe. L'échange verbal ne proposait rien de bien cohérent, mais comme le souligne Briet Arvesen, ma doublure, je me suis engagé dans cette voie, non pas pour l'argent, mais pour l'empathie. J'en ai à revendre, paraît-il. Maintenant, à l'entrée de l'hôpital psychiatrique, je reconnais une erreur. Qui n'en fait pas ?

1

— T'es guèze[1] ou quoi, Camaert ! Je t'ai phoné parce qu'il y a malaise, là. Les keufs, y me bloquent et je suis vénère. Faut que je sorte de là et fissa ! Ça ne peut pas durer.

Derrière le ton péremptoire se cache Absalou Sia Batifèmbé. C'est la seule information que je détenais avec certitude avant de traverser la ville plus malsaine que brillante lorsque le désordre des âmes en détresse s'installe. Le reste, jusqu'à aujourd'hui, je m'en fichais pas mal. De la fille et plus encore de l'histoire dans laquelle elle patauge depuis déjà douze jours. Bref, j'imaginais rien de reluisant, pas même un peu de couleurs pastel sous le couvercle presque hermétique de la pollution.

Comme son nom le souligne, elle ne ressemble en rien à Blanche-Neige. Elle porte une coiffure afro-dreadlock mal entretenue en raison des circonstances, une peau métissée et lisse couleur café au lait, des lèvres rouges tumescentes et de très beaux yeux en amande charbonneux. Quant au corps, on le devine attirant sous les oripeaux trop amples dont elle est accoutrée. Une belle fille que la folie a émancipée.

— Guèze ? Je ne sais pas. Je souris. Bon, soyons précis. Que vous reproche-t-on exactement ?

— D'avoir zingué mon lascar. Putain, n'importe quoi ! Y m'ont jetée presque en gav[2] pour ça et pour rétention d'informations capitales. Mon cul, oui ! Et maintenant, je me retrouve chez les tapés. Sors-moi de là.

— Je suis désolé.

— Quoi ? T'es dez. Mon mec a clamsé et t'es dez ? C'est tout ce que tu trouves à jacter ?

Je soupire. Les policiers n'aiment pas que l'on interfère dans leurs affaires. Ex-flic, je suis bien placé pour le savoir. Je comprends

1 Guèze : nul, abruti

2 Gav : garde à vue

donc ses récriminations à l'emporte-pièce. J'imagine également volontiers qu'elle doit discerner sans cesse le visage de son ami derrière le fard à paupières lézardé, au fur et à mesure que s'installent l'inaction et l'incertitude. Mais il faut se rendre à l'évidence, la vie est parfois injuste.

— Votre ami s'appelait Leroy Bouathong, c'est ça ? Le boxeur ?

— Oui. La classe XXL ! lance-t-elle fièrement.

Je hoche la tête. Si elle veut. Je n'ai jamais été fan de boxe. Je trouve le spectacle des muqueuses fendues et éclatées malvenu alors que le monde bascule sans cesse dans la violence.

— Vous auriez pu tout me dire au téléphone et je n'aurais pas pris la peine de me taper les bouchons. Je ne fais pas dans les meurtres, surtout lorsqu'il y a une enquête en cours. Mais de toute façon, je ne fais plus dans les meurtres. Par principe et par prudence.

Je répète sciemment l'avant-dernière phrase autant pour elle que pour moi. La pauvre femme est sincère. Il ne s'agit pas que d'une impression et j'en ai vu pas mal passer, des menteuses aux mains sales. De ce que je connais du dossier compilé en vitesse avant ma venue, je la devine hantée par ce qu'elle a sauvegardé dans son subconscient : la scénographie et le fantôme, avec en point de mire, un regard de souffrance immense et d'innocence étonnamment intense dans le silence crépusculaire. Mais voilà, elle n'a rien trouvé de mieux que de m'appeler, croyant possible un miracle. La main de Dieu n'existe pas.

— Ça me fait caguer. Les flics sont nuls. Tu peux pas me lourder comme ça. Putain, non ! T'es venu, merde.

— Écoutez. Insulte ou pas, je ne poserai personnellement pas un œil sur votre problème. C'est clair. Je peux toujours voir les enquêteurs en charge de l'affaire et leur dire le fond de ma pensée, mais je ne suis pas votre avocat. OK. Voyez ça avec lui.

— Allez vous faire foutre ! Mon avocat est une daube. Chuis marron, quoi. Et bon pour la calèche[3].

La fille au verbe haut se lève brutalement, une panthère en *sportwear* taille large, et me lance à la figure, de colère, un bout de carton qu'elle tournait en tous sens dans sa main depuis le début de la conversation. Ma carte de visite écornée tombe au bord d'une flaque d'eau. Surpris, je la ramasse avant qu'elle se noie. Au dos est inscrit un nom : Deboschères.

— Qui vous a donné cette carte ?

— C'est Leroy qui l'avait. Ça vous tape le cervelet, maintenant, hein ? récrimine la femme, les poings nerveux posés le long de son corps enlaidi par la raideur atrabilaire.

— Je ne comprends pas ? Il avait besoin de mes services ?

— Oui, non, peut-être ? Qu'est-ce que j'en sais, moi ? C'était une paillasse à la fin.

— Vous auriez pu commencer par là. On aurait gagné du temps. Pensez-vous qu'il avait des ennemis ou des problèmes particuliers avec la police, notamment ? Je ne sais pas ? Avec des truands pour des raisons que l'on ignore ?

— Non. Il était clean. Malade, mais clean. Enfin, autant qu'on peut l'être.

Je lève les yeux au ciel. Eh oui, l'innocence ne se mesure qu'à travers un regard extérieur et même si la culpabilité n'est jamais vraiment démontrée, les types qui franchissent la porte de la maison *Camaert et compagnie* se retrouvent souvent habillés aux frais de la princesse. Toujours se pointe à l'horizon une escarbille encore chaude ou un petit ardillon teigneux que l'on finit par ne plus pouvoir retirer. Leroy Bouathong, aussi honnête fût-il, devait forcément posséder quelques valises encombrantes auxquelles il tenait plus que tout.

---

3 Calèche : prison

— OK. Je vais vous embêter. Croyez-vous que vous êtes capable de me raconter ce qu'il s'est vraiment passé ?

Je m'assois à côté de la femme style rappeuse redevenue plus calme. On est deux vagabonds sur le bord du muret qui longe le parterre abandonné dans lequel rien ne pousse, si ce n'est la poussière, à l'entrée de l'hospice. Au loin, pas grand-chose non plus ne brille. Pas plus les collines environnantes ourlées de nuances hivernales brunes teintées de vert que le soleil, dissimulé derrière une chape d'humidité monotone et triste.

— Quoi ? Ce que j'ai vu ? Vous croyez que chuis mytho ?

— Non, ce n'est pas ce que j'ai dit, mais ce n'est pas vous que je vais aider, c'est monsieur Bouathong. Vous saisissez ?

— Non. Quelle différence ? Il est clamsé.

— Lui, c'est la victime. Vous, vous êtes bien vivante et sous le coup d'une enquête. Témoin et suspecte. Voire coupable. Trop pour moi. D'accord ? Alors, on y va ?

— OK ! Qu'est-ce tu veux que je te dise, alors ? Qu'on était en train de s'enjailler[4]... Qu'il lui a coupé la teub[5]. La teub !

Le verbiage est coloré.

Dans ces moments-là, Mohamed me manque. Le grand Momo demeure d'ailleurs toujours présent et dans mon cœur et dans mon estime, tellement que la plaque gangrenée par les fientes de pigeons fixée à l'entrée de l'agence, rue du Poids de la farine, porte toujours son initiale au milieu des nôtres. *BML investigation.*

Il est temps qu'il revienne de Paris.

Je reprends le fil. Pas le temps pour les regrets. Je m'aperçois qu'elle pleure. Le courage se dérobe. Elle s'allonge un temps, le dos contre la

4 S'enjailler : faire la fête

5 Teub : pénis, verge

terre meuble, mais il en faut davantage pour comprendre combien la Camarde peut être glaciale. Je patiente et en me rapprochant d'elle, je remarque ses paupières tandis qu'elle ferme les yeux. Chacune porte une cicatrice plus ou moins présente. Un éclatement des sens. Une déchirure abrupte de la vision difficile à oublier. Alors, que voulez-vous que je fasse ? Je l'encourage, car ce que j'aime plus que tout, ce sont les confidences. Elles représentent autant d'oreillers sur lesquels je peux reposer mes méninges.

2

Mais tout a une fin ! Briet m'attend depuis un bon moment. Vous savez, la jolie blonde venue du nord. D'ordinaire, elle rentre chez elle vers 18 heures, une fois les dossiers empilés et rangés. Aujourd'hui, elle ne peut pas. Elle n'a aucune envie de se retrouver seule dans les rues sombres de la capitale méditerranéenne puis devant je ne sais quelle émission télévisuelle. Elle pourrait voir ailleurs. Draguer. Elle n'aurait aucun souci pour une aventure, qu'elle soit masculine ou féminine. Au diable les barrières !

C'est la violence aveugle qu'elle ne cautionne pas. Elle réside partout, dans le moindre couteau de cuisine, la plus petite défaillance électrique, l'escalier de trop. La jeune Danoise me ressemble à s'y méprendre lorsqu'elle songe à cela. C'est pour cette raison que le courant est si vite passé entre nous deux, mais j'encaisse probablement mieux. Je sais aussi que l'appel de madame Batifèmbé l'intrigue et l'inquiète, car il renferme bien trop de mystères et d'horreurs sur lesquels elle n'arrive pas à poser son regard sans trembler. Elle a lu les journaux et les rapports glanés en urgence après le coup de fil. Rien ne vient dissiper son angoisse.

Des craquements de vieilles boiseries me précèdent dans le couloir sillonné de veinules de l'immeuble insalubre. Elles lui font abandonner ses pensées tandis que je pénètre dans l'appartement. En me voyant, elle ne peut s'empêcher de me poser la question qui lui taraude l'esprit depuis mon départ.

— Alors ?

— Bah, Briet, tu n'es pas chez toi ? dis-je en abandonnant nonchalamment ma veste sur le dossier d'un des deux fauteuils qui trônent en face du bureau. Une idée de la fille.

Elle s'y connaît en décoration et a toujours de bonnes intuitions. Les gens sont confortablement assis. C'est forcément plus facile de leur avouer la vérité, de leur faire passer le montant des honoraires et de les dominer derrière le meuble de travail lorsque parfois la conversation prend trop d'envolées.

— Non, je... Tu te souviens qu'on doit parler. Et puis, à dire vrai, je ne me sentais pas trop en forme pour rester seule. Et ta visite, alors ?

— Eh bien... En tout cas, si c'est ça qui t'intéresse, la miss est spéciale, mais l'histoire est intrigante. Pas compliquée, mais curieuse. Elle a, de plus, du pognon. Dans la balance, ce n'est pas négligeable. Maintenant, ce n'est pas elle qui m'intéresse, mais davantage la star locale, Leroy Bouathong. Et toi ? Tu as trouvé des informations ?

La fille grimace une espèce d'assentiment discret et pour finir, hausse les épaules.

— Rien de précis. Des bruits de couloirs sans grande importance. Je crois que tu vas devoir te coltiner David sur ce coup-là. Tu n'as pas le choix, à moins que tu la cuisines.

Je fais la moue. Je n'ose imaginer la scène et surtout la crise d'hystérie.

— En fait, pour être franc, on a passé un accord. J'ai appris que le boxeur souhaitait apparemment profiter de mes services juste avant son meurtre. C'est donc, en quelque sorte, une enquête posthume. Pour le moment, je laisse de côté la copine, le temps de soutirer des informations aux flics. Après, je verrai en fonction de la situation. Tu connais un certain Deboschères ?

— Non, mais je peux chercher. Tu tiens l'info de Batifèmbé ?

— Oui et non. Elle possède ma carte de visite et le patronyme est inscrit au dos. Je n'ai pas osé insister lorsque je l'ai découvert. La fille est un peu *space*, si tu vois ce que je veux dire.

Affectant la nonchalance, la jeune femme, subitement ailleurs, ne renchérit pas. Je devine une crispation et saisis la perche qu'elle me tend.

— Bon, Briet, si tu veux qu'on discute, c'est peut-être le moment, là, non ? Qu'en penses-tu ? Tu sais, je devine ce que tu vas me demander.

Mû par l'obligation, j'inspire un bon coup et conclus d'un hochement de tête ma petite introduction. Je sens que l'air va devenir vicié. Les fauteuils sont décidément très confortables. J'en profite. Je m'assois en face de Briet, prêt à recevoir ses doléances déjà émises, du bout des lèvres, de nombreuses fois auparavant. Elle hésite encore, mais l'abcès suppure trop et moi, je l'aiguillonne en vrai père de famille.

— Allez ! Je t'écoute. Vas-y, s'il te plaît.

— Léo, voilà, je veux… J'aimerais me faire plaisir au moins une fois. Tu vois, un travail sain et facile. Juste ça. Et ne me regarde pas avec ton air goguenard du gars qui se la joue cool. Tu vacilles parfois autant que moi. Admets-le.

— Peut-être que ma carapace est simplement plus épaisse.

— Plus cabossée, oui, se moque-t-elle. Bref, tu sais ce que cela implique. Je ne veux pas être de cette enquête. Je comprends que tu aies accepté. Ce n'est pas le souci et c'est normal, mais moi, j'ai vraiment besoin de souffler. Tu sais, voir en permanence la misère humaine collée à l'ordinateur comme s'il s'agissait de vulgaires mouches sur un pare-chocs n'est pas réjouissant. Alors, je veux bien appeler David. Je veux bien poser un visage sur ton type... euh, Deboschères, mais ensuite, je prends le large. Pas longtemps. Juste une semaine au vert. C'est tout ce que je te demande. Et puis, il y a autre chose.

Prise dans l'étau de l'émotion, la jeune femme parle avec des vibratos dans la voix. Je distingue même une perle d'eau brillante couler sur sa joue. Les gens sont différents, mais les émotions restent les mêmes. Surpris, j'en profite pour caresser pudiquement le petit carré de peau sous sa paupière inférieure. Puis, comme pris en défaut, je retire maladroitement ma main. Je dois le reconnaître, j'ai tendance à m'emballer parce qu'en face, des larmes inconnues coulent en abondance. Je m'aperçois ensuite et trop tard que j'aurais mieux fait de refuser, surtout lorsqu'on me pose un revolver sur la tempe. Ça m'est arrivé plus d'une fois depuis quatre ans. Aujourd'hui, j'ai du mal à imaginer l'agence sans Briet.

— Une semaine, waouh ! En l'absence de Momo, pas génial. Et pendant ce temps, que vas-tu faire ? Tu me parles de plaisir. C'est génial, mais...

Briet ne dit mot, les fesses à demi posées sur le coin du bureau. Moi, également silencieux, je scrute le plafond. J'aimerais dévoiler un visage un peu plus joyeux, mais je n'ai pas décidé ce que j'ai vu en 2015. Ce voyage-là au cœur du terrorisme, alors que j'étais flic, m'a modelé d'une façon disproportionnée et définitive. Je me suis fracassé sur l'horreur et pas la moindre aspérité ne se proposait pour que je m'y agrippe. Les gens autour de ma personne auraient dû abandonner toute hypocrisie et faire le nécessaire, mais ils ont baissé les bras. Je n'en suis pas revenu indemne alors que j'aurais pu encore sauver au moins cette façade décrépite de mon existence. J'essaye, depuis cet éclatement de ma personnalité, de faire simplement bonne figure, mais je discerne le mal partout. Je ne peux rien apporter de nouveau à cela. L'explication de son émancipation réside peut-être dans cette simple constatation.

— Eh bien, pour être franche, pas tout à fait. Tu te souviens de cette photo, celle dont tu as perdu l'enveloppe et qu'on a reçue, il y a deux mois ? On s'était disputés à son sujet.

— Ouais. Tu m'étonnes que je m'en souviens. Elle est toujours punaisée sur le tableau.

Ce courrier avait été l'occasion d'âpres discussions entre elle et moi. À l'époque, elle s'était juré de trouver la petite route de campagne bordée d'arbres que propose la drôle de photographie. Puis les affaires se sont empilées et le temps a manqué.

— J'ai donc trois petites requêtes, Léo.

— Mouais, je sens que je vais m'amuser.

Je hoche la tête, plus intéressé qu'étonné.

— Tu connais la première. Tu me tiens à l'écart de cette femme. Batifèmbé. Je ne la sens pas. À mon avis, elle est complètement siphonnée. En plus, elle est sous les feux de la rampe. Pas le meilleur profil pour jouer une partition apaisée.

— Oui, d'accord. La deuxième ?

— La deuxième. J'aimerais que tu m'apprennes à tirer. Y a pas urgence, mais je veux porter une arme à l'avenir, quoi qu'il arrive. Pas comme toi.

— OK, je ne suis pas un cador, mais bon, pourquoi pas. Et la troisième ?

Briet essuie d'un revers de main la dernière larme presque évaporée et soupire.

— Je veux essayer de retrouver la personne qui a pris la photo.

J'éclaircis ma voix afin de ne pas l'encombrer d'une trop grande ironie. Je ne souhaite ni la brusquer ni offrir quoi que ce soit à sa vindicte qui puisse lui faire croire que le risque ne demeure pas incrusté, au pire, dans les charpentes de l'horreur. À quoi bon ? Je l'ignore, après tout.

— OK, ça me va. Autre chose ?

— Ah oui ! Et tu vas m'en vouloir, grimace-t-elle. Déjà hier, je devais te le dire, mais j'ai complètement zappé l'info. Un type bizarre a laissé un message lundi. Tu peux l'écouter, je l'ai sauvegardé. Un certain Samuel Médrano.

DEUXIÈME JOUR
Jeudi 11 mars

3

« Monsieur Samuel Médrano à l'appareil. Oui, je vous appelle pour… J'ai un problème, je… C'est au sujet d'un viol et d'un meurtre. Enfin, c'est compliqué à expliquer au téléphone. Je suis allé voir la police, mais apparemment, ils s'en fichent. Rappelez-moi à ce même numéro, s'il vous plaît ! Comme ça, je pourrai tout vous dire. C'est très important. Je compte sur vous. Merci. »

J'écoute en boucle le message.

Hier, pour me faire pardonner, j'ai offert à Briet le restaurant à deux pas du Vieux-Port. Je m'aperçois que je la comprends finalement un peu et remarque bien qu'elle lâche prise. La preuve, cet oubli qu'elle n'aurait pas réalisé en temps normal. Je suis moi aussi parfois fatigué de discerner, dans la pénombre que mes yeux proposent, les mêmes horreurs clouées au fond de la fovéa. Le poster donne à voir une représentation pathétique. Des gens enlaidis par les tromperies et les accidents, quand il ne s'agit pas de meurtre. N'empêche que je me retrouve seul avec deux affaires sur le bras et pas des moindres.

Monsieur Médrano ne répond pas à mes appels réitérés depuis ce matin neuf heures. Dans l'agence qui l'emploie, une succursale d'assurance, on s'étonne même de son absence depuis mercredi. Briet bute aussi sur une impasse concernant Paul-Édouard Deboschères. Le type exercerait une profession de cinéaste, mais curieusement, chaque lien se brise sur une page d'erreur avec l'impression qu'une casserole se trouve cachée derrière la toile. Je piaffe d'impatience depuis quelques minutes.

— Fait chier ! Tu n'arrives à rien avec Deboschères, alors ?

— À part le prénom. Et le sentiment qu'il y a truc louche derrière tout ça, genre porno ou *revenge porn*. Je ne trouve pas grand-chose. Il faudrait aller dans le *deep web* et *onionland* par l'intermédiaire du *tor browser*. On trouverait alors forcément quelque chose. Ou tu téléphones à David et tu fais le garçon naïf comme tu sais si bien le faire. Tu as le choix, rajoute-t-elle en souriant.

Je secoue la tête. Je n'aime pas ça.

Bon Dieu, mais pourquoi Médrano et Deboschères se sont-ils subitement invités dans mon délire alors que l'agence doit gérer une nouvelle crise interne ? N'empêche que ce n'est pas anodin. Il doit se cacher, derrière tout ce désordre, une raison supérieure à laquelle il va falloir que je réponde en posant mon regard de fouine. Tout ça me donne de l'urticaire.

— Eh bien, tiens. Facile ! Pour moi, c'est du chinois. Tu vas partir et toi seule connais des types capables d'ouvrir la boîte. Bravo !

— Écoute, ce n'est pas comme si je décollais pour Mars. N'exagère quand même pas. Voilà ce que je te propose. On va procéder en deux étapes. Tu te charges d'appeler Buttafoghi maintenant, et moi, de ma planque bucolique, j'essaye de creuser auprès des asticots du web, mais sans conviction. Ça donnera ce que ça donnera. D'accord ?

Elle a raison, mais elle ne le fera sans doute pas. Chacun possède des secrets et les moyens de l'agence ne permettent pas de secouer le tapis. Je dois souvent m'en remettre à mon meilleur indicateur dans la police, le lieutenant David Buttafoghi. C'est encore le cas aujourd'hui, mais rien n'est simple. En l'appelant, je m'apprête à briser le contrat tacite qui me lie à lui depuis cinq ans et le suicide de mon ex-petite amie Mélodie Chastaing.

— OK, on va suivre ton plan, mais tu sais que je n'aime pas ressasser les vieux souvenirs. Surtout avec David.

Eh oui, je connais trop bien la profondeur de mon mal. Chaque jour, je sonde le gouffre qui m'attire vers le bas et en permanence les mêmes mesures s'affichent sur le cadran en surrégime de mon existence depuis les attentats à Paris et la mort de Mélodie. Ces dispositions ne m'encouragent pas à me sentir mieux. Au contraire. J'évite donc de sombrer dans l'asthénie et monte à vélo le col de la Gineste comme un fada, deux fois par semaine, avec l'idée de battre un record et d'user mon corps sainement plus que mon esprit.

Le flic, lui, n'est pas du genre à prendre des gants et se moque de mes états d'âme, d'où parfois quelques crispations. J'en suis là de mes cogitations tandis que je compose le numéro personnel de David sous l'œil amusé de Briet. Les mises en garde ne tardent ensuite pas à colmater mon conduit auditif.

— Non, mon grand. Pas d'information concernant un cadavre. Rien à faire. C'est le deal. Je ne veux pas te voir traîner dans nos pattes, prévient le lieutenant.

— Attends, David. Je te parle de Deboschères, là ! Tu es en train de me dire qu'il est mort ?

La chance, avec cette maladresse, bascule de mon côté. Je trépigne, assis sur l'accoudoir du fauteuil avec l'envie subite de me glisser dans la moindre ouverture, une mimique joviale sur le visage.

— Bon, d'accord. Bien joué, Léo. Que veux-tu savoir au juste ?

— Au début, je souhaitais juste des informations puisque je sais que Bouathong et lui se connaissaient. Maintenant, si tu peux m'en dire un peu plus sur sa mort, ça serait sympa.

— Tu es gonflé quand même. Tu bosses sur qui, finalement ? soupire le lieutenant.

J'y vais au culot.

— Avant sa mort, Leroy Bouathong m'avait embauché pour enquêter sur son entourage. Il se sentait menacé. Je finis simplement le boulot. J'ai découvert qu'il s'était acoquiné avec un mec louche un peu vicieux, Paul-Édouard Deboschères. Je crois ce dernier impliqué dans son meurtre et je dois rendre la copie demain à la famille du défunt. Après, elle poursuivra ou pas par voie officielle et avec les recours dont elle dispose. Ce n'est pas mon problème. Il me reste donc juste cette information à confirmer. Voilà, tu sais tout. Je ne vais pas plus loin.

David, dubitatif, rechigne à libérer le moindre bout de gras. Pourtant, il sait déjà qu'il en a trop dit et donc finalement pas assez quand on sait avec quoi je carbure : la glu. Il doit avouer que j'ai bien manœuvré. C'est tout à mon honneur.

— Ouais. Déjà, laisse tomber Deboschères. Pour un type louche, c'en était un, mais il a rien à voir dans l'assassinat de Leroy Bouathong. C'était un pornographe notoire qui gravitait autour des boîtes de nuit branchées de la côte, notamment du côté du vallon des Auffes. Le *Maracana Club*, entre autres. Un bon *looser* façon *gentleman farmer* déjanté. Il a été tué dans l'incendie de son studio, il y a déjà un mois.

— Des similitudes avec le meurtre de Bouathong ?

— Non, non, Léo. Je ne me ferai pas prendre deux fois. Qui te dit d'abord qu'il ne s'agit pas d'un accident ? rétorque le lieutenant.

— Toi et les journalistes. Donc, ne te fatigue pas, David.

— Putain, tu fais chier ! Bon, oui, il s'agit du même protocole. Identique en tout point jusqu'à la castration. Voilà, tu es content. Alors, je te préviens, ne t'avise pas de foutre ton nez dans cette histoire, d'accord ? Pour info, la fille Batifèmbé est notre principale et unique suspecte et à mon avis, vu son profil, c'est ce nom que tu devrais écrire en bas de ton rapport. Autre chose ?

L'homme semble sûr de son fait. Je dois en profiter. Je connais suffisamment David. Il fonctionne à l'affectif et à l'impulsion. Bon flic, sa carapace présente néanmoins des défauts, les mêmes qui l'avaient vu vaciller lors de la disparition de ma copine. Une trop grande prétention et une assurance tout aussi vaste.

— Non, juste un détail encore. Rien à voir avec ton affaire. J'ai eu un message sur le répondeur de l'agence, un type du nom de Médrano. Ça t'évoque quelqu'un ?

— Alors là, pas le moins du monde.

— Il a, paraît-il, fait une déposition au sujet d'un meurtre et d'un viol. Tu n'aurais pas entendu parler de cette histoire à l'Évêché ?

— Léo, tu remets ça, bordel ! vitupère le lieutenant contre le détective. Écoute, s'il a fait une déposition et qu'elle n'est pas remontée, c'est qu'elle a été classée sans suite. Une connerie comme on en a des millions. C'est tout ! Pourquoi ?

— Oh, pour rien. Une broutille. Il a disparu.

4

Samuel, justement, serait peut-être heureux d'apprendre que l'on pense à lui. Il sort à peine de l'état comateux dans lequel il se trouvait depuis quelques heures. Il est allongé à même le sol. Son crâne le fait horriblement souffrir comme si on avait pris cette petite masse ronde et nouvellement cabossée pour un ballon de football. Posée contre une petite dalle de béton à moitié fendue au milieu des imperfections du terrain, elle semble s'être liquéfiée et faire corps avec la surface irrégulière et poussiéreuse.

Il essaye de se redresser tant bien que mal, mais sa pauvre carcasse, elle aussi, est percluse sur tout un côté. Il prend conscience qu'on l'a roué de coups. Il retombe et ne peut s'empêcher d'émettre un gémissement de douleur. Allongé, il reste prostré un instant et tente de contrôler sa respiration devenue vive. Il ouvre enfin les yeux collés par le sang pour s'apercevoir qu'en face de lui, assis sur une chaise, se trouve son ravisseur.

— Bonjour, petit chaton. Tu as bien dormi ? demande, d'une voix douce, presque enfantine, l'homme cagoulé revêtu d'une combinaison de travail bleu.

Samuel ne répond pas. Hébété et anormalement éreinté, il ne se souvient de rien. Le produit, sans doute, qu'on lui a injecté. Un analgésique puissant quelconque. Il déglutit et tourne son visage vers le haut avec l'espoir de sortir du cauchemar dans lequel on l'a poussé. Dans quel merdier s'est-il fourré ?

— Joli palace, hein ?

Samuel reste muet. Il est ligoté, les poignets et les chevilles, entravés, fermement tenus par des colliers de serrage. Le plastique lui coupe la peau au moindre mouvement tandis qu'il essaye tant bien que mal de se redresser.

— Bon, je ne t'ai pas tranché la langue. Peut-être plus tard, mais pour le moment, j'en ai besoin, alors tu vas devoir être plus loquace, parce que je n'ai pas toute la journée et ma patience a des limites. Hein, Samuel ? C'est ça ? Samuel, c'est ton prénom ?

La victime hoche doucement la tête, assise enfin en position fœtale. Le cou tendu, elle regarde le plafond et les murs de sa prison. Ils semblent, comme elle, en piteux état. Décrépits par endroits et constitués de pierres sèches et de balèvres[1] nombreuses à d'autres, là où la poussière est plus présente. Aucune fenêtre ne débouche sur l'extérieur. La pièce, plongée dans l'obscurité, est seulement illuminée par une lampe torche puissante, celle qui l'éblouit et l'empêche de découvrir la porte d'accès vers l'extérieur derrière le kidnappeur.

— Que voulez-vous ? demande-t-il enfin.

— Une histoire. Je voudrais une belle histoire. Ces temps-ci, j'ai le sommeil trop léger. Tu saisis ? répond le psychopathe.

1 Balèvre : saillie d'une pierre sur les autres dans un mur

Samuel, tassé sur le sol de terre battue, est terrorisé. Il pense subitement à Juliette. Oui, Juliette. Son icône. La femme de la route départementale.

Sur son fauteuil roulant, elle représente maintenant toute sa vie et si son cœur bat encore fort dans sa poitrine, c'est sûrement grâce à elle, malgré le fait qu'il ignore tout de la personne. Mais qu'importe. Il s'en moque. Il ne retient que le principal, l'existence de cet être auréolé d'une ineffable vénusté. Après tout, elle lui a redonné le goût de vivre alors qu'il venait de tout perdre. Son image peut s'imposer dans la grisaille.

L'oppresseur le ramène brutalement à la réalité en le frappant violemment au visage. Il lui tend ensuite une gourde et l'aide à boire puis lui retire le goulot de la bouche d'un geste brusque au bout de quelques gorgées. Le liquide glisse abondamment le long de son coup et se répand sur le sol. L'homme prend ensuite une chaise de camping en plastique amenée pour l'occasion et hisse tant bien que mal le pauvre prisonnier sur le siège. Derechef, il se met à parler. Les premiers mots prononcés par le geôlier ne franchissent pas la barrière que Samuel a naturellement fabriquée dans son cerveau pour se protéger.

Il reçoit une deuxième gifle. Elle est forte et donnée sans aucune retenue. Le malheureux trébuche lourdement au sol et geint, tant la douleur ressort vive. Le bourreau, à nouveau, l'installe en râlant puis le ligote avec du ruban adhésif toilé afin qu'il ne s'affaisse plus. Au pire, si le prochain coup est porté avec trop de virulence, il partira avec la chaise.

— Non, vous n'avez pas à faire ça, marmonne Samuel.

— Pas à faire quoi ? lui demande sèchement le truand.

— Je ne sais pas. Me tuer ?

— Mon gars, ouvre tes esgourdes. J'ai une photo, je l'ai trouvée dans ta poche. Ça tombe bien. Je veux tout savoir sur la femme que tu as immortalisée. Avant, pendant et après son accident et j'ai carte blanche de mon patron. Tu piges ce que ça signifie ? Quant à te tuer, même si rien n'est prévu, je peux envisager un bonus. Je peux y mettre les formes, histoire que tu croies au loup. Tu vois le genre. J'ai déjà pratiqué ça sur des terrains insalubres dont tu ignores l'existence. Alors maintenant, c'est à toi de jouer.

Une fois la tirade aboutie, le type dont les cordes vocales, creusées par la nicotine libèrent une parole abrasée par le temps, montre l'image, celle que l'assureur garde en permanence sur lui.

— C'est Juliette, dit Samuel.

Il s'était amusé, l'automne dernier, à engranger des souvenirs. L'un d'entre eux représente un portrait de son amie. Une auréole de lumière iridescente vient cerner son visage, alors qu'assise dans le fauteuil, elle contemple, de trois-quarts, le couchant en arrière-plan. Elle est extraordinaire.

Le tortionnaire branle du chef et le regarde en oscillant son corps de droite à gauche, la lumière braquée sur chacun de ses yeux en alternance. Il tourne de temps en temps la photo pour lire, au dos, l'inscription.

— Tu sais. Tu as intérêt à être coopératif, car il n'existe aucune chance que l'on puisse te trouver ici. Autour, seul le néant t'absorbe. Tu comprends ? Je ne vais pas te faire un dessin ?

Samuel balance la tête en signe d'assentiment. Incontestablement, il réalise qu'on lui veut du mal. Ce qu'il ne saisit pas, c'est la raison. Ou plutôt si, il peut admettre une erreur à la suite de sa découverte, plutôt de sa subite prise de conscience, mais il ne veut pas croire, en l'état, que cela soit possible, car cela voudrait dire qu'il est condamné.

— OK. C'est déjà ça, reprend le tortionnaire. Donc, Juliette. C'est ainsi que tu la nommes. Pourtant, ce n'est pas comme ça qu'elle s'appelle. Tu ignores son blase ? C'est possible, ça ? Tu sais pas que Claire est son petit nom ? Eh ben.

— Je n'ai jamais voulu savoir.

— Pour quelle raison ?

— S'il vous plaît, laissez-moi sortir.

Une nouvelle gifle fuse, plus forte encore. Du sang commence à couler du nez de l'homme.

— Non ! Mauvaise réponse. Putain, je viens de te le dire. Tu ne quitteras ce trou à rat que si tu me racontes tout. Le viol. Tes complices. Tout. C'est compris ?

Samuel inspire le liquide afin de le refouler puis parle.

— Non, arrêtez vos conneries ! Je sais pour qui vous bossez donc même si je vous offre la moindre bribe de vérité, vous me tuerez. Ne me récitez pas votre leçon apprise par cœur. Moins j'en dis, mieux c'est.

— Oh, merde. Ça y est, je me trouve en face d'un connard de héros de téléfilm devant moi. Putain, je me doutais bien que les chaînes à péage allaient me foutre dedans.

Le poing file et vient s'abattre sans complaisance sur la pommette. Elle se fend et devient rouge. Il n'a suffi que d'un coup. Le type est une brute épaisse. Un buffle. Il n'est pas avare de coups et sait les donner.

— Alors, dans quoi t'es-tu fourré en 2012 ? Petit vicelard, où as-tu mis ta queue ? Ne me dis pas que tu as oublié. On ne zappe pas ces choses-là, car en général, elle vous hante toute votre vie.

— Non ! Vous n'y êtes pas.

— Aide-moi à comprendre, alors ?

— C'était seulement un accident. Un putain d'accident, gémit l'homme blessé.

L'exécuteur, distrait par une vibration, regarde subitement l'écran de son téléphone avec l'air de ne pas comprendre le message envoyé. Apparemment, un imprévu et surtout une possible mauvaise nouvelle. Pour finir, il marmonne une onomatopée et se lève en grimaçant.

— Bon, un contre-temps. Un furoncle à percer. T'inquiète, je reviens demain. Tu vas donc avoir tout loisir pour préparer ta défense. Prends le temps de réfléchir, car c'est peut-être finalement ta chance, non ? Tu ne me connais pas. Que risques-tu ? Je suis peut-être le gentil de la bande, rétorque le bourreau en claquant doucement la photographie sur la tête du prisonnier.

Samuel lèche le sang mêlé à la morve qui borde sa lèvre supérieure. Il lève les yeux qu'il avait tenus baissés de côté et contemple l'homme taciturne dont la silhouette se dessine en contre-jour. Il a raison. Son visage lui est toujours étranger. Lors de son enlèvement, il ne l'a même pas vu. Il n'a même pas eu le temps de se retourner. La porte de sortie n'est donc pas bien grande ouverte, mais laisse une embrasure suffisante pour s'y faufiler. Un espoir.

5

L'après-midi est déjà bien avancée. Le problème « Médrano », en arrière-plan, me file le bourdon. J'ai fait ce que j'ai pu. Le nom de Bouathong ne cesse, lui, de me ramener à Deboschères. Et maintenant, par la force des choses, je me retrouve de nouveau devant l'entrée de l'hôpital psychiatrique, face au parking. Avec ses murs crépis vieillissants aux joints salis par les coulures du temps. Ses couleurs délavées orange et l'impression vive de ne pas avoir le choix.

En résumé, retour à la case départ sans passer, pour le moment, par la prison. Je n'ai donc qu'une envie, interroger une dernière fois Absalou Sia Batifèmbé et mettre un terme à la relation ambiguë que nous entretenons déjà.

Je n'appartiens pas à son univers brut et décomplexé. Son espace ne dispose pas de suffisamment de place pour accueillir des gens comme moi. Autant en finir. Je suis venu pour ça et cela fait déjà cinq minutes que je bataille et m'énerve de ne pas y arriver. Sans doute les médocs.

— Putain, merde ! Arrêtez de m'interrompre au milieu de chaque phrase. On a compris que vous êtes la plus malheureuse. Maintenant, laissez-moi au moins finir. On verra ensuite. Vous savez, la planète ne tourne pas qu'autour de vous. J'en connais un rayon sur votre boxeur. Sa vie est perforée de zones d'ombres et j'attends de vous quelques éclairages. Ils ne viennent pas. À quoi jouez-vous au juste ? Quelle est cette chose qui vous anime ? Hein ? Vous faites franchement chier.

— Waouh, le coup de pression !

Satisfaite, elle savoure. Ça y est, je me révolte. Je bande les muscles. C'est peut-être cela, finalement, qu'elle réclame. Un peu de bestialité et de virilité surlignées d'un brin de violence. Un peu de Leroy, quoi. Pourtant, ses deltoïdes et ses pectoraux n'ont pas servi à les protéger, il y a treize jours. Bref, je reprends sur un ton plus doux, assis au même endroit que la dernière fois, le ciel enfin bleu en guise de tranquillisant au-dessus de ma tête. J'en ai besoin. Sur le parking à l'extérieur du périmètre, un homme au visage sévère fume une cigarette dans l'habitacle de sa voiture, fenêtre ouverte. Il nous regarde. Peut-être la dernière taffe avant l'internement.

— Non, écoutez. Aujourd'hui, je veux simplement savoir une chose. Le reste attendra. Je vous rappelle, pour information, que c'est vous qui m'avez appelé, donc si vous pouviez faire contre mauvaise fortune, bon cœur, ça m'arrangerait.

— OK, tu veux qu'on parle cash, alors on va parler cash. C'est quoi le souci, gadjo[1] ? lâche-t-elle, le menton haut.

— Le nom de Deboschères, Paul-Édouard Deboschères, était écrit au dos de la carte de visite que vous m'avez balancée à la figure, hier. Savez-vous qui c'est ?

---

1 Gadjo : garçon

Nous y voilà. Absalou, son postérieur posé à côté du mien sur le muret, jette un rapide coup d'œil de biais vers mon visage sans répondre. Je tape presque du pied de n'entendre que le son de la route voisine. J'imagine que son silence vaut un long discours et quelques aveux. Je reviens à la charge.

— Vous m'écoutez. Deboschères ? Ça vous évoque qui ?

— Personne. Je ne l'ai jamais vu. Je sais que Leroy et lui étaient sauce avant que j'emballe le boxeur, répond-elle timidement.

— Quoi, sauce ?

— Amis, quoi ! *Wallah*[2], tu sors d'où, toi ?

Je tire une moue d'exaspération à rallonge, les joues gonflées.

— Et après ?

— Oh ! Je sais que dalle et même si leurs chemins se sont croisés, je m'en moque finalement. Qu'il crève ! Pourquoi toutes ces questions ? se crispe la fille.

Je pèse le pour et le contre. Je ne suis pas encore en train de la sortir du mauvais pas dans lequel elle s'est vautrée, c'est une certitude, mais je peux l'envisager. Elle commence, de plus, à comprendre que Leroy ne porte pas le meilleur des costards et je représente toujours sa seule carte de sortie. J'ai donc tout intérêt à ne pas lâcher le morceau pour éviter de l'entendre encore se plaindre. Qui sait ? À chercher des responsables, on s'aperçoit vite que les innocents portent souvent la plus lourde culpabilité.

— Parce que ce type est mort et de la même façon que votre ami. Alors je vais jouer franc-jeu avec vous. Je peux rien faire pour vous pour le moment. En revanche, je peux essayer de comprendre pourquoi Bouathong est mort. Et pour ça, il faut que vous me disiez la vérité.

---

2 Wallah : « je te jure »

— Je sais qu'ils se voyaient en boîte. Ils se mettaient bien et en scred[3], se mataient des scarlettes[4]... C'est tout ce que je sais.

Je soupire, usé plus par son langage que par la confession. J'attends mieux de la part de cette fille. J'ai envie de croire que je ne suis pas venu la sortir de la dépression pour ne rien obtenir en définitive qu'un sourire désabusé. C'est vrai, quoi ! La bête folle reste un univers dans lequel on s'immerge pleinement et dans lequel on se construit une espèce de carapace afin de se protéger de l'extérieur. Mais paradoxalement, son ouverture au monde demeure évidente.

À la suite de l'événement, les atomes qui gravitent autour de la sphère d'Absalou ont explosé et ont engendré de gros dégâts. Pourtant, maintenant debout et face à elle, je suis également un homme qui a des choses à se faire pardonner. Je n'apporte pas de réponse, seulement un nom auquel je m'accroche dans l'espoir d'obtenir, en fin de compte, un brin de vérité.

Une main dans ma poche pour ne pas montrer ma nervosité, je tourne en rond, cueille un brin d'herbe orphelin sur un parterre voisin du nôtre et renchéris.

— Dommage. Ce type était un réalisateur de vidéos pornographiques. Il sévissait ici, à Marseille. Il possédait son studio et un laboratoire à deux pas de la corniche près du vallon des Auffes, dans une impasse. Le bâtiment est parti en fumée. Vous n'y êtes jamais allée, par hasard ?

— Non, bien sûr que je n'y suis jamais allée. Tu me prends pour qui ? Une radasse[5] !

J'essaye de discerner le mensonge derrière la carapace, mais rien n'affleure, pas même la tristesse. Elle reste de bonne foi.

---

3 En scred : en douce

4 Scarlettes : filles

5 Radasse : fille qui traîne

— Bien, bien. Je vous demande seulement maintenant de ne pas vous fâcher, mais je suis certain que ce Deboschères faisait affaire avec votre ami. Des films. Vous voyez ce que je veux dire. Ils se sont rencontrés d'une façon ou d'une autre dans une salle de sport ou dans une boîte de nuit quelconque lorsque Bouathong les fréquentait assidûment pour ses probables expériences personnelles. Dans le *Maracana Club,* par exemple. Je ne sais pas si vous fréquentiez le lieu. À vous d'éclairer ma lanterne. Après tout, vous pratiquiez le bonhomme mieux que moi. Il vous a peut-être fait des confidences sur l'oreiller, à part les... scarlettes, comme vous dites. Vous l'avez peut-être accompagné, non ?

— Oh non, pas ce trip. Je ne comprends rien. Ce n'était pas un shlague[6] ! Il bossait dur.

— Où ça, d'ailleurs ?

— Il avait une boutique *SportiForm* dans le 6e et entraînait des gamins au *Royal boxing club* puis à Luminy, deux fois par semaine. Il aurait pu devenir le *big boss* sans sa déveine et sa maladie. Que voulez-vous que je vous dise ? Il était clean, alors de là à l'accuser de viol.

— De viol ? Vous ne m'avez rien dit à ce sujet !

Elle doit penser que je ne lâche rien. C'est vrai que je possède un peu du pitbull, mais garde toujours mon regard de cocker collé au visage, histoire de rester dans la limite. Curieuse anamorphose. Ceci dit, l'information vaut son pesant d'or, car elle emprunte une voie parallèle surprenante.

— Rien dit ! La bonne, tiens ! Le meskine[7] qui a tué Leroy a écrit « violeur » au-dessus du lit avec son sang avant d'atchave[8]. Je croyais que t'étais au parfum ?

---

6 Schlague : bouffon

7 Meskine : un pauvre mec ; déformation de « mesquin »

8 Atchave : partir

— Oh, putain ! Eh bien, figurez-vous que non.

Je soupire longuement. Se dessine derrière ma tête une petite idée frelatée et celle-ci m'insupporte, car, aussi insolente soit-elle, elle s'inscrit parfaitement dans la démarche qui est dorénavant la mienne. À croire que l'on veut vraiment que je me mêle d'une affaire déjà jonchée de deux cadavres et d'un disparu. Je suis bourré de principes et disposé à prêter l'arme à n'importe qui pour justifier mes élans du cœur et obtenir ce que j'exige avec tant de véhémence : la vérité. Et ça, certaines personnes le savent fichtrement bien. Ça promet.

— Quoi encore ? s'étonne la fille.

— Vous allez me trouver bizarre, mais à tout hasard, Samuel Médrano, ça vous dit quelque chose ?

— Bien sûr que je le connais, c'est le lascar de notre mutuelle. On a dû le voir une ou deux fois avec Leroy pour ses problèmes de santé. Une myopathie nécrosante à médiation auto-immune, d'après les blouses blanches. Peux pas l'oublier, celle-là. Autant dire la pire des daubes.

— Merde, je n'y crois pas !

Bouathong possédait une vie différente avant de trépasser. Je ne suis pas stupide. Pour être franc, je l'appréhendais depuis ma première rencontre avec Absalou malgré le fait que le boxeur cachait son jeu. Et ce n'est pas faute d'avoir insisté auprès de son amie, mais j'y suis arrivé. Dorénavant, les événements abordent un autre territoire pour le moment vierge de toute sagesse. Un type prend du plaisir à faire le ménage autour de la personne de Deboschères. D'abord Bouathong. Ensuite, Médrano. Pour quelle raison ? Mystère.

— Quoi ? Y a un blèm ?

— Un gros, oui. Ce gars m'a laissé un message mardi, des choses très vagues, dans lequel il parlait de meurtre et de viol. Pas de nom. Il voulait me rencontrer. Depuis, il a disparu. Je n'aime pas les coïncidences. Ça n'existe pas. Et ça me fait croire que vous courez un grand danger.

— Tekass[9] ! Je ne suis pas une mémère ! Et quel bolos[10], d'abord, pourrait m'épouiller ?

— Quel bolos ? Le pire qui soit ! Je crois que je vais te tutoyer parce qu'on n'a pas fini de se voir, tous les deux. Viens, rentrons !

Je suis lassé de découvrir sans cesse l'horreur. Cette glu collée à mes basques et chargée d'aigreur que je dois, fait exprès, à tout prix essuyer. À croire qu'il n'existe que moi à Marseille pour entreprendre ce genre de nettoyage.

Avant de partir, je lève une dernière fois les yeux vers le ciel devenu moins bleu avec la fin de journée qui s'annonce et le soleil qui se cache à moitié derrière les immeubles voisins, froissé par quelques nuages filandreux d'altitude. Toujours est-il que l'astre laisse des rais de lumière mélancoliques sur les façades alentour. Rien de rassurant.

9 Tekass : te casse pas, t'inquiète pas

10 Bolos : imbécile, bouffon

6

La conne ! Elle s'est enfuie. Il est 6 h 30. Nuit de merde. Je suis furieux. Couette en déconfiture au bord du lit, je relis le SMS nocturne inattendu, les yeux encore voilés par le sommeil, avec l'envie de ne découvrir qu'une mauvaise plaisanterie. Plus question de rencontrer David face à l'embarcadère pour les îles du Frioul. Ce type si proche un temps, si détesté et indésirable maintenant, m'enverrait illico en garde à vue pour complicité. De toute évidence, il ne m'aime pas beaucoup plus qu'avant. L'amitié s'affiche uniquement parce qu'elle nous lie à la même femme flic et aux souvenirs différents que l'on en a. La culpabilité a ensuite ficelé le tout.

La petite mise au point attendra.

Je garde toujours en mémoire ma première rencontre avec l'officier, il y a de ça cinq ans. Elle a pris place dans mes souvenirs au milieu d'autres cauchemars. Elle ne met pas David en valeur. Je le trouve bien trop sûr de lui. Il reste surtout imbu de sa personne, très égocentrique et ne représente en rien l'idéal policier sur lequel, en tant qu'ancien lieutenant, je m'appuie encore. Protégé un temps par le procureur de la République, il ne l'est plus et sa carapace se fend de toute part. Je n'irai donc pas m'emmurer dans le petit bureau du lieutenant aigri ou ailleurs pour l'écouter se plaindre. J'ai mieux à proposer que de justifier des actes que j'assume souvent maladroitement et difficilement. Entre autres, dénicher Absalou avant que la police ne le fasse.

Passée entre les mailles du filet, la fille a la trouille de devenir la prochaine victime sur la liste. Pour preuve, le contenu du message. Le monde qui l'entoure se délite peu à peu. Les rares personnes qu'elle côtoyait ou qui gravitaient autour de son copain Leroy Bouathong disparaissent. Tuées. Enlevées. À mon avis, du pareil au même. Elle est aussi une fonceuse et n'a rien d'une matamore stupide et couarde. Je sais également que je lui en ai trop dit, un peu par compensation affective. Elle connaît donc l'essentiel. De quoi alimenter ses fantasmes. Encore inconnue sur la place, elle peut très bien louvoyer parmi les requins d'autant que dame Nature ne l'a pas oubliée. Les squales ne dorment pas la nuit et chassent en général le menu fretin sur les pistes de danse. Je n'ai pas de temps à perdre, car j'ignore le but de sa fugue.

Je me trouve maintenant sur la route, en bord de mer. Ma petite voiture, achetée tout récemment par nécessité, plastronne à quelques mètres de moi. Un peu plus loin sur la gauche, l'entrée du *Maracana Club* demeure pour le moment discrète face au soleil bas dans le ciel. Devant, un type bat le pavé, peut-être un videur. Plus tard, la devanture se parera de guirlandes clignotantes et trônera, atypique, contre la vaste étendue urbaine comme un temple dédié à la déconnexion et à la dépravation.

L'air reste frais. On est en mars. La plage voisine ne distille pas encore ce parfum estival qui libère les corps et brunit les peaux. Quelques personnes âgées timides tentent une baignade du bout des orteils. Deux garçons jouent au ballon avant d'aller en cours, à moins qu'ils soient en vacances, mais le ballon, lui, ne joue pas. Une femme plus loin, habillée de frais et couverte d'un plaid, lit un bouquin, assise sur la margelle.

Je pense à ma mère. C'est un peu bête, mais, un jour, elle m'avait conseillé de franchir le pas et de construire un avenir meilleur autour des ruines existantes. D'inviter Briet. Ce n'est pas qu'elle la trouvait gentille. Aucune femme ne pouvait lui arriver à la cheville, croyait-elle, mais elle semblait toujours mieux que l'autre. Celle qui s'est tiré une balle à travers la tempe. Elle pensait simplement que son fils avait gâché sa vie. Au point où j'en étais, une jolie Danoise pouvait donc convenir. Aujourd'hui, cette pauvre vieille femme ne possède plus toute sa tête, un peu comme tout le monde.

La maladie de Parkinson.

J'ai l'impression que la folie devient le refuge ultime des sages face à l'horreur des hallucinés. La société individualiste entretient l'ambiance et tout va pour le mieux. On défile quand la situation l'exige, s'achetant une conscience comme on acquerrait le dernier CD à la mode. Avant la mort violente de son mari, elle ne défaillait pas. Maintenant, son Locus Niger dégénéré la prive de dopamine.

Briet, justement, m'a téléphoné hier soir, alors que je somnolais devant mon ordinateur, une *PastaBox* et une *Guiness* en guise de repas. Je souris. La Scandinave possède au moins cela, une bonne humeur toute nordique et une volonté implacable. Rien ne me surprend plus quand je songe à ma collègue. Une fois l'auteur de la photographie trouvé, je me demande bien ce qui l'animera. Elle aime la France et s'accroche à son énième titre de séjour en sachant qu'à terme, il lui faudra trouver chaussure à son pied si elle souhaite se marier à ce beau pays.

Vaste programme. Je tressaille.

Il est 7 h 30. Bingo ! Je vois un portail s'ouvrir au loin, dans l'une des propriétés qui bordent la promenade du Grand Large, encore silencieuse à cette heure-là. La chance s'est posée sur mon épaule. Absalou, endimanchée, sort de l'ombre, se présente seule dans la rue et marche rapidement vers une voiture garée le long de l'allée. Je peux comprendre cette précipitation. Surveillée, il est possible qu'elle soit déjà recherchée, bien que rien n'indique qu'il est pour le moment nécessaire de prendre des précautions particulières la concernant. Sa folie légère ne relève d'aucune schizophrénie qu'un dosage de lithium pourrait apaiser.

Dissimulé derrière le parapet qui borde la route et mène au discret port de la Pointe-Rouge, je me fais tout petit puis file vers mon véhicule. Je n'ai qu'une idée en tête, trouver ce qu'elle a découvert et m'approprier cette révélation pour avancer dans ma quête de vérité.

La voiture de la jeune femme, une petite sportive tape-à-l'œil à jantes larges, roule vite dans les ruelles qui, de la Pointe-Rouge à Luminy, traversent les quartiers étroits et bruyants de Vieille-Chapelle et Mazargues. Elle connaît Marseille comme sa poche. Je suis loin de maîtriser une telle érudition et manque plusieurs fois de la perdre au milieu de la circulation de plus en plus dense, avant de pouvoir enfin la rattraper sur la voie qui mène aux parkings de la faculté. Je me gare à l'écart, à l'ombre d'un pin parasol, avec un gros point d'interrogation dans la tête et j'attends. Presque une heure.

Absalou sort enfin de la bagnole et file à grandes enjambées. J'essaye de suivre le même chemin à distance à travers les allées qui contournent les constructions et devine, par les panneaux, qu'elle se dirige vers les bâtiments des sciences du sport. Je cherche à comprendre. Je peux facilement envisager que Deboschères et Bouathong se soient croisés sur les bancs de l'université, ce n'est pas une surprise, mais je sais que le réalisateur de films pornographiques a arrêté l'école à seize ans. Quant au boxeur, il a choisi de suivre des cours en alternance en tant que sportif de haut niveau. Luminy propose ce cursus. Il manque le lien. La raison qui a permis aux deux jeunes gens si différents de se rencontrer au milieu du vaste campus. Le cinéaste, sans diplôme, devait donc bosser au sein même de l'école. Cette situation peut combler pas mal de blancs. D'abord, elle met en lumière une amitié possible entre les deux hommes au hasard d'une rencontre improbable comme il en existe tant. Ensuite, elle peut expliquer l'existence de la collection supposée pornographique que possédait l'individu. Dans ce milieu souvent difficile, le beau gosse s'est peut-être improvisé psychologue pour les raisons que l'on devine. Il est alors possible qu'une de ses conquêtes d'un jour se soit vengée pour un film trop vite enregistré en ligne. Je sais que je brode et que mon imagination vire à 180 degrés sur une piste incertaine, mais je ne suis pas à une interprétation près. Je souris, satisfait par la tournure que prennent les événements.

Sur le retour vers le parking, je sens le téléphone vibrer dans la poche de mon pantalon. David, comme par hasard. Il semble que la rencontre devienne finalement inéluctable. Je lorgne rapidement aux alentours afin d'éviter de croiser la jeune métisse et avant de décrocher, pose mon dos contre le mur d'un des bâtiments qui longe l'allée centrale du campus.

— Hello, David ! Tu veux me parler ?

— Putain, Léopold, où es-tu ? débite le flic d'un ton sec.

— En balade près des calanques. Ma sortie matinale hebdomadaire en jogging avant mes rendez-vous de cet après-midi. Pourquoi ?

— Pourquoi ? Tu as vraiment que ça à foutre. Bon, écoute. Je te le dis d'une façon très informelle parce que tu es un peu lié à l'affaire, mais ça recommence.

— Quoi ?

— Le castrateur de Marseille a remis le couvert. On vient de trouver un nouveau corps.

— C'est une blague ! Où ça ?

— À côté de Mont-Redon, pas loin du port de la Pointe-Rouge. Et maintenant, j'ai besoin de toi. La copine de Leroy Bouathong n'est plus en psy. Absalou machin truc s'est tirée. Tu vois le problème ?

Courte apnée, yeux grands ouverts. Je lâche par inadvertance le téléphone qui cogne le bitume pour rebondir dans la pelouse. Qu'ai-je encore encouragé par mes trop grandes confidences ? C'est quoi ce merdier ? Je pose le front contre les dalles froides du bâtiment et cogite rapidement. Ma respiration s'emballe. Action. Je reprends l'objet miraculeusement intact, les dents serrées, et rappelle David.

— Il faut que l'on se voie et très vite. J'ai foiré.

— Quoi, foiré ? Qu'est-ce t'as fait encore ?

— Absalou se trouve sur le campus de Luminy. Retrouve-moi !

— Léopold ! Je croyais que tu étais en balade. Tu joues à quoi, là ?

— Je t'expliquerai, mais magne-toi.

— Et ne fais pas de connerie. Léopold... Allô ! Je descends. Chuis pas loin, j'arrive !

Consterné, je tourne la tête à droite et à gauche de peur de tomber sur la folle puis me réfugie sous le parvis du porche d'entrée de l'immeuble sur lequel est inscrit : « Centre de physique des particules de Marseille. » Tout un programme. Je tremble. Des gouttes de sueur froide perlent sur mon front et descendent le long des arêtes de ma mâchoire serrée autant qu'un étau afin de broyer l'amertume. Je cherche dans ma poche le pistolet. J'empoigne la crosse avec fermeté et sors de l'ombre soudain étouffante. Ce n'est pas une solution. Je le sais. Seulement une sommation.

7

Je me trouve face à elle, d'abord à côté de sa voiture, puis en escorte, un peu plus loin, à l'entrée du parc national des calanques. Un vrai pot de colle. Qu'ai-je gagné ? Un jeu minable qui consiste à faire semblant en attendant la cavalerie. Rien d'autre. Je garde mes distances, quatre à cinq mètres, pas davantage, comme si elle était une pestiférée. Je suis aveuglé par la colère, une fureur sourde et dangereuse exacerbée par l'importance de l'ignorance et de l'incompréhension.

Il n'y a pas plus d'une minute, en me découvrant dans cet état, elle a voulu fuir vers la piste qui se perd du côté des calanques de Sormiou et de Morgiou, mais j'ai fait usage de mon arme. Un tir en l'air. Effrayée et prudente, elle s'est arrêtée pour éviter tout malentendu. Subitement immobile, elle demeure presque empruntée dans ses gestes et surtout étonnée de s'apercevoir que je possède un peu de jugeote. Un peu de folie. Pas certain que l'une aille avec l'autre.

Je vocifère. Au début, elle ne comprend rien. J'imagine qu'elle découvre un homme exalté dont les chaînes de lucidité ont volé en éclat. Pas la meilleure solution pour déraciner sa frayeur. Mais je crois que si la raison s'égare, il est probable que nous soyons l'un et l'autre voisins de palier. Elle me laisse hurler. Les randonneurs, en pressentant le danger, sortent du sentier ou rebroussent chemin.

— Qu'est-ce que tu as fait ? Putain de merde, qu'as-tu foutu ?

Je pointe le calibre, un 22 mm long rifle, vers sa poitrine. Elle se soulève vivement sous le chemisier près du corps de la jeune femme, oppressée par l'imparable angoisse. Le canon de l'arme encore chaud tremble au bout de mon bras fébrile. Curieusement, je vis intensément ce moment. C'en est presque jouissif. C'est peut-être sous cette forme que ma rage s'exprime le mieux. Elle ne semble plus limitée par la subite terreur que j'impose. Elle devient même indispensable et symbolise enfin l'essence qui fait tourner aujourd'hui mon moteur par rapport au comportement que je suis censé proposer. Je finis, néanmoins, par baisser d'un ton, conscient du spectacle pitoyable dont je représente l'acteur principal. Mon intervention a produit l'effet escompté. Elle devine sans grand mal que la police a dû être alertée par les quelques badauds qui reviennent des calanques ou en partent. Je reprends mon souffle.

— Je suis au courant. Les flics m'ont appelé à la suite de la découverte du cadavre. Tu sais de quoi je parle. C'est donc toi, hein ?

— Quoi, moi ?

— Les crimes. Je peux maintenant me demander si tu n'as pas non plus tué Deboschères puis Bouathong dans la foulée. Ouais, ton futur mari, pour une raison que j'ignore. Il trempait probablement dans des eaux troubles. Des abus sexuels, des trucs de ce genre, ou pas loin, non ? C'est ça ?

— Mais qu'est-ce tu jactes ? Tout ça n'a rien à voir. Je...

— Rien à voir. Mon cul, oui !

— Je ne comprends rien. Pourquoi t'es asmeuk[1] ? Que crois-tu que j'aie fait ? Tu imagines peut-être que j'ai tué ce bouffon dans son loft quatre étoiles, c'est ça ? Mais t'entraves franchement que dalle. Tu ne vois pas que j'ai les chocottes, moi. Les chocottes ! C'est pour ça que je me suis cassée. Je suis sur la liste. Tu saisis ?

Je soutiens son regard tandis qu'elle tente de m'apprivoiser. Je voudrais que mon visage devienne aussi intraitable et froid que celui d'un robot, mais je n'y arrive pas. La salive passe mal. Ma glotte durcit au passage de l'étreinte pulsionnelle. Jusqu'au silence. En s'installant, il permet à ma colère de retomber comme un soufflet et de se diluer dans une incertitude presque apaisante, celle qui se pose maintenant sur mes épaules. Elle continue.

— La vie de ma mère, j'ai rien fait. Léo, mon pote. On est en *friend zone,* là. Avec le *play-boy*, j'ai juste voulu golri[2]. Et puis savoir pour le fromage blanc[3].

J'exerce de nouveau un réel effort sur moi-même pour ne pas dégoupiller. Je ne comprends pas grand-chose à son charabia et reste sur une impression mitigée dans laquelle la tromperie siège en bonne place. Celle dans laquelle elle veut me conduire et m'endormir pour mieux disparaître.

— Non, non, non. Ton coup du soir, apparemment, tu l'as ligoté en lui promettant le grand cirque, la débauche et l'orgasme. Ce sont les flics qui m'ont dit ça. Ils ne vont pas tarder. Tu t'expliqueras devant eux.

— WTF[4] ! C'est quoi ce bordel ? Les Baumettes et puis basta, c'est ça qui m'attend ?

— Tranquillement, tu as commencé à le larder de coups de couteau pour toutes les choses qu'il ne t'a pas avouées. Tu as donc continué ton

1 Asmeuk : comme ça

2 Golri : rigoler

3 Fromage blanc : Français de souche

4 WTF : c'est quoi ce bordel

petit jeu sans jamais t'arrêter. Tu voyais le sang couler et ça t'excitait. Le pire est qu'il avait peut-être une érection lorsque tu lui as tranché...

— Ah, tais-toi ! Je te dis de fermer ta gueule.

Je l'emmène loin, sur les franges de l'aveuglement. Je m'en aperçois à mes dépens. Subitement, prise d'un accès de fureur incontrôlable, elle saute sur moi. Surpris par son attitude soudain belliqueuse, je recule. Je tombe à la renverse et lâche l'arme de poing qui glisse sur la poussière du sentier pour finir dans l'herbe à jamais jaunie par la pollution. Elle me frappe. Les coups pleuvent. Elle n'arrête pas. Je tente de me défendre en agrippant ses poignets, mais, si je suis sans doute plus fort qu'elle, je reste maladroit. Un vrai gamin. Elle a encore le temps de me griffer la joue avant de se dégager prestement, de rouler et de saisir mon pistolet.

Une fois la fille debout dans ses habits de princesse couverts de terre sèche, je la contemple. L'arme dans sa main, elle possède une longueur d'avance. À genoux et sale comme un chiffonnier, je ne bronche pas. Seuls mes yeux bougent. Le reste du corps compte les secondes qui me séparent de la mort. J'ai une trouille bleue, car je devine à cet instant qu'elle ne rigole pas. Sa voix file sur une octave inhabituelle.

— Je n'ai rien fait. C'est la hess[5] grave ! Vous dites une expression pour ça : « porter le chapeau », je crois. Eh ben, c'est nimp[6]. Tu piges, gadjo.

Comprendre n'est pas le plus urgent. Je tente une approche différente.

— Le mec avec qui tu étais, cette nuit, a été tué de la même façon que les autres. Le beau gosse s'est fait émasculer. Putain, Absalou ! Que s'est-il passé, là-bas, dans l'appartement ?

Face au flingue, je me radoucis et tente de faire bonne figure. Je ne possède plus que cela pour briser sa détermination. De son côté, elle ne

5 Hess : misère, galère

6 Nimp : n'importe quoi

peut pas m'octroyer plus de deux minutes avant de prendre ses jambes à son cou. Elle en profite pour me mystifier encore un peu.

— Que crois-tu qu'on ait fait ? On a tout bonnement bédave[7] et mis des cartouches[8] pendant une bonne partie de la nuit. Kiltran[9], quoi. Alors si c'est un crime, je suis coupable. Pour le reste, vous êtes marron. Un badass fait le taf et vous entravez des brouettes. Maintenant, dez, mon grand, mais je dois me calter[10] ! Les condés[11]...

— Absalou, le pistolet, tu ne vas pas l'utiliser, hein ? Tu dois me le rendre. N'envenime pas la situation.

— Tais-toi. Je n'ai rien à te dire et je n'aggrave pas plus mon cas que je vais te caner[12], mais ne me file pas la misère. Je m'en bats l'œil de tout ça. Tu sais, si je voulais, je pourrais te briser les rotules. On serait alors deux à ramper.

— Arrête, on est pareils. De vrais potes. Tu l'as dit toi-même. Je te tutoie maintenant, alors laisse tomber, s'il te plaît !

Je me remets lentement debout tout en conservant un œil sur son poing armé. J'époussette mon jean bleu délavé devenu beige par endroits et tends la main dans l'espoir de récupérer l'arme. Elle recule d'un pas, prête à quitter les lieux.

— Ah, au fait ! S'il a clamsé, le kawaï[13] n'était de toute façon qu'un enfoiré. Il chassait à l'époque pour Deboschères. Il jouait l'étalon de

7 Bédave : fumer un joint

8 Mettre des cartouches : faire l'amour

9 Kiltran : tranquille

10 Calter : s'enfuir

11 Condés : policiers

12 Caner : tuer

13 Kawaï : mignon

luxe dans des films de merde et stalker[14] de pauvres pouffes qui, pour quelques euros, devenaient des radasses. Il m'a avoué que Leroy, parfois, se trouvait avec lui et c'est sur le campus qu'ils organisaient leur business. Voilà, tu captes tout.

— Le flingue, s'il te plaît.

— Non, je le garde. Les keufs arrivent. Les trous du cul. Je ne sais pas ce que vous vous êtes raconté sur l'oreiller. N'empêche qu'au moins, ça vous fait trimer. Vous ne...

Je l'interromps. Tout en parlant, j'entends au loin des sirènes. Je jette un œil vers l'entrée du parking de l'université. Quelques randonneurs et étudiants se sont regroupés près du campus. Ils s'alignent sagement en rang d'oignons, pour assister au grand spectacle.

— Tu devrais alors te rendre aux flics si tu n'as rien à te reprocher.

— Tchiper[15] ! Laisse-moi avec tes salades. Chuis morte de trouille, mais le chaqin[16] tient toujours. Tu n'as qu'à suivre la piste. Le reste, osef[17]. D'ac ? Moi, un seul taf me fait encore vibrer à donf, maintenant. Tu le connais. Découvrir qui a tué Leroy et sauver ma peau en prime. Le reste, basta. Tchao, gros[18] !

Elle recule de quelques pas. À cinq cents mètres, les gyrophares planent à vive allure au-dessus de la route comme des oiseaux de mauvais augure. Elle m'entend insister une dernière fois.

— Mais merde, pourquoi ?

Pour rien.

---

14 Stalker : harceler

15 Tchiper : onomatopée qui marque la désapprobation

16 Chaqin : travail

17 Osef : on s'en fout

18 Gros : ami, pote

7

Je reste les bras ballants le long du corps, droit comme un i. Je vois Absalou, une dernière fois de dos, courir et disparaître derrière les bosquets denses qui bordent la piste. Elle accélère ensuite le rythme dans le pierrier qui rejoint les calanques. Elle doit enfin réaliser que ses plans sont franchement contrariés à peine quelques heures après sa fuite de l'hôpital. À croire que son nom n'est pas inscrit sur la liste des affranchis. Au contraire.

8

Quand Léo vous dit qu'il a besoin de Briet, ce n'est pas une plaisanterie. Hier après-midi, il a voulu la retenir, mais n'en a pas eu la force. Malgré tout, ce n'est pas comme s'il s'agissait d'un divorce.

Elle se trouve, au même moment, et ça, il l'ignore, sur un autre parking. Celui qui fait face aux départs des randonnées vers le col du Saint-Pilon, au pied du massif blanc de la Sainte-Baume. C'est également une photographie qui l'anime, mais ce ne sont pas les pistes qui l'intéressent ni même le lieu, aussi majestueux soit-il. Elle n'aime pas la marche et encore moins celle qui consiste à atteindre des sommets. Ce sont bien les routes qui retiennent toute son attention. Au nombre de trois, elles rayonnent à partir du terre-plein vers des directions opposées.

Il faut dire qu'elle a d'abord cru que l'image scotchée sur son tableau de bord avait été immortalisée du côté de Gémenos. Elle ignore pourquoi, car le décor porte une représentation très différente. C'est au pied de la montagne qu'elle trouva finalement son bonheur après maintes tergiversations. L'espace s'emplit, dans cet environnement, d'une odeur saine d'humus au milieu des bois de feuillus qui longent la barrière rocheuse et sur lesquels l'eau drainée s'applique à tremper les sols. Tout y est, la forêt de chênes grêles, bien sûr, et même davantage, l'empreinte encore discrète du printemps, les bruyères et les genévriers qui s'épanouissent à la belle saison.

Au milieu du plateau qui jouxte la falaise, le bitume balafre la nature sur presque un kilomètre en droite ligne. Au bout de cette voie, un croisement coupe brutalement la vitesse. C'est précisément à cet endroit qu'elle a choisi de garer la voiture.

Évidemment, la carte postale bien réelle qu'elle découvre à l'instant ne cadre pas avec celle qu'elle possède. Debout face au bord de la route qu'elle vient de quitter, la RD 95, elle tient à la main l'image, comme un talisman, devant ses yeux. Le regard droit, des détails perturbent son analyse. La saison n'est déjà pas la même. En automne, le paysage sans soleil propose un tableau pluvieux et triste. Les couleurs prennent des tons délavés et presque de la teinte du macadam. Aujourd'hui, la lumière en plein apogée donne au spectacle un peu plus de volume et de contraste d'autant que le vent d'ouest souffle et nettoie consciencieusement les fumerolles légères d'humidité.

Il y a autre chose. La jeune femme domine au moins d'une bonne tête le décor fixé à jamais sur le papier. Elle comprend vite que la photographie a été prise de plus bas. Elle doit plier les genoux pour trouver exactement le bon cadrage avec son téléphone portable. Environ quarante centimètres. Quel intérêt motiverait un adulte à réaliser de prime abord une image selon ce cadrage alors que la position semble incommode. À moins que l'artiste en herbe dispose d'un trépied ou qu'il s'agisse d'un enfant.

Elle sourit. Elle n'a pas encore toutes les réponses, mais touche la réalité du regard. Elle réfléchit, assise sur l'un des énormes rochers qui délimitent le parking lorsqu'elle voit au loin un groupe d'écoliers volubiles et rieurs sur une autre piste. Celle-ci, partant de Nazareth, le petit hameau dévolu à la compréhension du site religieux et historique, conduit les promeneurs plus haut, vers un modeste monument construit à flanc de parois devant un large renfoncement naturel. Tapageurs, les gamins marchent sans ordre vers la forêt domaniale, stimulés parfois par un adulte.

Elle comprend.

Elle est persuadée que ce témoignage anecdotique a été réalisé pendant une sortie scolaire. Elle décide alors de tenter sa chance. Trois villages se trouvent à peu près à égale distance sur la carte qu'elle a dénichée un peu plus tôt sur l'un des portants de l'écomusée déjà ouvert : Plan-d'Aups, Nans-les-Pins et Mazaugues. Trois petites écoles. Autant d'élèves. Elle cherche un enfant d'un mètre vingt ou d'un mètre trente. Pas plus grand. Sur la courbe de croissance qu'elle a dégotée sur internet à l'aide de son téléphone, cette taille correspond à un gosse d'environ sept ou huit ans scolarisé dans une classe de CE1 ou CE2. Elle garde bon espoir, cet après-midi, de sortir l'enfant de l'anonymat.

Il est déjà tard. Briet mange rapidement à l'*Hostellerie*, un havre de paix, et pour finir, rêve quelques minutes devant un expresso en attendant de pouvoir rencontrer les professeurs ou les directeurs éventuellement concernés par cette photographie.

Elle repasse en boucle les derniers événements, ceux qui l'ont conduite à se réfugier dans une recherche absurde « don quichotienne ». Elle relativise la situation parce qu'elle comprend qu'elle s'est maladroitement exposée et que sa réponse face à la violence du quotidien ne porte aucune fermeté. En quoi une arme pourrait alors compenser la prévenance et complaisance naturelle qu'elle délivre ? La jeune femme hausse les épaules et termine son expresso. Quatorze heures. Elle doit y aller.

8

Les deux premières écoles ne lui offrent que peu d'espoir. C'est souvent la suspicion qui s'exprime dès que l'on pose des questions trop précises. La persuasion, les prières et les explications ne suffisent alors plus. La carte de visite sur laquelle est inscrit le mot « détective » renvoie de plus l'image étrangère d'une intrusion douteuse. Mais c'est à Mazaugues, après ses déconvenues, que Briet finit enfin par trouver de quoi alimenter ses espoirs. Le vieux bâtiment sans charme, en bord de route et à l'entrée du bourg, reste modeste comme nombre d'écoles de village. Il attire néanmoins toujours les sourires et la bienveillance. Il s'agit souvent de pans de bruit joyeux qui témoignent, par leur persistance, de l'existence indéniable de cœurs qui battent encore avec passion.

L'enquêteuse, introduite quelques minutes auparavant dans un bureau exigu et humblement décoré, se trouve en face de la directrice qui est aussi professeure. La photo, posée sur un carton à dessin sur le meuble, devient alors très vite un grand sujet de conversation. La Danoise aime bien les gens bavards.

— Vous connaissez cette image. Vous êtes sûre ?

— Ah, oui, oui. Certaine. J'organise régulièrement des sorties nature par groupe de douze à quinze enfants. C'est l'un d'eux qui a pris cette photo lors de notre première balade vers le massif de la Sainte-Baume en début d'année scolaire. Le sujet était les champignons, mais Fabien n'avait d'yeux que pour la route.

— Fabien ?

— Oui, un garçon autiste ou considéré comme tel par rapport aux difficultés qu'il doit gérer au quotidien. Il est très intelligent, vraiment, mais souvent, il ne veut faire que ce qui lui plaît. C'est comme ça. Ce jour-là, il se moquait des champignons. J'avais beau stimuler sa curiosité, il trouvait mieux à faire et ça se sentait. Lorsqu'on le contrarie trop, il devient hyperactif.

— Qui a pris la photo ?

— C'est lui avec l'appareil de l'école. Nous en avons deux et, chaque fois, nous en apportons au moins un en déplacement pour…

— Oui, oui, pardon. Je suis désolée, mais… qui l'a imprimée ?

— Le tirage, c'est moi, avec notre imprimante. Elle se trouve dans la pièce de repos.

— Vous faites souvent ça ?

— Souvent quoi ?

— Eh bien, vous imprimez toujours les photos que réalisent les enfants ?

— Oui et non. On fait un peu le tri tout de même, mais Fabien… Fabien a absolument voulu que je sorte le cliché que vous tenez dans les mains. C'est stupide, mais je me doutais que quelque chose n'allait pas, donc j'ai fini par l'imprimer. C'est tout. Je sentais que je n'avais pas trop le choix.

— Sinon ?

— Il aurait tourné en rond au milieu de la classe en répétant toujours la même exigence jusqu'à ce qu'il arrive à ses fins : « Je veux imprimer la photo. Je veux imprimer la photo… » Bref, vous voyez le genre. On n'aurait pas pu travailler et il n'a aucun accompagnant.

— Il est ici, Fabien ?

— Attendez, vendredi après-midi… hum, non. En général, le vendredi après-midi, on fait des activités allégées avant le week-end donc il ne vient pas. Je crois qu'il a rendez-vous avec son pédopsychiatre, normalement.

— Je…

— Non, ne me demandez rien d'autre, jeune femme. Je ne sais pas qui vous êtes. Déjà, j'ai été gentille de vous dire tout ça. Je ne peux que vous conseiller de revenir lundi. Fabien sera en principe là. Parfois, il prend seul le bus. Il se débrouille, mais si vous avez de la chance, vous pourrez voir son grand-oncle. C'est lui qui l'accompagne le matin à huit heures. La maman ne peut pas vraiment se déplacer, hélas. Mais pour en revenir à la photo, je ne suis pas étonnée.

— Pourquoi ?

— Je vous l'ai dit, Fabien reste un enfant... Comment pourrais-je vous expliquer ? Particulier et déroutant à bien des égards. Il a parfois des retours étranges, mais pas tout à fait dénués de sens. Cette photo cache forcément quelque chose. Il n'agit pas sans raison. C'est ce qui fait son charme. Enfin, vous verrez. Je dois vous laisser, maintenant.

— S'il vous plaît, juste une dernière question. Le...

— Non, je ne vous donnerai pas son nom. Je vous en ai déjà trop dit. Au revoir, madame. Au revoir.

À l'évidence, la récréation est terminée. L'institutrice l'invite à sortir avec un large sourire. Briet regarde une dernière fois la photo de classe que lui a montrée la professeure. Par chance, les prénoms des enfants sont écrits sur des étiquettes sous chaque portrait. Sans doute un exercice de CE1. Fabien pose au milieu des autres. Il a les cheveux châtains mi-longs décoiffés et une bouille toute ronde. Il pourrait ressembler à n'importe quel gosse, mais une seule chose le distingue du groupe. Devant l'objectif, il ferme les yeux très fort comme s'il devait s'isoler.

9

— Alors, je t'écoute.

De mon côté, je ne suis pas à la fête. Deux heures que je suis retenu sur les lieux même de mes exploits. Je meurs de faim. David Buttafoghi triture un emballage de chewing-gum. Il essaye d'arrêter de fumer depuis quelques mois. Je me demande si les timbres anti-tabagiques demeurent encore efficaces. Il semble que non. Le grand costaud devient de plus en plus acariâtre.

Nous avons pris place à une table de la cafétéria réquisitionnée pour l'occasion afin de prendre les premières dépositions des témoins avant qu'ils ne s'envolent. L'affolement est palpable et les premiers journalistes, maintenus à l'extérieur, l'entretiennent avec un savoir-faire qui honore la profession. Ils n'ont peut-être pas tort. Un monstre capable du pire traîne dans la nature.

9

Je suis finalement assez content de voir le lieutenant même si le temps commence à se faire long. Je vais enfin pouvoir échanger mes impressions sur cette curieuse histoire puis laisser tomber officiellement par obligation. L'interdiction implicite de s'occuper des affaires policières en cours et surtout des homicides tient plus que jamais. Il semble que nous soyons, de toute façon sur la même longueur d'onde concernant les grandes lignes, mais moi comme lui ne souhaitons en aucun cas nous rabaisser à faire le premier pas. On est déjà un vieux couple qui ne s'avoue les fautes qu'une fois le drame passé. Il est souvent trop tard.

Je demande :

— Tu veux que je commence par quoi ?

— Je ne sais pas. Les bonnes nouvelles ? lance David sur un ton désinvolte.

— Mon pistolet ne contient plus qu'une balle. Les projectiles précédents se sont figés dans les remblais du stand de tir des Trois Lucs.

— Eh bien voilà. On pourra éviter le carnage parce que je constate qu'elle n'est pas tendre avec toi. Quoi d'autre ?

Je touche mon visage que des griffures fines ont balafré. Je ne trouve rien sous la main sur lequel je pourrais passer mes nerfs. Un trombone ou une carte de visite. Je tente d'analyser la situation. Le meurtre, tout aussi sordide que les autres, perpétré peut-être par vengeance. La curieuse diligence d'intervention des policiers. Leurs certitudes indéboulonnables, mais qui ne correspondent pas à l'impression obtenue devant la fuyarde. Tout cet amas d'écheveaux file la nausée. Derrière cette pelote, les flics tirent pour le moment les ficelles. Je plonge dans un mauvais rêve, mais je ne me considère pas encore en perdition. Loin de là. Je tape du poing dans ma tête.

— Je ne sais pas quoi te dire d'autre, David. Je devais simplement conclure cette histoire par respect envers la famille…

— … Et ça t'autorise à marcher sur nos plates-bandes et à foutre notre opération en l'air. Je t'avais pourtant prévenu au téléphone. Je devrais te mettre en taule pour complicité. J'en suis là. Tu t'imagines, rétorque l'officier.

— Ce n'est pas elle, David.

— Non ? Comment peux-tu l'affirmer ? On en sait long sur elle et crois-moi, ce n'est pas la biquette que tu penses avoir découverte. C'est une sacrée salope. Un jour, tu comprendras. Alors, aujourd'hui, tu vas me dire ce que tu lui as mis dans la tête pour qu'elle se carapate aussi vite de l'hôpital une fois tes deux visites effectuées. Après, tu pourras partir. Eh oui, on est au courant. Elle était sous surveillance, la conne, et en la suivant, j'aurais aimé voir un autre spectacle que ta tronche. Considère ça comme une boutade.

Il regarde, excédé, à l'extérieur, ses collègues batifoler avec le nouveau substitut du procureur de la République venu aussi vite que possible à la suite des premières alertes. La réminiscence craintive d'attentats subits et incontrôlables qui pourraient toucher le cœur de la jeunesse offre la faculté indéniable de décoller rapidement les postérieurs des hauts fonctionnaires de leurs fauteuils en cuir.

— Putain, juste le boulot. Je l'ai juste vue pour la mettre au courant. C'est tout.

— OK, Léopold, arrête ton cirque. Elle nous fait une grosse dépression, d'accord. On en ferait à moins. Ensuite, elle s'enfuit de l'hôpital. Pourquoi pas ? Elle passe du bon temps avec un gogo sorti tout droit du *Maracana Club*, comme par hasard. Bon, super, quoique… Et elle le trucide dans la foulée pour finir ici, à Luminy. Tout ça en… allez, en 48 heures chrono. Waouh, what else ?

Je souris gauchement et hoche la tête. L'anglais se marie si mal avec l'accent marseillais. Je comprends où David veut en venir. Je tarde malgré tout à répondre sur ce sujet précis et fais plutôt diversion.

9

— Et le cadavre ?

David Buttafoghi tape des doigts sur la surface crasseuse en formica en me regardant avec l'air de ne pas y croire.

— Quoi ? Le type trouvé ce matin ?

— Ouais. C'est le même mode opératoire que pour Bouathong ?

— Oui, tout à fait identique mis à part un détail, mais on est tous d'accord – procureur, enquêteurs, légistes, psy – pour penser qu'il s'agit d'une évolution.

— Quel détail ?

— J'ignore pourquoi je te dis ça, Léo, mais bon. Le mot « SEXE » a été proprement scarifié sur le corps de la victime avec un scalpel tandis qu'elle était ficelée par les pieds et les mains aux montants de son lit.

— Avant ou après ?

— Léopold, tu dépasses les bornes. Qu'est-ce que j'en sais ? Avant, après, quelle différence ça fait ? Ce type a été castré et... Merde ! Réponds plutôt à mes questions au lieu de vouloir me tirer les vers du nez. Que foutiez-vous sur le campus ?

Je me lève, nerveux, et marche quelques instants avant de me rasseoir sous l'emprise d'une subite inspiration. David ne me quitte pas des yeux. Je vais devoir une nouvelle fois la jouer funambule et passer entre les postillons nombreux tout autour de moi.

Le lieutenant ose parler d'amitié. C'est certain qu'après la mort de Mélodie, tandis que la terre fraîchement retournée respirait encore sur la tombe de la policière, on s'est vraiment appréciés. Régulièrement, on se retrouvait sur le Vieux-Port, chez le Belge ou ailleurs, pour partager deux ou trois parties de billard. Mais, une fois les bières bues, il ne restait rien. On repartait, las, chacun dans notre grotte avec une image plantée au milieu de la face.

J'arque les sourcils et soupire.

— Je... Tu te souviens que je t'ai parlé d'un certain Médrano ?

— Ouais. Et alors, qu'est-ce que ça à voir avec le gogo ?

— Ce type connaît le boxeur et sa copine. Il travaille comme commercial pour une mutuelle. C'est Batifèmbé qui me l'a dit. Je suis certain qu'il a disparu à cause de ce qu'il sait. Je l'ai dit à la fille. Dans son cas, une affaire de meurtre et d'abus sexuel. Pas banal. Je devais rencontrer monsieur Médrano, mais je n'ai jamais eu de nouvelles du personnage depuis le coup de fil. Tu le sais, je t'ai prévenu.

— Et c'est tout ?

— Non, non. Je lui ai aussi parlé de Deboschères. Je crois qu'elle a les foies. Une terreur entêtante comme une drogue, qui l'empêche de conserver son sang-froid et de garder la tête sur les épaules.

Je m'arrête. Je scrute le policier dans l'attente peut-être d'une mimique ou d'un simple geste que je puisse interpréter. David, dépité, ferme les yeux, les mains serrées un temps contre sa bouche avant de répondre.

— Nous y voilà. Pourquoi lui as-tu parlé de cet obsédé ? Putain, tu imagines ce que tu as fait ? Tu as juste réveillé ses plus bas instincts et tu n'as pas pu te mettre en travers pour empêcher la montée d'adrénaline. Tu ne vois pas que c'est une folle de la pire espèce ?

— Je ne la crois pas capable d'endosser ce rôle. Je l'ai écoutée avant qu'elle ne s'enfuie. Elle ne semblait pas saisir la portée de mes paroles de la même façon que je n'arrivais pas à comprendre pour quelle raison elle agissait avec une telle retenue vis-à-vis de moi et…

David coupe promptement mon plaidoyer.

— Ah ouais ! Je te rappelle qu'on l'a trouvée face au corps sanguinolent de son boxeur de copain, par terre dans sa vomissure et inconsciente. Mais surtout libre. Libre ! D'après les constatations de la police scientifique concernant l'autre homicide, la présence de la femme est confirmée, mais celle-ci était apparemment encore ligotée. Ligotée ! Tu saisis la différence entre libre et ligotée ? J'ai un dossier sur elle. Je n'entre pas dans les détails. Je n'en ai pas le droit, mais je suis de ceux qui croient qu'on a affaire à la plus terrible manipulatrice de Marseille et je peux t'assurer que l'on est de plus en plus nombreux à arriver à de telles conclusions. Elles sautent aux yeux, mais rien à faire. Là-haut, les lignes ne bougent pas.

Je fais une belle grimace, de celles qui ne laissent aucune ambiguïté. Je ne souscris pas une seule seconde à la théorie que défend David avec tant de véhémence. Je pense plutôt que je ne devais pas me trouver seul, là-bas, du côté du port de la Pointe-Rouge, pour surveiller la jeune femme, ce matin et ce n'était pas les flics. Mais peut-être bien un type qui clope. La cinquantaine, capable d'attendre dans sa bagnole au milieu d'un parking. Celui de l'hôpital psychiatrique, par exemple. Peut-être. Bon Dieu, un beau raté. Je n'ai rien vu. C'est dommage. Quelques minutes ont suffi au monstre pour mettre son plan à exécution.

— Ouais, n'empêche que...

— N'empêche que tu ne m'as toujours pas dit pourquoi vous étiez ici, interrompt David.

— Oui. Comment t'expliquer ? Cette nuit, avant de partir, elle m'a envoyé un SMS. Et comme je lui ai révélé que Deboschères traînait souvent du côté du *Maracana Club*, j'ai fait le lien et je l'ai vue ce matin sortir d'une copropriété sur la promenade à deux pas de la boîte. Un coup de bol. Je l'ai seulement suivie jusqu'ici. Elle a dû obtenir une bonne pioche et veut, à mon avis, prouver son innocence.

— Prouver quoi ? Son innocence ? se gausse David.

— Ne ris pas. Ce que je pense, c'est que le vidéaste travaillait ici. Il n'a pas fait d'études et c'est forcément dans le campus qu'il a rencontré Bouathong. Reste à prouver que les deux meurtres ont été commis par le même individu. Une personne proche de nos deux pervers. Le sportif est donc, évidemment, lui aussi impliqué dans cette histoire sordide dont j'ignore le contenu pour le moment. Sur ce point, on est d'accord.

On aborde la vengeance. Mais, pour moi, sous un angle différent. Elle lâche, à mon avis, une autre consistance beaucoup plus enivrante que celle que tu t'évertues à croire.

— Alors, rien de nouveau. Tu protèges ta cliente, finalement. C'est tout, ironise David. Moi, je vais te dire ce qu'il s'est vraiment passé. C'est très simple. Absalou Sia Batifèmbé a découvert que son futur mari et Deboschères s'envoyaient en l'air avec un tas de nanas. Ils produisaient des films de cul et les mettaient sur le Net. Ils faisaient peut-être gentiment chanter leurs victimes au passage. Super. Moi aussi, ça ne me ferait pas forcément plaisir de reconnaître que mon copain est un salaud. Tu sais combien je suis vertueux. Alors, elle décide de se venger, pour elle et pour les filles si abjectement souillées. Une simple *passionaria* de la condition féminine. Issue de la banlieue, elle a été à bonne école, si tu vois ce que je veux dire. Maintenant, il est impératif de la retrouver, car c'est une vraie psychopathe.

— Non, tu n'y es pas. Elle ne connaissait Bouathong que depuis huit mois, seulement intéressée par son fric.

— Et alors, ce n'est pas une raison. Écoute, Léopold. Depuis le meurtre de Bouathong, on a disséqué la vie du boxeur. On a remonté à contre-courant toutes les pistes privées et professionnelles, notamment *SportiForm*. À part du sponsoring, on a trouvé que dalle. On a désossé ses téléphones portables et ses ordinateurs. On a fait chier les fournisseurs d'accès pour qu'ils nous refilent tout ce qu'ils possédaient en stock sur le type. On a interrogé ses amis et ses maîtresses parce qu'il en avait et bilan des courses, jusqu'en 2011, tout nous ramène à Deboschères. Pas la peine de venir dans un campus pour le constater. Alors, que fait-on ? La même chose avec ce taré. Franchement, tu penses qu'on ignorait qu'il travaillait ici ? On est cons, mais pas à ce point-là. Le problème réside dans le fait qu'on ne dispose que de faisceaux de présomptions dilués par le temps, c'est tout. Ce gars est un secret à lui tout seul et on sait pertinemment qu'il a dissimulé des histoires pas claires à droite et à gauche. C'est à ce moment qu'entre en jeu Absalou Sia Batifèmbé, et comme par hasard, tout explose. Je te fais un dessin.

Je frémis en écoutant les dernières paroles du flic lâchées dans la crispation. Je reste convaincu que nous devons maintenant être capables d'oublier ce qui nous saute, en surface, aux yeux. On doit continuer à creuser et fouiner là où le tueur ne pense pas qu'on foutra notre nez. Tout en me levant, je soupire, désabusé. L'exercice devra, peut-être, dorénavant se passer de moi ou, mieux, se dérouler en marge de la loi. Je connais ça.

10

Absalou n'est pas la seule à craindre pour sa vie. Samuel Médrano tremble aussi pour la sienne et s'aperçoit qu'il ne possède pas l'ombre d'une chance de s'en sortir sans coopération et cooptation. La lèvre fendue et sanglante, la joue brûlante et tannée par les coups, l'œil cautérisé par la coagulation, il ne tiendra pas un jour de plus si le traitement dont il fait l'objet se poursuit. Parler reste son unique option. Le type est là. Revenu aux affaires, il attend et l'encourage par les gestes et les mots comme si depuis hier, rien n'avait bougé.

De cet événement brutal survenu huit ans avant, Samuel se souvient de nombreux détails. Il se rappelle, entre autres, une réunion qui s'éternise. Quelques bonnes blagues entre amis. Les verres de whisky qui s'encanaillent et claquent sur le comptoir après chaque vidange. Il perçoit parfaitement, par exemple, les parfums remuants de la sueur sous aisselles. Vautré sur un large coussin à la couleur rouge délayée par l'alcool, il ressent très bien le trouble indicible qui s'installe à ce début de flirt maladroit. Il faut avouer que la secrétaire collée à son flanc brûlant lui lance des œillades appuyées. Il doit faire attention. C'est en tout cas ce qu'il se dit entre deux caresses. C'est tout. Sa femme enceinte l'attend, là-bas, dans leur belle maison isolée au milieu de la plaine, sur la route de Mazaugues.

Il repense aux SMS alarmistes restés sans réponse et à cet appel fébrile passé tandis qu'il se trouve encore accoudé au bar, un œil dans le décolleté de la belle et l'autre dans son verre. Les cocktails aidant, il oublie le cordon qui le lie à l'indispensable. *Ce n'est pas la première fois !* se dit-il pour éloigner la culpabilité.

Il se revoit tout de même partir, le regard perdu. Il entend encore son souffle déréglé alors qu'il se précipite dans le parking souterrain que possède l'immeuble tout en verre de l'agence régionale à La Ciotat. Il devine l'urgence de la situation, mais se sent patraque. Il sait bien qu'il a trop bu. Il roule malgré tout très vite et décide de franchir le col de la Roussargue. Il poursuit sa folle course contre les minutes dans la descente vers Plan-d'Aups. Une dernière fois, le téléphone vibre, mais il ne touche pas l'objet posé sur le siège passager. Il croit encore qu'il peut faire bonne figure. Les pompiers sont probablement en route. Il arrivera avant eux. Tout ira bien, comme d'habitude.

C'est le bruit en premier qu'il a gravé dans sa mémoire. Il résonne toujours dans sa tête huit ans après. Un choc net et deux sons en écho noyés par la musique forte dans l'habitacle. Un refrain : « Maman, on va cueillir des pâquerettes. » Il se souvient de ce coup d'arrêt brutal comme d'un claquement de fusil. Le corps qui tombe de l'autre côté de la route libère un son plus sourd, sans doute parce que dans la nuit noire, les feuilles mortes ont amorti la chute. Oui, c'est vrai. Nous sommes début novembre et la soirée est maussade, humide. Presque insaisissable. Un raout de merde.

Il pense d'abord fuir. C'est la stricte vérité. L'obscurité l'invite, le happe même dans ses bras, mais il ne s'égare pas. Les yeux hagards, il tressaille, tarde, immobile quelques secondes, puis sort de la voiture et court vers le bas-côté opposé. Ce n'est pas un sanglier que sa voiture a percuté. Curieusement, il entend des bruits imperceptibles un peu plus loin dans la profondeur du sous-bois, mais il les ignore. Il ne croit pas un seul instant que des hommes puissent être présents à quelque distance de l'accident au milieu de ce décor sauvage. Il en est certain. Aidé par l'alcool, son esprit lui joue des tours.

Le cauchemar commence. La jeune femme se trouve étendue inconsciente. Sa peau semble rouge, car faiblement illuminée par les feux de position arrière de la voiture. Elle est à demi dévêtue. Pire encore. C'est en voulant s'assurer qu'elle respire qu'il s'aperçoit en tâtonnant qu'elle ne porte ni pantalon ni culotte. Il touche une de ses fesses. Son épiderme est glacial et mouillé par endroit. Du sang. Encore.

Il panique. Il ne désire pas devenir coupable d'actes qu'il n'a pas commis. Il retire ses doigts prestement et va chercher des gants dans la berline de fonction. Il en possède une paire en permanence au cas où il serait obligé de se salir les mains.

Au loin sur la ligne droite, au pied du massif de la Sainte-Baume, une voiture arrive. Ses phares marquent la route et bondissent sur le bitume irrégulier. Le véhicule doit se trouver à un peu plus d'un kilomètre. Samuel déplace rapidement le corps afin qu'il reste bien visible puis s'éclipse tout aussi prestement. Il sait que le conducteur le verra fuir, mais il comprend que certaines gens sont meilleurs que lui. L'homme s'arrêtera et appellera les secours. Il sera de bonne foi. Il en est sûr. Samuel, en revanche, porte désormais un lourd mensonge. Il commence à pleuvoir de plus en plus fort. Il est déjà trop tard. Chez lui, sa femme est en train de mourir.

La suite verse dans le conte macabre. Ce premier drame lui a fait perdre de précieuses minutes. Lorsque Samuel arrive devant le portail de la maison, les deux vantaux sont grands ouverts. Les pompiers s'affairent. Le pauvre homme devine un brancard occupé que l'on glisse à l'arrière du véhicule de secours et d'assistance aux victimes. Il saisit à peine la question que l'hébétude laisse en suspens dans l'air froid et humide : « Vous êtes son mari ? »

Le mauvais rêve continue devant les urgences de l'hôpital de Brignoles. Il est presque minuit. La bruine, ici, devient pluie. Deux véhicules des pompiers et une voiture de la gendarmerie arrivent à quelques minutes d'intervalle en abandonnant derrière eux des chapelets de gouttes d'eau grasse. Une mauvaise nuit. Dans l'un, une femme mourante serre encore la main de son époux, mais la pression artérielle diminue au fil des secondes. L'hémorragie subséquente à la fausse-couche s'intensifie. Dans l'autre, une inconnue immobilisée par une coquille gonflable s'accroche à la vie avec force. Perfusée, elle se trouve dans un état stationnaire. Ses jambes sont brisées en mille morceaux, mais le cœur bat fort.

Fin de l'histoire.

— C'est tout ? demande le tortionnaire.

Samuel confirme d'un signe de tête.

— Alors tu ignores qui se trouvait dans la forêt quand… comment l'appelles-tu déjà ? Ah oui, quand Juliette, Claire quoi, a plongé sous les roues de ta bagnole. Tu ne vois pas de quoi je veux parler ?

— Non.

La gifle n'attend pas que la négation se dépose. Elle claque et rend la souffrance de la blessure au visage plus insupportable encore. Samuel ne peut pas non plus accompagner le geste, histoire de réduire la peine.

— Alors, toujours pas ?

— Arrêtez. Je ne sais pas ! Arrêtez.

Le prisonnier est à bout et chiale.

— Dans la forêt, ils étaient combien ?

— Je ne... Non.

Le truand perd alors patience. Une deuxième gifle vient définitivement éclater la joue du pauvre hère déjà fragilisée par les coups. Le liquide rouge coule lentement sur la barbe naissante et poursuit son chemin vers le cou. Samuel vacille et ferme les yeux, mais sa conscience, entretenue par la douleur vive, demeure alerte malgré les semonces.

— Combien ? questionne de nouveau le monstre.

— Je n'ai rien vu, balbutie Samuel. Je vous assure. Ce n'était pas possible, car les bois étaient trop denses à l'endroit où l'accident s'est passé. Putain, qu'est-ce que vous imaginez ? Que ces types se sont amenés sur la route, se sont présentés et se sont excusés. Qu'ils ont ensuite ramassé la fille et sont partis pour finir le boulot. Vous pensez peut-être qu'on a fait un constat ? lâche-t-il pour finir.

— D'accord, d'accord. Un ton plus bas. Je te crois alors ne crie plus sinon tu y as de nouveau droit. OK ?

Samuel garde les yeux baissés. Il refoule ses larmes et tente de retrouver une respiration normale. Le gardien lui balance encore une question. Il semble vouloir s'adoucir, car l'inflexion devient différente, plus posée, moins tranchante.

— Où était-ce exactement ?

L'assureur a des nausées, mais son ventre vide n'a rien à donner.

— Où ça s'est passé précisément ? Allez, un effort, renchérit le bourreau.

— Sur la petite route du côté de Mazaugues. À cinq ou six kilomètres de là où j'habitais à l'époque, juste après ou avant les glacières, je crois. Je ne me souviens plus exactement.

— La route qui arrive d'Aups ?

Samuel secoue la tête de haut en bas.

— OK. Tu vois, tu as été sage. Tiens, pour ta peine.

Le bourreau lui plante une barre chocolatée dans la bouche puis éteint la lumière et sort un instant.

Samuel l'entend monter les escaliers. Scotché à la chaise, il tente de remettre ses idées en place en suçant puis en mâchant la gourmandise épaisse sans la faire tomber. L'effort de mastication engendre d'autres supplices. Il se dit qu'il n'aura pas une seconde chance.

Quelques minutes passent. Le courant d'air qui provient d'en haut lui procure un bien fou. Il refroidit son corps endolori et, malgré les frissons, l'homme y puise une énergie nouvelle qu'il ne pensait pas ressentir après les dernières violences. En bruit de fond, il capte une vague discussion téléphonique dans laquelle il est question d'une exception. Serait-ce lui l'anomalie ?

Le type revient enfin. Il semble pressé et s'assoit sur les dernières marches de l'escalier, à deux mètres de Samuel. Il pose à côté de lui son téléphone portable et parle.

— Une dernière chose avant que je ne parte. Un truc que je ne saisis pas. Pourquoi penses-tu que Bouathong était mêlé à cette histoire ? Pourquoi, hein ?

— Qui vous a dit ça ?

— Non, non, non. Réponds à ma question, s'il te plaît. Ne m'oblige pas à utiliser la manière forte encore une fois. Tu n'es pas en état.

Samuel hésite. Il s'accorde le temps de la réflexion. Il traîne ce secret depuis déjà quelques mois et la visite de Bouathong dans son agence mutualiste. La mort du boxeur est ensuite venue inexorablement perturber son quotidien en y introduisant la peur. Une angoisse sourde et incontrôlable. Une situation invivable pour un homme foncièrement honnête.

— Parce qu'il y a huit ans, je l'ai vu à l'hôpital, avoue-t-il, la bouche sèche. J'ai simplement fait le lien.

— À l'hosto de Brignoles, il y a huit ans ? Il s'est pointé aux urgences ?

— Non, pas aux urgences. À Marseille, en réanimation, une fois le transfert de Juliette effectué et deux ou trois jours après son admission dans le service. Il cachait son visage sous une capuche.

— Tu le connaissais d'où ? Tu es un fan de boxe ? Tu n'as pas l'air pourtant.

— Non, non. Je gérais ses contrats d'assurance maladie. Je travaille dans une mutuelle. Dans ce cadre-là, je ne l'ai rencontré qu'une seule fois, mais je ne peux pas me tromper. Il ne se trouvait pas là par hasard. Ce n'est pas possible.

Le pseudo-militaire à la voix rocailleuse siffle avant d'ajouter :

— Ça peut expliquer un certain nombre de choses. Et sa gonzesse, Batifèmbé, tu la connais ?

Samuel réfléchit tout en parlant. Il a l'impression que la môme devient la tique que l'on doit à tout prix éliminer. Il se souvient bien de leur rencontre inopinée sous le porche de la cathédrale puisque cette conversation innocente concernait le couple. Un mariage en vue. Il se rappelle même qu'elle l'avait accompagné sur le pas de sa porte tout en discutant. Une drôle de bonne femme.

— Non, je ne l'ai aperçue qu'une fois au bureau, en coup de vent. Et, ah oui, à l'église, une autre fois.

— À l'église ? De quoi avez-vous parlé ? De la Sainte Vierge et du petit Jésus, ricane le cow-boy

— On n'a fait que se croiser. Je me baladais.

— Se croiser ?

— Oui, le hasard. Ça arrive, non ? Et on a parlé de tout et de rien. Monsieur Bouathong n'était pas encore mort.

Le psychopathe quitte les marches. Debout, il hoche la tête de droite à gauche. Il ne semble pas content. Il se présente face à Samuel et lui donne un dernier coup de poing cette fois dans le ventre. Le pauvre type gerbe la barre chocolatée qu'il vient à peine de manger.

— Tu mens. Tu savais déjà pour Bouathong, mais tu n'as rien dit à personne. Ou plutôt, si. Tu en as vaguement parlé, mais à une seule personne, la fille. Hein, j'ai raison ? Et tu as déballé ton ressenti et maintenant on en est là, avec une folle dans la nature. Je me trompe ?

Le tortionnaire est bien mal placé pour porter un jugement. Peu importe, Samuel hoche la tête. Il a du mal à avaler sa salive épaisse.

— Pas elle, souffle-t-il. Je devais rencontrer un détective. Léopold Camaert.

— Ah, Camaert. Nous y voilà. Ça me plaît pas mal, ça.

Il l'observe et semble navré.

— Je vous en prie ?

— Je suis désolé, mais quand on parle trop, tu sais ce qui se passe, hein ? D'un autre côté, je suis ravi, tu me donnes du boulot. J'ai une grosse dette à honorer et l'occasion fait le larron, mais à poursuivre sur cette voie, chacun joue un rôle dangereux qui nécessite parfois des solutions expéditives. Imagine simplement. Tu aurais claquemuré ta gueule, verrouillé tes esgourdes et continué ta petite vie de merde et tout ça ne serait pas arrivé. Réfléchis à ça. Tu as jusqu'à demain avant de me rendre ta copie. Bye !

Samuel frémit et ferme les yeux. Il pense à l'exécution, à ce qu'il aurait pu tenter et à ce qu'il aurait dû entreprendre afin d'infléchir le cours de l'histoire. Et tout ça par probité. Il reprend un bol d'air, serre les dents puis joue son va-tout en voyant le type s'éclipser.

— Vous savez, vous pouvez toujours me frapper, puis me tuer. Pour finir, je resterai en permanence incapable de vous dire combien ils étaient dans la forêt. Contrairement à ce que vous pensez, je n'ai pas participé à l'agression. Je sais en revanche une chose et ça, on ne me l'enlèvera pas. C'est Bouathong qui a violé Juliette dans les bois. Point final.

QUATRIÈME JOUR
Samedi 13 mars

11

— Tu te cailles les miches, hein ?

Absalou émet un vague signe affirmatif tout en regardant le vieux bonhomme tassé au milieu de la petite pièce. Il reste aussi rassis que le pain qu'il lui propose. Le visage, passé aux sels, est strié de longues rides parcheminées. Son cuir, lardé d'étranges plaies cicatricielles et maltraité par les UV à longueur de journée, semble soigneusement tanné. Ses cheveux sales, épais et grisonnants, encadrent un regard plissé sans concession.

Il la dévisage avec l'air de penser qu'il a encore sorti une sirène des profondeurs de la mer. C'est tout. Pas de quoi passer à la téloche. Ses yeux céladon ne pétillent pas davantage. Elle est frigorifiée et apeurée. Lui ne porte qu'un simple petit débardeur sans manche et déformé à même la peau. Il trempe son quignon dans ce qui pourrait ressembler à du lait tout en bavassant de tout et de rien.

— Eh, oui. Les jeunes, ils croient que l'été arrive en mars et part en octobre, reprend-il sans attendre la réponse. La belle affaire. Tiens-toi bien ! Moi, j'ai connu des gelées en mai et ici, en bord de mer, alors...

La femme l'interrompt. Elle ne s'est pas réveillée pour entendre des souvenirs d'un autre temps. Et si l'ancien semble sorti tout droit d'une scène de vieux film, elle aperçoit tout de même à distance, posé sur la table en formica qui sert de desserte, un téléphone portable dernier cri. Quant à l'écran plat *high-tech* allumé en arrière-plan, le son coupé, il n'a rien à envier au téléphone.

— Tu sais...

— Si je sais quoi, jeune fille ?

— Ce qui s'est passé hier.

— Que s'est-il passé hier ?

— T'es lourd. La baston. À Luminy.

Voûtée par l'anxiété, les fesses posées sur le tabouret, elle décroise les bras et laisse sa main courir vers la ceinture du pantalon. La crosse du pistolet touchée du bout des doigts demeure froide et pourtant, l'air se réchauffe dangereusement. L'ami de Mathusalem égare ses yeux sur le décor environnant comme s'il ne connaissait pas l'espace dans lequel il va mourir. Il finit par redresser la tête et se lever pour déposer le bol sur la desserte avant de briser le silence.

— Gamine, tu possèdes un flingue. Première chose que je sais. Je t'ai un peu tripotée lorsque tu pionçais. Non, je plaisante. J'ai pris simplement mes précautions.

Il tend son bras. Au bout, dans sa main épaisse et poncée par les bouts d'amarrage, il tient, entre le pouce et l'index, une balle de pistolet. Sans atteindre aucune cible, celle-ci fait tout de même mouche. Il poursuit.

— Tu disposais d'une unique munition dans ta pétoire. Deuxième chose que je sais. C'est con, hein ? Alors j'ai envie de te dire qu'il ne va pas falloir que tu retiennes tes phalanges pour récupérer l'objet que je possède. Je ne suis pas né de la dernière pluie. Ensuite, tu ne devras pas non plus louper ton coup. Ce matin, à une heure aussi indue, je suis le seul réveillé, à boire mon lait dans le coin. Tu vois, les habitudes se perdent dans les calanques. Et il y a le bruit. Tu as pensé au vacarme que ça ferait ? Certes, il n'y a en principe pas un chat à proximité, mais les cris, la bagarre et l'écho avec tous les flics qui rôdent sur les sentiers alentour. Pas terrible, hein ?

Le décati fait face à Absalou. Il ne possède pas d'armure, seulement un torse outrageusement velu à travers le débardeur. Rien qui puisse arrêter une ogive. Elle le reluque et soupire. Il a raison. Le gars n'a pas d'âge, mais il en a vu passer de belles et il n'était pas en reste lorsqu'il devait justifier ses petites combines devant la maréchaussée. Il sait de quoi il parle. Elle baisse la garde et pose son arme à côté du bol.

— OK, OK. Tu vas prévenir les keufs ou c'est juste pour le stress ?

— Non, je n'appellerais jamais la police même si ma vie en dépendait, ma grande. Tu comprends, quand je t'ai trouvée hier soir, tu traînais ta gueule paumée de Gavroche vers les parois blanches qui dominent Morgiou et les chiens aboyaient à distance. Ils sont hargneux ces temps-ci. Curieuse idée que de croire que l'on peut devenir une épingle dans une botte de foin ? Le genre de trip qui me ferait sortir une larme si j'en avais en stock. Mais, tu vois, je n'ai pas hurlé à ce moment-là. Non, j'aurais pu, mais les flics sont des bons à rien.

Elle l'écoute déblatérer sa hargne destinée à convaincre les plus récalcitrants, puis, une fois la diatribe épuisée, elle lui demande, rassurée.

— Mouais, tekass. En temps utile, tu me rendras ma balle. Et maintenant ? Tu m'as aidée, cool, mais c'est quoi le plan ?

— Pour l'ogive, je ne sais pas. C'est dangereux, ce genre d'outil dans les mains d'une fillette. Pour le reste, tu te trouves chez moi, enfin, dans ma garçonnière et la flicaille te cherche toujours. Il n'y a pas long à attendre avant qu'ils frappent à cette porte. Ils patientent peut-être déjà derrière. Je peux te planquer, mais j'ai une meilleure idée. Je vais t'exfiltrer comme au bon vieux temps, lorsqu'il fallait jouer avec les tordus de la *French connection*.

Son clin d'œil en dit long. Son sourire vaut également toutes les visites au musée Grévin. Et son dentier, n'en parlons pas. Il rayonne sous la partie charnue de sa bouche qu'une barbe collante de cinq jours vient obscurcir. Pourtant, le vioc, sous le lustre, ne libère pas une once de sympathie. Il veut simplement ennuyer le maximum de personne en un minimum de temps et Absalou est la poupée qui va lui permettre d'assouvir ses pulsions bêtement révolutionnaires et béatement nées au mauvais printemps.

— Mortel ! Vous étiez trafiquant. Un vrai thug[1], quoi.

— Ouais, un thug ! Je ne sais pas ce que c'est, mais si tu le dis. Ah, ici, on a tous un peu magouillé. On a ça dans le sang. Les dealers avaient besoin de petites mains à l'époque et, juste retour des choses, on nous a finalement foutu la paix. On est simplement repartis aussi fauchés qu'au départ.

Le vieux jette le reste du lait dans l'évier et entreprend de nettoyer les cochonneries qu'il s'est appliqué à étaler auparavant lorsque la fille dormait sur la seule couchette que comporte le cabanon. L'homme affairé ne parle plus, mais jette régulièrement des coups d'œil dehors.

— Bon, on y va, ma poule. Il faut profiter de l'heure bleue.

— Où s'qu'on va ?

— Pêcher. Tu aimes ça, pêcher, non ?

— Euh, écoute, m'sieur. Je... Je dois filer à Marseille. Je...

Il l'interrompt et l'invite à regarder par la fenêtre.

---

1 Thug : dur

— On va pêcher. Tu vois ce temps résiduel un peu brumeux ?

— Mouais.

— Et ces petites ridules pas bien méchantes à la surface de la mer ? C'est un temps d'alternance, comme en politique. Le cap passé, c'est le zef d'ouest assuré et un bon coup, je peux te le garantir, d'autant que ça arrive pile après le fort vent d'est des derniers jours. Autant dire, une sacrée baignoire pleine de gros clapots. Les flics nous foutront la paix, ma belle. Par un temps pareil, les marins d'eau douce ne sortent pas. C'est du cousu main, ah, ah ! Par contre, tu vas mouiller, poulette ! Ah, ah, ah !

En toussant et rigolant comme un gamin un jour de kermesse, il lui tend un ciré et un gilet de sauvetage, puis, sans se soucier de sa propre sécurité, enfile une parka, des bottes et empoigne une longue gaffe en aluminium.

— Où dois-je déposer la princesse ?

— Le Vieux-Port ?

— Eh, le Vieux-Port. Bon choix. OK, mais si c'est le Vieux-Port, tu m'accordes la matinée, hein ? J'ai quelques filets à relever. Tu m'aideras. J'ai vu cette nuit que tu ne mettais pas les deux pieds dans le même sabot. Et puis, je suis à la bourre, je n'ai fait que mater ta carrosserie lorsque tu dormais.

Il termine sa phrase par un nouveau clin d'œil encore plus lubrique que le précédent. Il a de la chance de s'appeler Providence, sinon, troisième âge ou pas, Absalou lui flanquerait une bonne rouste. Elle en a marre de ces types qui ne pensent qu'à lorgner le décolleté de la voisine sous prétexte qu'ils possèdent un joujou extra dans le pantalon. Elle soupire et passe devant le vieux pervers en lui jetant un sort. Dehors, le vent frais finit de la réveiller.

L'ancêtre a raison. La mer se forme au fur et à mesure que le rafiot s'éloigne de la côte. Le vent forcit au large et lâche quelques coups brutaux tandis qu'ils ramassent les filets derrière l'île de Riou. La fuyarde fait de son mieux. La poiscaille est rare et le petit bateau s'agite comme un bouchon lorsque la coque se met en travers, mais rien d'alarmant. Le pêcheur, malgré son âge canonique, demeure presque aussi agile qu'un gamin de vingt ans à chaque alerte. Il râle parfois contre la maladie qui s'évertue à vieillir ses os, mais sourit de se savoir sans doute encore en vie et en bonne compagnie.

Le pointu jaune et bleu suit maintenant la côte en brisant les courants contraires de surface. Régulièrement, la proue de la barcasse frappe l'eau avec violence avant de reprendre, pistons en surchauffe, de la vitesse entre deux vagues. Le ciré de la jeune femme est trempé par les embruns et les gerbes de flotte, mais il lui tient quand même chaud. Elle découvre de plus près les îles qui annoncent par l'est les rivages de la métropole. Le patron, en voyant son regard longer les rochers, lui fait un signe de tête.

— On va éviter la peste.

Elle ne comprend pas et marque avec les yeux ses lacunes. Un temps, elle craint qu'il évoque les flics, mais ne distingue aucune embarcation proche. Lui ne bouge pas. Il reste à la barre et semble prendre du plaisir. Un drôle de bonhomme. Il poursuit, la voix plus haute encore pour couvrir le bruit sourd du moteur et des vagues qui pilonnent la coque.

— C'est l'île de Jarre. C'est là qu'on foutait les pestiférés. Mais pas que.

L'homme s'esclaffe une nouvelle fois. Toujours ses souvenirs de trafiquant. Elle acquiesce par défaut et revient encore une fois à ses pensées. Cette rencontre a franchement remonté son moral et lui a donné à croire qu'elle n'est pas condamnée à devoir justifier sans cesse des actes qu'elle n'a pas commis.

— On trace toujours vers le Vieux-Port ? lui demande le boucanier.

— Oui, m'sieur. C'est dans tes cordes ?

— Si je ne dis pas non, chérie, c'est que ton billet est composté.

Le vent d'ouest souffle de plus en plus. Une fois oublié le cap Croisette, la coque de noix se trouve singulièrement ralentie. Elle gîte dangereusement sur bâbord puis sur tribord et régulièrement sous les assauts répétés de courtes et violentes vagues sans grande amplitude. L'homme à la barre regarde une nouvelle fois avec intérêt la jeune femme. Le port de la Pointe-Rouge se devine derrière les retours rocheux que propose la côte.

— Dis-moi. C'est vrai ce qu'on raconte aux informations ?

— Eh bien, t'en as mis du temps. Non, c'est une *fake*.

— Ah, dommage. Qu'est-ce que tu vas faire, alors ? Tu es recherchée par tous les flics de la région.

— Je dois déjà me calter, éviter le placard[2] et prouver que je suis innocente. J'ai un type qui peut m'aider et une solution de repli pour cette nuit. Tu peux me prêter ton ciré encore un peu ? La capuche est large.

— Pas de soucis, jeunotte. Si c'est pour la bonne cause. Ah, ah !

Une fois les pieds sur la terre ferme, discrète, elle devra décoller les affiches et jouer à cache-cache, le temps d'arriver à bon port. Ce n'est pas gagné. Elle pense au pauvre garçon dans son loft, là-bas, près du *Maracana Club*. Dans son genre, il était peut-être un salaud, mais le système, à produire du malheur à la pelle, encourage les blaireaux à se transformer en monstre puis à basculer dans la pègre en manipulant des filles crédules.

Elle s'aperçoit qu'elle a des remords et une volonté intacte de découvrir qui est capable du pire, quitte à pactiser avec le diable. Un seul type connaît peut-être la vérité. Léopold Camaert a eu la gentillesse de la tuyauter pas plus tard que jeudi. Et elle sait où il habite.

---

2 Placard : prison

12

— Que faites-vous là ?

Absalou n'est pas la seule à trembler. Samuel, frigorifié et déboussolé, vient lui aussi de revenir d'un sommeil sans rêves. Le bruit, pourtant sourd et faible, suffit à l'extirper du carcan dans lequel il s'est enfermé. Il balaie du regard la pièce abandonnée grâce à la lumière que dispense une lampe tempête et s'aperçoit qu'à part le psychopathe encagoulé, personne d'autre ne le suit.

Souvent, dans les films, c'est à ce moment-là que le tueur achève son œuvre. Il doit s'y consacrer totalement et la précipitation est requise soit parce que le plan a échoué, soit parce qu'au contraire, il a trop bien fonctionné. Il nécessite seulement des ajustements rapides et efficaces. Quelques nettoyages deviennent donc inévitables avant la fuite et la disparition.

Samuel, les poumons oppressés, cherche son souffle. Sa bouche est sèche autant que le désert en plein cagnard. Dans ces putains de films également, le preux chevalier gagne à la fin. L'assureur ne sourit pas. Il ne ressemble en rien à un héros de bande dessinée. Il ferme les yeux un instant. Ses paupières gonflées par les hématomes lui vrillent les tempes.

Il pense à Juliette ou Claire, peu importe son prénom. Tous les samedis, pendant huit ans, il est venu voir la jeune femme et s'en est occupé pieusement. Après tout ce temps passé en sa compagnie, elle doit forcément l'aimer. Il se dit peut-être qu'on est le week-end, qu'elle l'a attendu et qu'il n'est pas venu. Elle s'en est inquiétée. Normal, non ?

— S'il vous plaît, répondez-moi ! chuchote l'homme que la dénutrition a rendu faible.

Le gardien toujours encagoulé et en tenue de travail ne dit d'abord rien, trop occupé à faire le ménage et à essayer d'éliminer toute trace de son passage. Une fois les ordures rassemblées dans un sac, il se retourne enfin vers Samuel, lève la main, l'index en l'air, et s'excuse :

— Désolé. Une minute, tu veux. J'arrive. Je vais m'occuper de toi.

Le pseudo-militaire quitte ensuite la pièce après avoir bloqué la porte maintenant grande ouverte à l'aide d'un caillou. Il monte rapidement les marches vers la lumière appauvrie par ce qui semble être l'aurore.

— Vous ne pouvez pas ! hurle Samuel à travers les murs épais de pierre.

L'heure bleue refroidit les carcasses et le temps se délite dans l'humidité environnante. Les ombres se confondent et disparaissent. Au milieu de ces masses filiformes immobiles, les cris, d'où qu'ils viennent, se dissolvent dans le cloaque des terres brumeuses sans espoir d'être entendus. Le tortionnaire se fiche donc des plaintes du prisonnier, trop absorbé par des réflexions intenses et contradictoires qui lui interdisent de s'émouvoir plus que de raison.

L'assureur en est convaincu. Il va vivre ses derniers instants. L'attitude du bourreau est sans équivoque. Celui-ci propose une sérénité bien trop marquée par l'obligation et semble étrangement détendu malgré les questionnements. Un exécuteur accompli ne pourrait pas mieux se vider la tête avant la mise à mort. Tout ça est une question de psychologie et Samuel s'y connaît bien. Il a lu beaucoup de livres sur le sujet.

En haut, la conversation au téléphone va bon train. L'homme ne cache pas sa surprise face aux instructions supposées qu'il reçoit probablement du commanditaire. Le prisonnier, à l'écoute, demeure concentré sur cette nouvelle tâche. Il oublie un temps la douleur, celle de ses poignets et de ses chevilles ensanglantées, déjà infectées et recouvertes de poussière.

— Non, je dois le tuer, affirme l'exécuteur des basses besognes face à l'inconnu.

Premier silence.

— Vous êtes certain ? Il peut me reconnaître. Ça, vous vous en foutez. Il m'a peut-être vu à Marseille. Je... Putain !

De nouveau, une coupure, plus longue. Le type marche sur le sol bétonné et soupire. Les nouvelles recommandations ne lui conviennent manifestement pas.

— Il ne sait pas grand-chose, c'est certain, mais...

Troisième silence.

— Oui, il n'est pas en forme. C'est vrai qu'il ne va pas courir un marathon, mais j'ai rencontré des types plus abîmés qui s'en sont sortis.

Quatrième silence.

— Vous êtes conscient...

Énième silence plus court.

— Vous êtes conscient que s'il en réchappe et s'il me reconnaît, il remonte jusqu'à vous. Bosser pour vous et effacer l'ardoise est une chose, me retrouver en taule en est une autre. Je ne morfle jamais pour les autres, je vous préviens.

Les ordres deviennent plus précis. Le tueur tape à un moment du pied sur le mur, mais sans violence. Il reste un bon soldat. Il n'élève jamais la voix et obéit au chef.

— Combien ?

L'échange s'accélère.

— Toute la journée. Mais...

Samuel ne comprend plus la suite. Le type a quitté la maison. Il doit se trouver dehors, plus loin dans la forêt ou dans l'espace laissé vacant par son imagination.

L'assureur, en guenille, ne possède plus aucune volonté. Il n'a pas vraiment mangé depuis trois jours. Il n'a bu qu'à peine un litre d'eau. Il est dégoûtant de la tête aux pieds. Ses habits sentent l'urine, la merde et la bile concentrées. Rien de réjouissant. Inquiet, il s'étale de tout son long au milieu de la pièce, le dos contre le sol et les yeux face au plafond.

C'est dans cette posture que le gardien le découvre à son retour. Il porte une nouvelle mallette encombrante en bandoulière et une gourde à la main. Il s'agenouille face au visage devenu hermétique de Samuel et lui demande.

— Tu ne veux pas quoi ?

— Je... Je ne comprends pas ?

— Tu as gueulé, tout à l'heure, que tu ne voulais pas. Tu ne veux pas quoi ? répète la brute

— Ah, mourir.

— Tu ne vas pas mourir. Convaincu que tu étais dans le coup avec au moins Bouathong, je devais me débarrasser de toi à l'origine, mais je ne suis pas maître de la situation et du bordel en cours à Marseille. Dans ton malheur, tu as quand même du bol. Tu fais pitié.

— Je peux vous poser une question ?

— Mouais, tente toujours ta chance, on verra.

— Pourquoi ne demandez-vous pas directement à Juliette ce qui lui est arrivé ? s'étonne l'assureur.

— Et toi ? Pourquoi ne l'as-tu pas fait non plus ? Tu possèdes déjà la réponse. Elle ne se souvient de rien, paraît-il. C'est aussi bête que cela. Et puis, il y a son entourage. Trop de paramètres à gérer. Toi, tu es seul. Bref, mon patron t'est sans doute reconnaissant de t'être si bien occupé de la femme pendant tout ce temps, mais n'y vois pas une forme de rédemption. Ah, au fait, tu sais qu'elle te déteste, hein ? Bon, bref, passons aux choses sérieuses.

Samuel n'en croit pas un mot. Pour cette raison, il ne réagit pas tandis que l'homme, tout en parlant, se lève et va chercher une nouvelle fois la fameuse chaise blanche de terrasse en plastique. Il y porte le prisonnier et l'aide à asseoir. Il ouvre ensuite la mallette toujours avec des gestes précis. Il en sort une seringue encore dans son emballage et un flacon scellé plein d'un liquide transparent comme l'eau pure.

— C'est un remontant, explique le tortionnaire. Mais avant, tu pourrais me dire un dernier truc, juste pour moi ?

— Vous allez me tuer ? C'est un poison, c'est ça ?

— Non, mec. Je te dis qu'on ne va pas te tuer et si je te l'affirme, c'est que c'est vrai. Pour info, ça, c'est du *speed*. Avec ça, tu vas courir. Alors ?

Samuel ne se rebiffe pas.

— Qu'est-ce que vous voulez savoir ?

— La fille que tu as écrasée, puisque tu n'as jamais voulu savoir son vrai nom : Claire, pourquoi l'appelles-tu Juliette ?

— C'est en rapport avec la chanson.

— Quelle chanson ?

— Celle d'Yves Simon : *Au Pays des merveilles de Juliet.*

— Je ne vois pas.

— Ça ne m'étonne pas, grimace Samuel.

L'homme à la seringue hausse les épaules. Le futur junkie reprend.

— Je l'écoutais lorsque l'accident est arrivé. J'avais mis la musique à fond pour essayer de moins stresser. C'est pour cette raison que je ne faisais vraiment pas attention aux bruits alentour. De toute façon, il serait passé un bulldozer que je n'aurais pas davantage réagi. Tout ce que je voyais, c'est cette femme presque nue et désarticulée, la face blafarde contre la terre. Mon pire cauchemar avec la mort de ma femme. Vous gardez vos fantômes, vous. N'est-ce pas ?

— Je n'ai pas d'illusion et pas plus d'épouvantails à nourrir. Que des cadavres. Les esprits n'existent pas à moins qu'on s'attache aux vivants en sursis. Si je devais me boulonner à tous les types que j'ai tués, je deviendrais fou. C'est pour cette raison peut-être que tu t'en tires bien jusqu'à maintenant. La suite va être plus compliquée, crois-moi.

Il dépose le flacon, dorénavant dépourvu de son opercule, sur la mallette. Il saisit la seringue stérile, la déballe et monte l'aiguille, puis la range à côté du petit récipient. Un garrot en caoutchouc pend sur le rebord du couvercle. Il sort alors un couteau à cran d'arrêt de la poche arrière de son bleu de travail. La lame claque dans l'air appauvri par la mort. L'outil parfaitement entretenu rutile dans la main du meurtrier.

— Je n'ai jamais relâché quelqu'un. Jamais ! Imagine la chance que tu as. Tu sais pourquoi ?

— Pourquoi ? Pourquoi n'avez-vous jamais…

— Non, pourquoi vous libère-t-il ? Parce qu'il te trouve complètement stupide et que ton histoire n'intéresse personne. Carrément. Moi, je ne suis pas d'accord avec lui. Si ça ne tenait qu'à moi, je t'aurais tué ou abandonné ici, quelle que soit la version en cours. Un de plus ou un de moins, quelle importance ? Mais je suis payé pour suivre les ordres à la lettre donc je me calque aux décisions. Je dois en revanche prendre des précautions. C'est pour ça que je lui ai demandé de ne pas trop te faire de cadeaux.

L'homme sourit largement en évoquant ses cas de conscience. Les yeux brillent et la cagoule se déforme autour de la bouche.

— Il m'a donc autorisé à te faire quelques injections carabinées avant la libération. Tu connais les effets des amphétamines ?

Le prisonnier ne dit rien.

— Non. D'abord, tu vas te sentir puissant, sûr de toi, infatigable. Tu oublieras la faim. Bref, tu auras la grosse forme. Le *rush*. Puis tu vas descendre, chuter inexorablement. L'inverse, quoi ! C'est à ce moment-là que je t'administrerai une deuxième dose, histoire de te booster encore plus, car je n'ai qu'une envie, que tu réussisses ton évasion. Mais il y a bien sûr un gros risque, surtout dans ton cas : le cœur qui s'emballe et l'overdose. Enfin, après la deuxième ou troisième injection, suivant ton état, j'aurai enfin, je crois, payé ma dette et disparaîtrai à tout jamais, sans doute en fin d'après-midi. Je laisserai les portes grandes ouvertes et ça sera à toi de jouer. Il est presque huit heures du matin. La journée promet d'être longue.

13

Je suis débordé ou, pour mon confort moral, m'évertue à l'être et ce n'est pas la disparition de Samuel qui m'occupe. Non. Je regarde les deux contrats étalés devant moi sur le bureau. Dans chacun des cas, je sais que je ne pourrai offrir meilleure assistance que celle qui consiste à apporter des preuves, quel que soit le contenu qu'elles livreront. Ensuite, les débats continueront sans doute face à un juge. Le linge sale ne se lave plus en famille et les histoires finissent, aujourd'hui, souvent par s'empiler sur les étagères des avocats avant d'échouer devant les tribunaux.

En toile de fond se greffe l'enquête dont j'ai hérité par défaut ou par maladresse. Elle constitue dans ses grandes largeurs un beau sac de nœuds bien plus complexe à démêler. Défaire ces nœuds permettrait à l'affaire, je pense, de disparaître très vite dans les annales des horreurs à ne pas commettre.

En terminant mon café serré, je laisse évoluer ma réflexion au gré des derniers événements. Dans cette histoire, chacun veut désormais obtenir gain de cause ou réparation. Quoi de plus normal ? La forme violente que doit prendre cette compensation importe peu finalement. Je suis sans doute assis sur un baril de poudre. La mèche est déjà allumée et le temps s'égrène dorénavant trop vite.

Briet m'a contacté ce matin. Elle a été la première à composer mon numéro. Je bossais sur l'une des deux affaires pour oublier la boule au ventre savamment entretenue et la journée de vendredi lorsque l'appel s'est posé sur le téléphone. J'attendais de ses nouvelles bien avant. J'avoue maintenant sans difficulté qu'elle me manque, surtout en ce moment. Loin d'elle, l'anxiété m'étreint indubitablement. Néanmoins, une fois la première sonnerie passée, je n'ai pas changé mes habitudes. Je n'ai répondu qu'au bout de la quatrième.

— Salut, Briet.

— Coucou, Léopold. Je voulais savoir si ça va. Je...

— Tu aurais pu m'appeler hier soir, non ?

Je ne peux m'en empêcher.

— Oui, oui, je suis désolée. Ne t'angoisse pas, tout baigne, me rassure-t-elle. C'est plutôt moi qui devrais me poser des questions avec Absalou en perdition. J'ai regardé la télévision à l'hôtel.

— Elle n'a rien fait. Tout ça est pure invention pour rassurer la populace. Stratégie classique. Les journalistes, de connivence avec les flics, disent ce que les gens veulent entendre, mais tout est faux. Comme d'habitude.

— Eh bien, pour un ancien flic, tu n'y vas pas avec le dos de la cuillère. C'est un peu tiré par les cheveux. Et ce n'est quand même pas terrible comme méthode de maintien de l'ordre. Je te signale qu'elle se balade encore dans la cambrousse. Et toi, tu la crois ?

— Écoute, là n'est pas la question. Tu m'appelles pour ça ou pour me tenir au courant de ta petite enquête ? De toute façon, puisque c'est une fugitive, je n'ai pas d'autres solutions que de rester à l'écart. Pour me rassurer, j'irai quand même voir, lundi, la secrétaire du service des sports. La personne qu'Absalou a interrogée hier. J'espère qu'elle me sortira la même version. Après, j'arrête. Et toi alors ? Tu en es où ? Tes recherches sur le net ?

— Ça va. Je suis contente. Pour Deboschères, j'ai que dalle, mais en revanche, je connais le gamin. Par contre, il est autiste et comme toi, je suis obligée d'attendre le début de semaine pour rencontrer son tuteur. D'ici là, je tue le temps.

J'ai l'impression que Briet me ressemble de plus en plus. Ce n'est pas une vaine constatation. Je comprends donc parfaitement qu'elle veuille attirer mon attention et donner le change. D'où cette envie peut-être d'être armée et de proposer du répondant devant les tarés qui traînent dans les rues. Mais si elle se doutait que mon pistolet sert, lui, des intérêts probablement radicalement opposés en ce moment même, elle ne tiendrait pas en place.

— Super, mais pourquoi attendre ? Tu es à Mazaugues. Un petit bled. Tout le monde se connaît. Tente ta chance à droite et à gauche et tu verras bien, non ?

L'envie d'aider passe, malgré tout, au second plan. Ce n'est pas cela qui m'anime, mais davantage le désir de la revoir et de l'associer à mes tribulations mal engagées. Elle possède le don d'apaiser les gens. Le reste, je m'en fiche totalement. Après tout, il ne s'agit que d'un enfant autiste. Et si elle découvrait mes pensées, j'imagine qu'elle crierait puis partirait en claquant la porte.

— Pourquoi pas ? C'est vrai. En attendant lundi, peut-être qu'un type un peu plus causant apportera de l'eau à mon moulin. Je ne sais pas. Ensuite, je compte rencontrer sa mère et faire le tour des maternités en début de semaine. Il n'y en a pas des millions dans le coin. L'hôpital de Brignoles, notamment.

Je souris. Je n'ai qu'une hâte, retourner à mes dossiers. Je demeure parfois encore étonné par la naïveté, la passion, et presque la dévotion de mon amie vis-à-vis d'un postulat qu'elle croit unique. La Vérité, avec une majuscule, n'existe pas. Chacun porte en soi une interprétation différente d'un même événement. Les recoupements s'établissent par rapport aux grandes lignes. Ce qui est écrit dans les interlignes n'a, pour le moment, aucune importance.

— Ouais, fais donc ça. À mon avis, tu trouveras forcément réponse à tes questions maintenant que tu tiens un nom. Et surtout, Briet, sois prudente.

David s'est ensuite manifesté un peu plus tard, en début d'après-midi. Je m'apprêtais à sortir dans le cadre des enquêtes qui m'occupent lorsqu'une nouvelle fois mon téléphone s'est mis à vibrer sur le rebord de la table basse couverte de revues. Si mon désir de lui parler et d'éclaircir quelques points restait intact, le moment mal choisi me posait un problème de timing. Pas longtemps. Hier, j'étais parti désappointé. Aujourd'hui, c'est manifestement au tour du lieutenant.

— Ils m'ont retiré l'affaire ! a-t-il déclamé, scandalisé, une fois les politesses d'usage passées.

— Le nouveau procureur ?

— Ouais. Il ne peut pas me blairer, ce con. Et l'assassinat du strip-teaseur de la boîte de nuit a été la goutte qui a fait déborder le vase. Quelle merde !

— Écoute, David, je ne sais pas trop quoi te dire. En général, on s'en remet. N'en fais pas une affaire personnelle et n'y vois aucune sanction.

— Non, non, bien sûr. Pas de problème. Simplement, je trouve ça pas très clair, tu piges ? La façon de procéder. Putain, quand même, Léopold, ça saute aux yeux. Et tu connais le contenu des reproches : je manque de recul. Je ne possède pas une vision élargie de la situation.

Je prends trop à cœur la chasse à l'homme, devrais-je dire la chasse à la femme que j'ai orchestrée hier.

— Qu'est-ce qui saute aux yeux ?

— Ah oui, c'est vrai. Je parle de ta cliente, là. Intouchable !

Le lieutenant était horripilé. À travers le combiné du téléphone, les impressions peuvent être trompeuses, mais ses railleries, ses plaintes et ses accusations démontraient clairement qu'il perdait patience. C'était la première fois que je le découvrais dans cet état de révolte et d'excitation face à une décision, selon lui, injuste et inopportune. J'aurais peut-être réagi de la même manière, mais aucun flic, aussi doué soit-il, ne doit s'élever au-dessus de la masse. Excédé par la tournure que prenait la conversation, je l'ai donc questionné avec la volonté de le brusquer un peu.

— Où veux-tu en venir ?

— Je veux en venir au fait que… Au fait que ça doit t'arranger, non ? balbutiait-il. Tu as aussi intérêt à ce que ta copine Absalou soit innocente. Je me demande si tu sais où elle est. Tu la caches, hein ? Tu la baises peut-être ?

C'en était trop.

— Eh, David ! Tu joues à quoi, là ? Je ne comprends rien. Tu as bu ou quoi ?

— J'ai pourtant mené ma barque correctement, mec. Tu ne me contrediras pas là-dessus. Il n'y a que Médrano sur lequel je ne me suis pas penché encore que. Ce P… Et zut !

David dépassait les bornes et cherchait à tout prix à claquer des remarques désobligeantes, mais il avait raison sur un point : quel rôle revient à l'assureur dans ce bordel ? Et que possède l'officier qu'il ne veut pas m'avouer ?

— Bon, si tu veux me dire quelque chose, lâche le morceau. Ça fait presque trois semaines que cette bouse se répand. Qu'on en finisse !

— Tu n'as pas compris, Léopold, reprenait le flic en claudiquant sur les mots. Il faut quand même que l'on soit fous, nous tous, pour croire que la vérité n'éclatera pas un jour. Je me suis... Non, je veux dire, des gars sont sur le coup depuis hier concernant la disparition de monsieur Médrano. Ils n'ont rien trouvé. Forcément.

— Pourquoi serait-on dérangés à ce point ?

— Je...

David conserve finalement le silence. J'entends sa respiration lente et bruyante. Elle provoque un grésillement indélicat à travers l'espace.

— David, réponds-moi, s'il te plaît ? Pourquoi serait-on fous ?

— Parce que tout est lié.

Ses paroles n'avaient plus aucun sens.

— OK ! Mais...

— Ne m'interromps pas, s'il te plaît. Ils se connaissaient bien. En y songeant. Léopold, je déteste le hasard. Je ne sais pas. On cause de destin. De situations qui nous rattrapent, inéluctablement. Tu joues l'évitement une première, deuxième, troisième fois et quoi qu'il arrive, la créature se trouve là, tapie dans l'ombre. C'est exactement ça, mec. Exactement. Un pot de colle.

— De quoi parles-tu ? Je ne pige rien à tes élucubrations.

— Le meurtre ! Et le pire dans tout ça, c'est que tout est parti d'une rencontre. D'une erreur. D'un accident.

— David, calme-toi, tu veux ? Que comptes-tu faire ?

— Tout ça à cause de l'autre con.

— Oh, je t'ai posé une question !

— Rien. Et laisse tomber, toi aussi. Un conseil d'ami. Moi, je me casse loin de ce foutoir.

David a ensuite raccroché brutalement. J'ai écouté la sonnerie pendant quelques secondes, le regard perplexe et inquiet plongé dans le vide. Je possède l'intime conviction que tout ce chamboulement mystérieux fait partie d'un plan plus ignominieux encore. Je n'arrive pourtant pas à discerner, au milieu du brouhaha des courants d'air et des gesticulations, l'élément clé, mais il existe forcément. David semble penser à Médrano. Tout le monde songe à ce mec. Pourquoi prend-il soudain tant d'importance ? Où trouver la cause et le résultat ? Peut-être chez lui. Tout simplement.

Changement de programme. À la suite de cet appel, je ne quitte pas mon antre et j'écris. Tant pis, j'aurai une mauvaise note sur *Google*. Cela fait déjà presque deux heures que je suis penché sur ma rédaction. Je pose des idées. Tout le monde ment, mais à toujours pervertir la vérité, aucune des droites qui représentent le destin de chacun ne finit par se rencontrer. Elles demeurent parfaitement parallèles. Pendant combien de temps ? Aujourd'hui, une courbure est peut-être apparue en la personne de l'assureur.

Au bout d'un moment, la sonnerie de mon téléphone, une nouvelle fois, me fait lever la tête. Un numéro inconnu. Je décroche. Absalou parle. Le jour décline. La peur s'installe.

— Mec, j'ai fait une connerie !

14

Les maladresses, justement, ne viennent jamais seules.

Grégory n'aurait, par exemple, pas dû être mêlé à cette histoire. Les autres, peut-être, mais lui, non. Le gamin a dix-sept ans. À cet âge, on ne pense qu'aux filles. On ne désire que s'amuser sur sa console de jeu ou sur son application téléphonique. On n'erre pas sans but dans des couloirs étroits qui tombent sur des impasses avec la peur chevillée au corps.

Les gens âgés et riches qui s'occupaient de lui, Hans et Brigitte, s'ils restaient consciencieux, avaient mal évalué son état. Pourtant, parce que très au courant des enjeux que représentait l'enfant, ils avaient, au moment de son adoption, vite pris la mesure des difficultés qui les attendaient. C'est pourquoi, chaque jour, ils essayaient, tant bien que mal, de les aplanir. Dans le confort de leur intérieur chaleureux, ils l'entouraient de tout leur amour. Cet amour maladroit pâtissait simplement d'un manque d'espace.

L'adolescent, un gaillard sans doute trop grand pour se tenir droit, avait fini par ne plus supporter cette encombrante attention. Il aurait pu s'en accommoder et tirer un trait sur sa liberté en se disant sagement qu'il valait mieux d'abondants épanchements de gentillesse qu'une misérable errance. Mais le coup du sort en a décidé autrement.

L'erreur est humaine. Une fadaise. Elle se cache parfois là où on ne l'attend pas. On se convainc trop souvent que tout reste sous contrôle. Mais il suffit d'un appel et d'une petite négligence pour que la situation dérape. Un téléphone qui sonne par exemple. Un objet que Grégory ne doit pas toucher.

Le gosse est en quelque sorte coupé du monde. Ses seules relations se cantonnent à celles qu'il entretient avec le vieux couple, le psychiatre et le précepteur. On peut comprendre qu'une voix étrangère puisse alors le perturber, mais bon, on peut également se dire qu'un nouveau réglage va rapidement résoudre la difficulté mineure rencontrée, sauf que les données brutes reçues sortaient du cadre de tout formatage.

Le jeune homme convient que son corps renferme une maladie curieuse, de celle qui ne porte aucun nom scientifique. Il concède que ses maux concernent un état qui peut, dans certains cas précis, échapper à tout contrôle. Son psychisme rebutant demeure complexe et nécessite un accompagnement de tous les instants, mais ce n'est pas un imbécile, d'autant qu'il possède un pouvoir d'adaptation à l'environnement exceptionnel.

Le grand garçon décroche. Il ne peut donc, raisonnablement, pas reconnaître les paroles qui s'expriment à travers le combiné. Adopté, il ne connaît ni son père ni sa mère. Il ne possède ni photographie ni vidéo. Pas davantage de souvenirs. Rien qui le relie à un passé de toute façon trop ancien pour ressurgir avec autant de force. La tessiture de la voix, à l'entendre à travers le combiné, lui est pourtant familière malgré le bégaiement.

— Allô, vous êtes bien dans la maison de Brigitte et Hans, récite-t-il de sa voix monocorde.

— Je… Qui est-ce ? Je voudrais parler… Et merde. C'est toi, Grégory ?

— Maman ! Tu es…

— Non, non ! je ne suis pas ta mère. Non. Il faut que…

— Maman ! Mam…

La femme entend un brouhaha à l'autre bout du combiné, une injonction virulente et impérative qui lui intime l'ordre exprès de raccrocher. Sans doute Hans. Elle s'exécute aussitôt en se promettant d'envoyer plus tard quelques SMS pour prendre des nouvelles. Elle ne supporte pas ce moyen de communication moderne et préfère l'effort de la parole, malgré son handicap. Elle craint trop de devenir muette à force de se retrancher derrière les écrans. Une peur avérée. Dans la confidence, elle admet donc une sottise, mais veut minimiser l'impact d'un tel incident. À sa décharge, les deux personnes ne se sont pas vues depuis treize ans.

Personne ne peut prévoir comment fonctionnent les rouages de l'enfant. Sa mécanique demeure bien huilée uniquement dans le confort et dans la répétition des tâches. Le jardinage, les devoirs, les jeux éducatifs sur console et certaines séries en illimité, celles qui ne proposent aucune violence. Si, par inadvertance, cet organisme absorbe une poussière, le modèle de comportement n'existe plus et éclate en mille morceaux. Le vieux couple, pourtant aguerri, aurait pu anticiper en octroyant à l'enfant un plus grand univers d'apprentissage et de liberté, mais il existe des secrets qui ne doivent surtout pas sortir de la maison. Hans et Brigitte n'ont jamais transigé sur ce point-là.

Grégory, après cette subite intrusion dans l'espace normal qui l'enveloppe, adopte une attitude différente. Il devient brusquement dangereux pour son entourage. Hans n'a donc pas vraiment le choix. Mais en privant le jeune adulte du seul lien qui le relie, le pense-t-il, à sa mère, le téléphone, il génère chez l'adolescent un nouveau conglomérat de sentiments contradictoires.

À partir de cet instant, le vieil homme est condamné. Il tente, bien entendu, de raisonner le garçon. Il reste d'abord ferme, puis modère peu à peu ses propos. Il aborde enfin les explications tout en comprenant que celles-ci ne serviront à rien si ce n'est à perturber davantage l'un et l'autre.

Il croit avoir partie gagnée à un moment lorsque Grégory monte dans sa chambre, mais l'enfant détraqué retourne très vite à la source du désagrément, plus décidé que jamais. Le père adoptif septuagénaire regarde alors le visage du garçon. Il n'y découvre qu'un vaste champ de bataille gangrené par les obus et comprend après coup qu'il représente le barbelé de trop. En bon scientifique, il épouse un mode différent de défense, la supplication, tout en cherchant une arme capable de briser la détermination nouvelle du jeune échalas. Mais quelle muraille peut protéger l'homme quand la folie se déplace à marche forcée ?

Grégory ne dénombre pas les coups de couteau. Sans doute une trentaine. Il ne se rend pas tout à fait compte de ce qu'il fait. Il se souvient que le premier geste est dur à porter, non pas en raison d'une quelconque interdiction, mais parce qu'il n'y met pas la vigueur et la conviction exigées. Une fois la force de son bras réglée, le jeune adulte ne cesse de frapper. L'acte devient facile, agréable, presque charnel. Il pourrait ainsi continuer pendant une bonne dizaine de minutes, mais il s'arrête pour regarder le cadavre comme un artiste qui s'inquiéterait devant une œuvre inachevée.

Dorénavant, les minutes passent. Grégory ne semble pas satisfait. Il revient s'asseoir sur le pouf et se parle à voix basse. De temps en temps, il se balance d'avant en arrière. Il est blessé, une entaille superficielle causée par une grande lame de cuisine, celle que le retraité a utilisée pour se protéger, en vain. À ses pieds gît Hans. Il prend enfin conscience de la réalité brute qui l'environne aussi sûrement qu'il entend la porte claquer en se refermant. Brigitte.

La femme, en fuite après la découverte, subit dehors le même sort. Un geste de la main suffit à la faire trébucher sur la pelouse bien verte que l'arrosage automatique finit par rendre rouge par diffusion, comme si une encre se répandait sur un papier coton imbibé d'eau.

Ce corps recomposé, lorsque les gendarmes estomaqués le découvriront plus tard, ne porte désormais plus aucune trace d'humanité. Il pourrait représenter une partie de l'œuvre d'un démon, mais on sait tous que l'antéchrist n'existe pas. C'est d'ailleurs le propre de l'homme que de donner une enveloppe et une bénédiction au diable pour ensuite chercher le pardon auprès des anges.

Les minutes passent. Grégory tient fermement dans sa main droite le téléphone récupéré dans la poche du vieux monsieur. Le sang étranger coule encore de son avant-bras en minuscules gouttes très fines. Elles longent les rides apparentes qui font gouttière au niveau du pouce. Elles roulent sur l'écran LCD et s'arrêtent en bout de course, saisies par la coagulation. Il essuie avec le doigt le liquide épais qui couvre la vitre et le porte à sa bouche.

Les gendarmes, toujours eux, une fois remis de leur sidération et une fois la réalité acceptée, s'apercevront plus tard que le monstre a mangé une toute petite partie du corps de la femme. Des morceaux tendres. À la décharge du garçon, si les excuses peuvent être envisageables, on lui a toujours interdit d'aller dans la cuisine.

Grégory est désormais seul au milieu de la grande pelouse. Il attend. Il est trempé et son pyjama est couvert d'éclaboussures, mais il n'a pas froid malgré la saison. Il ne montre sur son visage aucun signe d'inquiétude. Il laisse ses doigts collants courir machinalement sur les chairs lacérées du cadavre mutilé. Le téléphone, posé à côté de lui, se manifeste enfin. Un SMS.

[Hans. Tout va pour le mieux ?]

Au bout de quelques secondes qui semblent une éternité, il finit par taper sur les touches de l'appareil.

[Bonjour, vous êtes bien dans la maison de Brigitte et Hans]

Plus de cinq minutes défilent sans un mot. L'absence devient surprenante. Elle plonge le gamin dans des affres insupportables et le jeune homme absorbe, cette fois-ci, la nouvelle épreuve avec difficulté. Sa respiration se renforce et s'accélère. Sa cage thoracique se soulève et s'abaisse avec encore plus d'amplitude. Des gémissements gutturaux se font enfin entendre. Il devine le contenu du message futur. Il comprend tout à coup la prostration de la femme auprès de qui il doit apporter une explication. Il s'applique finalement à transmettre le même appel comme une bouteille à la mer.

[Bonjour. Bonjour. Vous êtes chez Hans et Brigitte. Tout va bien]

[C'est toi, Grégory] reprend la personne que l'on peut imaginer au bord des larmes.

[Maman ?]

[Non, je ne suis pas ta mère. Passe-moi Hans, s'il te plaît]

La femme formule en apparence paisiblement et poliment ses idées, mais, intérieurement, son cœur s'emballe aussi et son pouls s'accélère.

[Non]

[Grégory, pourquoi ne puis-je pas lui dire un mot ?]

Assis sur la pelouse, le gamin commence à se balancer d'avant en arrière de plus en plus vite, les cuisses ramenées contre le torse, les genoux serrés. Il regarde à l'intérieur de la maison. À travers la baie vitrée, il voit à peine le corps meurtri du vieil homme étendu sur le sol carrelé blanc crème de la cuisine. Il saisit combien grande devient sa bêtise.

[Il ne peut pas, maman. Il est par terre. Il ne bouge plus]

[Qu'as-tu fait ? Passe-moi Brigitte alors]

[Non, c'est pareil. Elle est en mille morceaux]

[Qu'as-tu fait, Grégory] écrit-elle encore dans l'espoir que ses cris s'entendent.

[Rien. Je n'ai rien fait. Ils ne voulaient pas que je te parle. C'est tout]

L'imagination se soustrait à la lecture devenue insupportable et il faut encore quelques minutes à la femme pour appréhender la situation traumatisante qui se dessine.

[Grégory. Obéis-moi. Tu prends à manger dans le placard de la cuisine, tu fourres tes affaires dans un sac et tu te sauves. Tu saisis ? Tire-toi] rédige-t-elle rapidement.

[Non, je suis bien ici]

14

[Non. Tu cours sans te retourner. Tu ne discutes pas. C'est tout. Tu écoutes ta mère] concède-t-elle par obligation, acculée par le désespoir.

Obéissant, l'adolescent marche depuis déjà une petite demi-heure. La lumière baisse dangereusement à la lisière des arbres feuillus et au-delà des lointaines crêtes qui dominent le paysage alentour. Il ne suit pas une piste. Le tracé qu'il a emprunté n'existe que dans son imagination. Il ne fait référence qu'aux paroles de Hans. Les hautes herbes rêches et épineuses lui fouettent les chevilles et les mollets à travers le fin tissu du pyjama, mais il n'y prête pas attention. Il esquisse une ligne entre les rochers et les éboulis. Cette voie imaginaire se moque des creux soudains et des bosses irrégulières que propose le plateau. Elle est couverte de fleurs. Il se surprend à les cueillir. C'est ainsi qu'il appréhende son expédition, avec un bouquet à la main pour sa mère.

Le vieux monsieur lui a avoué un jour que si un malheur devait arriver, il ne faudra pas qu'il s'inquiète, car un autre couple viendra alors l'accueillir. Il lui a ensuite montré le nord, de la fenêtre de sa chambre au premier étage, et a poursuivi : « Regarde, Grégory : c'est tout droit par la colline. Au-delà de la dernière dénivelée et collé à la pente, un village sommeille. C'est là que mes amis habitent. Ils prendront soin de toi, mais uniquement si nous ne sommes plus là. Tu comprends ? » Grégory avait acquiescé, ne sachant pas tout à fait ce que voulait dire tout droit. Maintenant, il analyse bien la difficulté que l'itinéraire imprécis représente. Dans la pénombre envahissante, sur le sol rocailleux strié de veines profondes et perforé à distance d'avens, il se blesse et tombe souvent, mais garde espoir.

15

Absalou ignore tout, à ce moment précis, de l'aventure troublante qui débute à quelques kilomètres de Marseille, mais si une comparaison demeure toujours concevable, sa situation ne propose rien d'enviable non plus.

Bon, c'est clair qu'elle ne ressemble en rien à une meurtrière sans pitié ou disjonctée de la réalité. Des flics, notamment David Buttafoghi, sont en train de monter de toute pièce une histoire sans fond dans laquelle elle porterait, à elle seule, les derniers massacres en vogue sur la Cannebière. Elle n'est pas étonnée. Léopold Camaert non plus. Il faut bien un coupable. La paumée de service peut donc faire l'affaire.

Inquiète, elle se retrouve, ce soir, de nouveau sans pied-à-terre. La malchance la poursuit. Pourtant, la journée s'annonçait maussade par le climat, mais brillante par l'envie. Une fois débarquée avec l'engagement d'un pèlerinage à Morgiou, la fille avait rapidement quitté le Vieux-Port et pris la tangente, le visage dissimulé sous l'ample capuche du caban que le vieux pervers lui avait laissé avec l'espoir de la revoir en retour.

Juste avant de pousser les pistons, le marin lui avait accordé un signe de la main et lui avait lancé, avec peut-être l'espoir qu'elle ne la saisisse pas, l'ogive orpheline du pistolet. L'homme s'en était ensuite retourné à ses filets. Du trottoir qui longeait le port, elle l'avait remercié du regard et du bout des lèvres en regrettant de ne pas lui avoir confessé à haute voix le bien qu'il lui avait prodigué, même si ses yeux libidineux lui collent encore froidement au dos. Elle avait ensuite continué sa route avec en tête l'objectif de découvrir ce qui se cache derrière la silhouette retorse de Samuel Médrano. Un fameux programme alors qu'elle progressait en terrain miné.

Absalou avait rencontré l'assureur deux fois. Une première fois avec Leroy dans le cadre de son travail. Lors de cette entrevue, l'homme avait paru étrange, presque effrayé. Elle n'a jamais pu percer le coffre-fort. Il est dorénavant temps de forcer le verrou.

Elle a croisé le curieux bonhomme une deuxième fois, tandis qu'elle se promenait du côté de la Major. Ils avaient alors papoté tranquillement en déambulant sur les trottoirs qui mènent de la cathédrale à son appartement. Elle l'avait même accompagné devant sa porte. Le type adore marcher. Il lui avait parlé de mystère et lui avait avoué à demi-mot, la nécessité de rompre avec les scories qui noircissent le cœur, celles-là mêmes qui empêchent la parole de se libérer. Il avait bien entendu raison.

Maintenant, un sandwich à la main devant cette même porte cochère à digicode, rue Daumier, ce sont des réponses qu'elle réclame et surtout qu'on lui ouvre. Déjà plus d'une heure qu'elle patiente. Elle arrive toujours à ses fins.

À l'intérieur de l'immeuble, elle est obligée d'avancer dans l'escalier et les couloirs un peu à l'aveuglette en espérant que les noms soient inscrits sur les entrées. Au premier, sur le palier de gauche, le numéro 12 lui tend les bras. Médrano, gravé en caractères stylisés sur une courte et sobre plaque de fer-blanc, lui fait de l'œil. Elle fixe le système de fermeture. Une seule serrure, à trois points sans doute. Presque la norme dans ces résidences bourgeoises anciennes supposées à l'abri des cambriolages. Si la porte a été simplement claquée, elle peut l'ouvrir. Elle a été à bonne école, là-bas à Rosny-sous-Bois. Elle sort les deux petites navettes métalliques utilisées pour le ramendage des filets. Elle les a volées au vieil obsédé avant que le bateau ne prenne la mer. Elles semblent suffisamment fines, mais elle avoue avoir un doute. Elle essaye une première fois, sans succès. Une deuxième fois, sans conviction, et perd patience au bout de la troisième tentative en entendant du bruit dans le hall. Elle n'a pas le choix. Elle va devoir cesser son petit jeu et descendre en toute innocence. Ah, seulement si ! Elle songe à une idée stupide. Le paillasson sur lequel ses genoux sont calés. Elle se lève, le soulève et sourit. Samuel Médrano est de ceux qui pensent qu'un simple digicode constitue déjà une barrière infranchissable face aux visiteurs. Encore faut-il filtrer les entrées.

L'intérieur de l'appartement propose un visuel confortable dans lequel chaque objet reste à sa place. Il dispense une certaine forme de maniaquerie et représente bien le type qui l'habite. Un homme précis, taiseux et secret. Plus inattendu reste son assortiment de bandes dessinées érotiques. Sa bibliothèque regorge également de romans. Des thrillers, pour la plupart. Tous demeurent en parfait état et sont rangés avec soin, par taille et par collection.

Absalou s'assoit sur le canapé, face à la télévision. Mal à l'aise, elle ignore par où commencer. Elle ne sait même pas ce qu'elle cherche. Un journal, des lettres, des photos en rapport avec un viol, peut-être un meurtre. Elle est éreintée. Elle se lève, malgré tout, et poursuit la visite en entrant dans la chambre qui jouxte la pièce principale sur la gauche. Mis à part un lit, une penderie conséquente et une salle de bains adjacente, rien n'égaye l'alcôve. Pas un cadre, pas un bibelot. Le lieu de travail qui fait face à la piaule, séparé par un couloir, recèle en revanche un plus grand nombre de mystères. L'ordinateur trône au milieu du désordre du bureau. Elle constate, à cet endroit, une effervescence inhabituelle qui détonne par rapport à l'impression laissée auparavant.

Elle décide de prendre son temps. Elle pense même attendre Samuel Médrano. Il reviendra bien un jour. Il sera plus à même de répondre à ses questions. Peut-être pourrait-elle même le mettre en confiance ? Elle regarde les bandes dessinées érotiques et souris intérieurement. À la suite de la mort de sa femme, l'homme est demeuré seul. Il a bradé toutes ses affaires et a dissimulé sa petite existence médiocre dans un trois-pièces. De sa vie d'avant, il ne reste pas grand-chose, mais on garde toujours une trace ou une rémanence, parce que l'homme est ainsi construit d'un bois qui ne brûle qu'au contact d'autrui. Seul, il se fossilise et reste sans surprise. Il a toujours besoin de se raccrocher à un pan du bon vieux temps et puis la paperasse nous ordonne de ne pas oublier. L'administratif répond à une obligation. Il représente un résumé chiffré et pragmatique d'une existence parfois terriblement froide et distante.

C'est vers là qu'Absalou doit orienter ses investigations, mais toute vie exige un mot de passe. L'ordinateur ne parlera pas. Elle ne possède aucune compétence en la matière. Elle cherche dans les documents. L'assureur, malgré un penchant compulsif, procède différemment avec les papiers. Ce trouble ne propose rien de répétitif et se caractérise par une phobie administrative curieuse qui consiste à mettre tout ce qui l'ennuie dans des caisses en carton. Un sacré pêle-mêle. Elle soupire, désappointée, et s'attelle à la tâche.

Plus d'une heure après, elle est assommée et va pour s'allonger sur le canapé quand elle tombe sur une rubrique nécrologique. Celle de sa femme. Il a gardé le petit encart discret. Il n'est pas daté. Elle continue et, cette fois-ci, c'est un article de journal qui l'interpelle. Une page entière. Il concerne le décès. Il a été publié le 6 novembre 2012. Elle connaît cet événement parce que le pauvre type s'est confié à elle, le jour de leur longue entrevue impromptue. Elle fouille un peu plus. Le document qui suit fait référence à l'admission de sa femme aux urgences dans la nuit du 5 au 6. Se serait-elle fait agresser et tuer ? Un nouvel article apparaît au-dessus de la pile, au fur et à mesure que la fille enlève les peaux de vie. Celui-ci la dérange. Il relate la découverte d'une femme renversée par une voiture. Exactement dans la même inspiration. Violée, maltraitée puis écrasée. Nous y voilà. Un destin brisé crescendo en deux temps et trois mouvements. Du grand art dans l'ignominie et un environnement qui ne lui est maintenant pas inconnu. Absalou bâille à gorge déployée, manque de perdre l'équilibre et décide, rassurée, de s'octroyer une pause. De l'autre côté du couloir, le lit l'appelle.

Réveil brutal. La langue pâteuse rumine une mauvaise haleine et les yeux brouillés lorgnent en eau trouble. La jeune femme ne comprend pas de suite où elle se trouve puis réalise qu'elle est encore chez l'assureur. Elle raccommode sa mémoire partie avec le coup de blues. Plus inquiétants sont les bruits. Des mouvements dans la grande pièce voisine à trois mètres de l'endroit où, immobile, elle siège encore dans le coaltar. Elle déglutit l'épaisse salive qui obstrue sa gorge asséchée et plisse les paupières. Et si ce n'était pas Samuel ? Elle regarde autour d'elle. Son caban et le pistolet sont posés avec ses trouvailles sur le fauteuil du bureau. Elle n'a pas un seul instant à perdre. Six ou sept pas la séparent de l'endroit où elle doit se rendre. L'effet de surprise lui en donne trois ou quatre. Ensuite, s'il s'agit de Médrano, alors tout va pour le mieux. À l'inverse, si un mauvais coup se présente, elle ne disposera pas assez de ses deux bras pour pousser le montant et saisir le flingue.

15

Absalou tremble, la boule au ventre, et compte jusqu'à cinq. Première, deuxième, troisième foulée. Un tir au silencieux. Seconde option. La balle se loge dans le chambranle de la porte du cabinet de travail entre elle et le mur. L'ogive suivante traverse le bois par le côté alors que, déjà dans le bureau, elle réussit à verrouiller l'entrée. À cinq, elle caresse de la main la crosse du pistolet tandis qu'elle entend un type grogner derrière le battant fermé à clé. Le tueur semble déterminé. Un vrai forcené. Il s'acharne sur cette barrière providentielle. Deux coups de pied. Il serait plus simple et sage de déguerpir, car positionnée derrière le meuble, elle ne l'a pas encore vu. Le gaillard continue pourtant d'en vouloir à la porte. Le troisième tir explose le pêne. Un dernier coup de semelle renvoie le battant à l'intérieur de la pièce. Elle tressaille de tout son corps. Il commence à entrer en accompagnant son mouvement de deux salves de progression, l'une traverse l'écran de l'ordinateur à cinquante centimètres de la tête de la fille. L'autre, elle s'en fiche. Elle voit, dans le même temps, la porte rebondir contre le meuble de coin et revenir violemment sur l'agresseur. Surpris, le déménageur fait un écart. Pourtant pas grande experte, elle saisit sa chance. Une balle. La déflagration retentit dans tout l'appartement.

Cela doit faire quoi ? Deux ou trois minutes qu'elle est assise, tétanisée, à côté du visage perforé de l'inconnu. Elle sait qu'elle doit prendre ses jambes à son cou, mais, immobile, elle regarde la tête du type abîmée par le projectile de 22 millimètres. Un trou en plein os temporal droit. Un petit calibre qui ne pardonne pas à cette distance. Elle se lève encore ébranlée et laisse l'homme d'une cinquantaine d'années, costaud et râblé, face à ses juges devant le purgatoire. Un militaire, probablement.

Elle rassemble vite ses affaires tout en écoutant les bruits qui proviennent de la rue, mais rien ne vient perturber le flux ininterrompu des voitures bourdonnantes à cette heure tardive de la journée. Encore une fois, une seule personne semble capable de la sortir du merdier dans lequel elle se trouve, mais elle réalise qu'elle ne possède plus aucun moyen de communication. Elle fouille dans les poches du cadavre. Rien. Pas même un jeton de course. Un professionnel. Elle n'a pas le choix. Elle saisit le téléphone mural et compose rapidement le numéro d'appel de l'agence appris par cœur. Les flics en feront leurs choux gras, mais tant pis. Au bout du fil, elle reconnaît la voix creuse du détective et souris bêtement en l'imaginant râler d'être dérangé si tard.

— C'est moi, Absalou.

— Putain ! Mais t'es où, là ?

— Mec, j'ai fait une connerie !

CINQUIÈME JOUR
Dimanche 14 mars

16

Retrouver son *home sweet home*. Également une autre paire de manches pour Samuel Médrano.

Sur la route, le pauvre homme titube avec l'impression d'atteindre la pleine conscience. Il n'arrive plus à donner un sens à sa fuite depuis qu'il a laissé la masure derrière lui. Et s'il tente d'éliminer la drogue qui pollue son organisme, son esprit demeure volage, porté seulement par un indicible trouble.

Pendant la journée d'hier puis une fois le gardien parti, il s'est livré corps et âme, tel un épouvantail promptement animé. Des mensonges absurdes. Des histoires de documents secrets cachés dans la couverture de bandes dessinées. Des stupidités que seul un accro aux plans foireux pourrait gober.

En pleine catharsis, Samuel riait, le souffle large et libéré de toute douleur. Il s'esclaffait si violemment qu'il s'effondrait parfois, pris de toux subites. La fameuse dépression inexorable et lymphatique. Il fallait alors pouvoir l'admirer à même le sol, bavant et gémissant toute la misère du monde, la joue dans la poussière et la bouche emplie de fientes. Il se souvient, en revanche, parfaitement des dernières paroles du tortionnaire avant son départ en fin d'après-midi.

— Tu sais, ta Juliette, elle n'en a rien à foutre de toi. C'est de sa faute si tu te trouves là. Je ne suis certain de rien, mais je suis prêt à parier que c'est elle qui a tout manigancé. Tu saisis ? Tu es une merde pour ces gens-là, les Juliette et ceux qui se postent derrière le miroir. Alors, si j'étais toi et si je m'en sors, c'est de ce côté que je devrais tirer ma vengeance.

— C'est faux. Vous mentez ! avait rétorqué Samuel en couinant.

— Comme tu veux. Moi, je n'ai rien à perdre, mais imagine, si tu arrives entier à Marseille. Que feras-tu, hein, mon garçon ? Même dans la mouise la plus totale, tu dois penser à ton avenir, car c'est lui qui va guider tes pas. Crois-en mon expérience de baroudeur.

Le type n'en avait plus rien à foutre. Pour lui, toutes ses veuleries absurdes ne représentaient que la partie émergée et mystérieuse de sa mission. Une fois celle-ci accomplie, il disparaîtra à jamais.

— Causez toujours ! Vous n'avez aucune idée de qui elle est et combien elle a souffert !

— Oh si, je sais qui elle est. Plus que tu ne le penses, chuchotait le persécuteur. Claire, ta fameuse Juliette, est une barge. Elle est une folle qui voudrait voir le monde à son image. Enfin, la configuration d'avant. Pas celle d'aujourd'hui. Dans un sens, en la percutant, tu as sauvé des vies. Tu l'as peut-être d'ailleurs tirée du marasme dans lequel elle se vautrait, elle aussi. Bon, je ferme ma gueule maintenant parce que tu serais capable de t'en sortir et je n'ai pas envie de devoir te trouer la panse au milieu de la Cannebière pour un malentendu.

— C'est un mensonge !

— Écoute. De ne pouvoir assouvir mes penchants malsains m'oblige un peu à lâcher du lest, histoire de faire comprendre à mon patron qu'il a peut-être commis une erreur. Alors, non, je ne te mens pas. Dans vingt-quatre heures, tu m'auras oublié.

Après lui avoir lancé un clin d'œil, le tortionnaire lui avait injecté la dernière dose. Il s'était ensuite levé et, après une tape amicale sur la tête, l'avait laissé seul, assis et libre sur la chaise de camping.

Samuel ne veut pas mourir. Il a attendu patiemment que les effets de la drogue s'atténuent. Il a espéré un sevrage naturel, mais l'organisme répond difficilement aux exigences de sa volonté, peut-être parce qu'il a faim. Il est tout de même parti au petit matin. Il a gravi tant bien que mal les escaliers faits de pierres mal taillées, celles qui le coupent du monde depuis quatre jours. Il s'est mis debout face à la vaste lande gangrenée par de larges buissons d'épineux secs et par de longues tiges de roseaux, là où la terre reste encore gorgée d'eau. Il a commencé à marcher vers cette ligne d'arbres aux contours flous, des frênes sans doute, au bord d'une étendue saumâtre et noire. Il n'a pas cessé de regarder la voie mystérieuse et hypothétique dont il rêve derrière le rideau translucide et moiré.

La brume enveloppe toute fuite et laisse, sur chaque empreinte cornéenne, une silhouette fantomatique. Il ne respire maintenant plus ou pense ne plus entendre son souffle vital. Le paysage a disparu. Il se croit déjà mort, dans un espace intermédiaire impalpable, mais toujours contraignant. Pour preuve, sa poitrine se soulève quand même. Il ne discerne pas les bords de la route qu'il ne veut de toute façon pas longer, car il y devine des gouffres dans lesquels son corps serait happé pour l'éternité. Dans la ouate légère qui l'enveloppe, il marche en suivant la ligne pointillée blanche.

Le conducteur ne le voit pas. La voiture roule assez vite, mais l'homme reste prudent. Parti du village des Mayons, il doit rejoindre des amis à La Garde-Freinet. Il se dit qu'avec une telle purée de pois, il serait sage de lever le pied. Soixante kilomètres à l'heure. Il a l'habitude. Cela fait bientôt vingt ans qu'il aborde cette petite route de campagne avec la même nonchalance sans que jamais rien ne lui arrive. Aucune raison que l'infortune fasse irruption. C'est méconnaître la nature humaine.

La collision est inévitable. Le bruit strident des roues bloquées et le choc, terriblement violent. Samuel ressent une coupure au niveau des jambes comme si celles-ci se séparaient du corps. Mais non, elles se sont simplement brisées en mille morceaux. Il sent également son thorax s'enfoncer en rencontrant le haut du pare-buffle du vieux 4x4, mais en raison de l'effet de la drogue, il n'y voit qu'une simple alerte cardiaque. Il ne comprend pas davantage que ses poumons sont perforés en quatre endroits par les côtes réduites en petits osselets.

Il rebondit sur le bitume à exactement cinq mètres du lieu de l'impact comme un pantin de foire désarticulé. Il ne se relève pas. Il a bien l'intention, mais à l'ambition se substitue l'absence. La douleur vive et insoutenable se répand et rayonne dans et autour du corps comme une trace d'huile iridescente sur le sol. Samuel hoquette. De petits soubresauts réflexes. Il devine l'épanchement de sang qui envahit les alvéoles et remonte le long de la trachée.

Ce qu'ignore le pauvre conducteur penché sur lui, c'est qu'à travers les spasmes, le mourant rit de nouveau. Des étranglements presque épileptiques, idiots et désespérés. Là encore, la folie du bougre brasse large. L'épreuve qu'on lui propose n'aurait donc pour but que de le punir ? Un châtiment identique et pathétique, mais plus terrible encore, car lui n'y échappera pas. Il a affaire à la justice divine, plus intransigeante que n'importe quel tribunal des hommes. Il marmonne. Le sang mêlé à la salive trace de minuscules rivières pourprées et régulières à partir des commissures de lèvres. Le liquide coule par intermittence en fonction du souffle négligeable pour venir toucher le goudron comme de vilaines tavelures carnées. L'homme pense aux dernières paroles étranges et prévenantes de son bourreau : « S'il s'en sort ! »

— Juliette, expectore-t-il.

Le chauffeur du 4x4, affolé et démuni, attend les secours. Le médecin-urgentiste au bout du fil lui enjoint de parler à la victime, mais que dire face à l'imminence de la mort ? Il saisit l'occasion de ce balbutiement pour forcer le destin. Il aimerait tellement partir et n'avoir jamais rencontré ce fou capable de divaguer au milieu d'une route embrumée avec la ferme intention de se suicider par procuration.

— Qui est Juliette ? Votre femme ? Qui est-ce ? S'il vous plaît. Parlez-moi. Continuez. Putain. Et merde ! Parlez, ordonne-t-il par désespoir.

— Un monstre...

— Un monstre ? Vous avez un monstre chez vous qui se nomme Juliette ? C'est ça ?

— Non... Mazau..., laisse échapper la victime dans un souffle rauque et sifflant.

— Maso. Je ne comprends pas ? Parlez, continuez. Je vois les secours. Vous les entendez aussi ? Hein ? Eh, oh ! Vous les...

Soudain, le mourant attrape la manche du conducteur avec son bras encore valide. Sa main couverte de sang porte l'empreinte de la mort. Peu importe. Dans un dernier effort, Samuel lâche cinq mots avant de se noyer dans le liquide écarlate.

— Non, Ma... zaugues... Juliette... Enfant... Malade.

Les gendarmes et les pompiers arrivent deux minutes trop tard. Le pauvre type est effondré. Il ne se le pardonnera jamais. Quant au cadavre, en l'absence de papiers, les enquêteurs mettront vingt-quatre heures avant de l'identifier.

17

J'ai très mal dormi.

La faute à la folle.

Je me promène dans le parc qui longe les hautes tours d'habitations HLM. J'ai vraiment besoin de souffler et de recouvrer un peu de sérénité. Aujourd'hui, je pressens que cette histoire n'évolue vraiment pas dans le bon sens. Elle devient trop envahissante. À tel point que je me trouve un dimanche à devoir gérer le cas désespéré d'Absalou. Une situation scabreuse qui va à l'encontre de mes principes, en tout cas de ceux qui sont affichés sur le mur de l'agence. Ne pas prendre parti.

Un autre problème se pointe à l'horizon en la personne de David Buttafoghi. Le flic, dessaisi de l'enquête, prenant tout à coup des vacances. La bonne blague. Il n'a jamais vraiment hissé les voiles, toujours attentif à ses petites magouilles. Alors, que s'est-il véritablement passé ? Qu'a-t-il voulu mettre en place qui lui a valu les remontrances de sa hiérarchie et un retour de bâton du procureur ? Je devine que le point d'achoppement porte un nom. Celui-là même que j'ai dû sortir du pétrin, hier soir.

Tantôt geignarde, tantôt bouillonnante, la banlieusarde focalise donc maintenant toutes les attentions. Samedi, justement, le début de nuit ne pouvait pas s'annoncer plus dramatique à la suite des nombreuses interruptions vécues au cours de la journée. J'attendais le prélude et devais m'en tenir aux faits.

— Je t'écoute, avais-je répondu à Absalou après son inquiétante introduction.

— J'ai tué un homme.

La jeune femme semblait réellement effondrée. Seule dans une grande ville, avec sa photo affichée en grand format sur tous les murs des postes de police de la région pour déjà trois homicides, elle peut légitimement s'affoler. Mais les lamentations n'ont pas leur place dans le dernier mouvement symphonique qui se joue actuellement.

— Putain ! Avec...

— Avec ton feu, oui. Il faut que tu me tires de là et fissa.

— Le bruit ?

— Non. Dans l'immeuble, y a dégun.

— Où es-tu ?

— Rue Daumier, au 6. Premier étage. Porte gauche. Tu sonnes à l'interphone et je t'ouvre.

— Quel nom ?

— Oui, la belette[1]. Médrano.

— Mais que fiches-tu là ? T'es la reine des emmerdes, toi. Bon, donne-moi un quart d'heure. J'arrive.

J'en conviens, Absalou a désormais épuisé toutes ses ressources. L'appartement de l'assureur devait symboliser une de ses dernières

1 Belette : fille

planques en attendant le retour du propriétaire. Avec un cadavre comme descente de lit, celui-là même qui, bien vivant, nous surveillait à l'entrée de l'hôpital psychiatrique, ce logement ne dispose désormais plus du confort adéquat avant l'hallali.

À la suite de cette révélation, j'ai donc dû faire un choix. Momo, mon garde du corps pour le moment absent, me pardonnera sans doute cette intrusion dans son univers tout en admettant qu'il devienne, maintenant, indirectement complice. J'espère toujours son retour. J'ai tant besoin de sa pugnacité et de son humour, même si je consens que les événements passés ont mis à rude épreuve notre amitié.

Ce matin, le temps reste lumineux malgré la pesante humidité diaphane nécrosée par les nuisances gazeuses. Il abandonne au sol de petites ridules de vie ombragée qui frémissent à la moindre brise sous le couvert des arbres. Le ciel blanc poussiéreux chargé par le sirocco d'un peu de Sahara se mêle à la brume et libère une vague chaleur incongrue déjà moite sur les bancs publics. L'occasion de s'accorder une pause. Je m'assois. Je suis embêté. J'hésite quant à la marche à suivre. Je pense alerter David. Je dois, quoi qu'il en soit, prévenir quelqu'un. Le lieutenant ou un autre. Qu'il se trouve en vacances ou pas. Peu importe !

En fait, je désire en priorité contacter l'officier pour la simple et bonne raison que son comportement pour le moins étrange depuis le début de cette histoire déterminera les actions à entreprendre. Je compose son numéro de téléphone. L'homme ne tarde pas à répondre.

— David. Salut, c'est Léopold.

— Mouais, coucou. Qu'est-ce que tu veux ?

— Je n'ai pas envie d'avoir des embrouilles avec ton remplaçant alors...

— Henri Doumerc. Tu n'auras pas d'ennuis. C'est un flic à l'ancienne. Un peu retors, mais sympathique. J'étais partenaire avec lui. C'est à quel sujet ?

— Oui, mais quand même. Tu te souviens de mon pistolet ?

— Ouais, avec sa petite balle, c'est ça ?

— Exactement. Eh bien, la fameuse munition a tué. Je suis désolé de t'apprendre ça, mais j'aimerais surtout que l'on mentionne que ce n'est pas moi qui tenais le flingue, tu saisis ? Tu le préviendras ?

— Va droit au but, s'il te plaît. Qu'est-ce qui t'amène ?

— Un cadavre dans l'appartement de Samuel Médrano, au 6 de la rue Daumier.

— Ouais, je connais et...

— Quoi ?

Ça saute aux yeux. David veut que je balance Absalou. Mais pourquoi ? Quelle motivation le pousse à agir de la sorte ? Un règlement de comptes ? Je conviens que la fille devient l'électron libre et le minuscule grain de sable dans la belle machine policière, mais comment l'accuser ? Et sur quelle base se poserait cette culpabilité ?

Le lieutenant reprend.

— Eh bien quoi ? C'est Batifèmbé qui cultive sa légende. C'est ça, hein ?

— Si tu supposes que c'est elle, c'est probablement que tu as raison, mais j'ignore où elle se trouve en ce moment et, honnêtement, je m'en fous. J'ai d'autres chats à fouetter.

— Tu m'étonnes. Tes fameuses randonnées, ricane-t-il avant de reprendre. Comment le sais-tu ?

— Elle m'a appelé de l'appartement de Samuel Médrano. Elle voulait que je l'aide.

— Et chez Médrano, tu l'as vue ?

— Oui, mais elle s'est tirée en me laissant le bébé.

— Hum, je ne suis pas surpris. C'est tout elle, ça. Et qui joue le rôle du mort ? Médrano ?

— Non, je l'ignore. Un ancien militaire apparemment de la Légion d'après le tatouage sur l'avant-bras.

17

— OK, putain ! s'exclame le flic.

— Qu'as-tu ?

— Non, non, rien. Tu sais, je ne t'ai pas tout dit sur cette fille, miss Absalou Sia Batifèmbé.

— Où veux-tu en venir ?

Il hésite. Je m'impatiente.

— Eh, oh, David ?

— Elle n'est peut-être pas ce qu'elle prétend être, si tu vois ce que je veux te faire comprendre. D'abord petite pimbêche rebelle du neuf-trois, multirécidiviste dans le vol à l'arraché et les plans foireux, elle a ensuite basculé dans la criminalité haut de gamme en s'attaquant à plus fort qu'elle, les convoyeurs. C'est là que l'histoire prend un peu plus de consistance et qu'elle pose son pedigree sur tous les ordinateurs de la police parisienne. Le 18 avril 2013, ça devrait te parler. Tu bossais encore à la PJ à ce moment-là.

— Oui, vas-y. Continue.

— Dans le 17e arrondissement, un braquage en pleine rue. Elle faisait partie de la bande. Une gamine de vingt ans en scooter, tu imagines le topo ! Tu te souviens de ça ?

— Oui, peut-être et alors ?

— Et alors ? Elle se fait choper cinq mois plus tard pour des conneries. À défaut d'attraper toute l'équipe, tes collègues du 36 la font mariner. Elle avoue et prend trois ans ferme, direction Fleury-Mérogis. Jusque-là, tout se passe bien si je peux dire. C'est après que ça sent mauvais.

— Vas-y, vas-y. Je t'écoute.

— En prison, on ignore ce qu'il s'est produit et après, c'est encore pire. Elle a soi-disant suivi un programme de réinsertion après une libération sous contrainte et placement sous surveillance électronique. Chouette projet sauf qu'il n'a jamais été appliqué. Eh oui, Batifèmbé disparaît alors des radars de la justice. Un truc de malade si on y pense. Une anomalie qui ferait le bonheur des journalistes toujours en verve quand il s'agit de nous tailler un plastron. On est fin 2016. Ensuite, c'est le grand n'importe quoi. Devine où on arrive à la localiser par deux fois. Une fois au Caire, en avril 2017, tandis qu'un attentat vient d'avoir lieu dans une église, et l'autre fois en Turquie à la frontière syrienne, cette fois-ci en juin de la même année. Et puis plus rien jusqu'à aujourd'hui. On devrait la plaquer au sol et la foutre en taule, mais à la place, on la laisse tranquille. Tu ne vois pas un problème, là ?

— Que veux-tu que je te dise, franchement ?

Je suis préoccupé. Je ne ressens pas le même danger. Je m'aperçois que j'aime mieux encore savoir Absalou en liberté près de moi que derrière les barreaux, furieuse, dans les bras du silence. Elle s'émancipe et les procéduriers s'agacent. David, le premier.

— Putain, Léopold. Tu ne vois pas que c'est une terroriste. Tu captes, là ? Une fiche S en balade, rien que ça !

— Tu en as informé ta hiérarchie, je suppose ?

— Évidemment. Plus d'une fois. Au début, ils m'ont signifié qu'ils étaient sur le coup puis ensuite, plus rien. Un silence éloquent. Ils se sont peut-être lassés. Je l'ignore. Maintenant, on me retire l'affaire parce que, paraît-il, j'en fais qu'à ma tête et que l'enquête stagne. Le commissaire divisionnaire Marcellin annonce du sang neuf et il choisit pour me remplacer le plus vieux d'entre nous. Un clou rouillé. Un type qui n'en a rien à foutre. La boucle est bouclée. Que vois-tu au loin si ce n'est un début de débandade ? Alors je n'ai qu'un seul conseil à te donner, mets la main sur la fille et retiens-la le temps que Doumerc débarque. Il saura quoi faire.

— OK, David. Merci pour ta franchise, mais je ne crois pas que je la retrouverai, tout simplement parce que je ne la cherche plus. C'est le boulot des flics. Si tu croises Doumerc, tu lui diras, hein ? Et pense à moi.

À la suite de l'appel, je reste un moment immobile sur le banc. À une trentaine de mètres, des gamins, tenue de l'OM obligatoire sur le dos, se mettent à jouer au foot sur l'esplanade en terre battue exposée au vent et aux rayons discrets du soleil. Leurs cris et leurs rires couvrent mes interrogations d'une bienheureuse paix.

J'aimerais également courir et rattraper l'insouciance de mes vingt ans, mais j'ai rencontré trop de déconvenues pour croire encore que les hommes peuvent dépasser leurs différences pour décrypter la même partition. Maintenant, je me trouve face à un dilemme. Soit David est clairvoyant et je me dois de réagir, soit il a tort et, dans ce cas, la croisade du flic reste incompréhensible sauf si le type est impliqué d'une façon ou d'une autre dans un bazar aux frontières mouvantes.

Je m'aperçois que les mensonges se portent toujours merveilleusement bien, mais je sais, pour le lui avoir demandé, que l'amazone a eu le temps de fouiller dans les affaires de Médrano et que sa curiosité a été récompensée. Le pauvre assureur court apparemment après une chimère. Une femme sans nom dont l'image est floutée en permanence. Et pour une fois, l'horizon se dégage aussi bien au niveau du campus de Luminy que du côté du moyen pays varois.

Je pense à Briet.

Le hasard fait bien les choses quoi qu'il puisse arriver par la suite. Je hausse les épaules, ramasse le journal du matin et les croissants ensachés puis me lève en soupirant. Je vais très vite découvrir qui possède la bonne version du morceau qui se joue en ce moment. Il suffit de demander à Absalou. Après tout, elle me doit la vérité. Et plus encore.

18

— Oui, Léopold. D'accord. Je veux bien m'en occuper, mais un dimanche, tu comprends..., rechigne Briet qui voit sa mise au vert virée au cramoisi.

— Tente les casernes de pompiers, le type d'astreinte ou je ne sais pas... les bars !

— OK, je vais faire le tour des comptoirs. Ça promet. Non, mais franchement, Léo, tu t'entends parfois ? Bon, bref, je peux te demander un truc en retour ?

— Ouais, quoi ?

— Pourquoi, d'un coup, c'est important pour toi ?

Elle entend ruminer le big boss. Un vrai bruit de mastication salivaire.

— Désolé, je suis sur le chemin du retour et je mange un croissant. Euh, pour répondre à ta question : eh bien, Absalou s'est un peu foutue dans la mouise, hier soir. Mais, au milieu du bazar, je pense qu'elle a trouvé...

— Et tu l'aides ? le coupe-t-elle. Qu'a-t-elle encore fabriqué, celle-là ? Purée ! Tu vas finir en taule avec elle. Je t'assure, ça ne va pas louper !

— Écoute, n'en fais pas une histoire personnelle. De toute façon, c'est trop long à t'expliquer. On va dire que c'est de la légitime défense jusqu'à preuve du contraire. Et le type dont elle a aéré le cerveau n'était pas non plus un enfant de chœur. Il se trouve peut-être mieux sur une table d'autopsie qu'ailleurs, voire en face de toi, crois-moi. Par contre, j'ai vraiment l'impression d'entendre David. Vous êtes de mèche tous les deux ou je rêve ?

— Merde, légitime défense. Waouh ! Elle a flingué quelqu'un et déterré le détail qui fait la différence, c'est ça ? Eh bien, bravo ! s'exclame Briet, désabusée.

— Oui. Franchement, oui. Allez, s'il te plaît ! Y a plus urgent. Je vais avoir besoin de toi dans le Var. Quand tu pourras, mais assez rapidement pour consulter les archives du journal local, entre autres. Une histoire de viol. Je remonte en parler à Absalou et je t'envoie l'article par SMS. Ensuite, je te tiens très vite au courant.

— Eh ! Où es-tu, là ?

— J'ai emprunté l'appartement de Momo. Pourquoi ?

— Elle crèche chez Momo ?

— Oui. En attendant que je puisse m'en débarrasser.

— Ah ! s'étonne la Danoise.

— Qu'est-ce que tu as encore ?

— Non, rien. Fais attention à toi. C'est tout. Je ne plaisante pas. Hein, tu me le promets ?

— Oui, ne t'inquiète pas. Allez, je te laisse sinon elle va s'impatienter. Je t'embrasse.

Le petit hôtel de Mazaugues à peine ouvert, déniché au hasard d'un coup de tête, demeure endormi tandis qu'au loin vrombissent de rares voitures de passage en abordant le centre étroit du village. Il est encore tôt et seule la cloche de l'église proche se permet d'avertir ses ouailles en retard pour le premier office. Sur la terrasse déserte, quelques moineaux ramassent les miettes laissées par le balai. Ils ne sont pas le moins du monde effrayés par l'ombre des branches encore clairsemées de la glycine. Briet se sent mieux, mais partage, malgré tout, avec son café, cette subite déconvenue avouée sur le bout des lèvres.

La copine du boxeur émasculé traverse son esprit comme un fantôme embarrassant. À l'envie de rester et de procrastiner en regardant les nuages passer s'interpose le désir puissant de rouler vers Marseille à vive allure. Elle a tant l'impression de ne jamais résider au bon endroit et garde enfoui le pressentiment de devoir toujours sauter plus haut, comme une gamine à laquelle on ne prête pas attention parce que trop petite. Alors, évidemment, il ne s'agit pas de cela. Elle le sait bien. La vie continue simplement à lui jouer des tours.

— Vous désirez autre chose ?

Le tenancier la sort brutalement de ses réflexions. Elle sursaute.

— Oh, je suis désolé. Je ne voulais pas vous faire peur, s'excuse-t-il, confus, avant de poursuivre. Alors, qu'est-ce que souhaiterait la petite dame ? Vous êtes ma seule cliente. Autant dire que je vais vous chouchouter.

— Non, merci, rien. Ou si, un deuxième café et... ensuite, je pourrais vous poser une question ?

L'homme rougeaud, court sur pattes, aussi large que haut, le tee-shirt sale et tendu sur une panse bedonnante la considère sans méfiance. La beauté offre parfois des garanties. Elle en convient et use souvent de son enjouement nordique pour arriver à ses fins, surtout face à des gens qui possèdent un regard honnête et lavé de toutes ambages.

— Même plusieurs, si vous voulez. Allez, je nous prépare deux cafés et j'apporte le journal.

Elle le voit s'activer derrière le bastringue et concocter les expressos. Elle sourit. Elle ne va pas tarder à avoir de la compagnie. Et, si elle ne se sent pas forcément seule, l'homme ne se trouve probablement pas dans le même cas.

— Bon ! Elle n'est pas belle notre région à cette période ? lance-t-il en s'asseyant face à la Danoise, les deux petits noirs serrés et brûlants sur la table.

— Oui. Elle est surtout très apaisante. Ça fait du bien, parfois.

— Ah ! Pour être calme ici, c'est calme. Et l'été, n'en parlons pas. On n'est pas loin de l'extinction finale. Les gens n'ont envie que de plage. Sortis de leur bronzage, ils ne connaissent plus rien.

Briet hausse les épaules. Elle n'a pas d'avis sur le sujet et s'en moque. Elle attend une invitation pour poursuivre sur un terrain plus intéressant.

— Vous êtes seule ? rougit le barman, gêné par sa propre audace.

— Oui, je me suis mise au vert. J'habite Marseille.

— Ah oui. Je comprends. Marseille bouge, et dans tous les sens du terme. Eh, eh ! ricane-t-il, sarcastique. Et alors, vous vouliez me demander quelque chose ? Eh, André vous écoute.

La fille hoche la tête, un petit rictus délicat et timide posé sur les lèvres. Les gentillesses deviennent si rares et sont souvent portées par des gens humbles qui ne possèdent qu'une ambition dans la vie, provoquer le sourire.

— Hum, merci. Voilà, par hasard, auriez-vous entendu parler d'un accident qui aurait eu lieu il y a huit ans et qui concernerait une voiture et une femme seule, à pied, pas loin d'ici ?

— Hou là ! Il y a huit ans ? C'est que les drames dans le coin, ce n'est pas ce qui manque. Vous avez vu les routes ? Les gens pensent conduire comme l'autre... euh, Loeb, mais, à cause de leurs BMW, au premier virage, ils se vautrent et on les trouve régulièrement tout en bas, plantés dans les arbres.

— Et alors ? La femme s'enfuyait apparemment après un viol. Ça vous parle ? Elle a été percutée par une voiture. On n'a jamais retrouvé les responsables ni de l'outrage ni de l'accident. Pas courante comme affaire !

— Eh bien, bon Dieu ! Vous en avez de drôles d'occupations, vous. Attendez que je réfléchisse. Maintenant que vous le dites, il se pourrait bien que ce soit la nièce d'Alban. C'était quand ça ?

André se parle à lui-même, il plonge dans sa mémoire avec abnégation, les mains tremblantes sur le bord de la table ronde attaquée par la rouille. Ses souvenirs n'ont pas le goût salé de la mer et des enfants qui bâtissent des châteaux sur le sable. Ils lui renvoient d'autres projections différentes dans lesquelles on peut découvrir toutes les humeurs acides que porte cette terre calcaire et rustre.

Briet reste mutique face à son café.

— Oui, ça pourrait être ça, ajoute-t-il au bout de quelques secondes.

— La nièce d'Alban ?

— Je ne me souviens plus de son nom. Une drôle d'histoire, franchement, mais ce que vous me racontez me fait songer à ce qui est arrivé à cette pauvre fille. C'était en octobre ou novembre. Je me rappelle qu'il n'avait pas arrêté de pleuvoir juste après le drame. Les vieilles disaient que c'était toutes les larmes de la femme qui se déversaient. Vous le savez, vous ? Ah, les vieilles !

La Danoise ne relève pas la remarque. Elle contemple avec insistance le barman. Il doit avoir un peu plus de cinquante ans. Elle songe qu'il est déjà prisonnier de son terroir et que son cœur bat fort avec lui.

— Non, je l'ignore. Vous pouvez m'en dire davantage ?

— Eh, eh ! Vous avez de la chance de tomber sur moi, hein ? Vous savez que j'ai des amis qui ne seraient pas aussi loquaces. Alors, oui, je peux essayer. Je me souviens que le viol n'a pas vraiment été confirmé et que les gendarmes n'ont jamais réussi à comprendre ce qui s'est passé. Ensuite, le temps a tiré la couverture à lui.

L'homme montre le ciel du doigt et continue.

— À cause de la pluie. Un déluge, je vous assure. Je ne mens pas. Une pluie de mousson, diluvienne, et surtout, comment dire ? Incessante et déprimante. C'est ça. La flotte ne s'est pas arrêtée de tomber dru pendant trois jours. Alors, vous pensez, les flics ont fait ce qu'ils ont pu. Pas grand-chose en fin de compte. Chaque piste qui descendait de la colline devenait un torrent qui emportait tout sur son passage. Et c'est ça, finalement, qui s'est passé, l'eau a noyé la vérité.

— Et la femme ?

— La petite, ils l'ont amenée à l'hôpital. Elle se trouvait dans un sale état. Que voulez-vous que je vous dise ? Il paraîtrait qu'elle s'est pris le pare-chocs en plein coffre. Après ça, on fait plus la cueillette des nèfles. Il ne reste plus rien de bon chez elle, même sa voix déraille. Elle bégaie, je crois. Elle a vécu trop longtemps avec les lumières éteintes si vous saisissez l'allusion.

— Oui, bien sûr. Et l'endroit où ça s'est passé ?

— Ah ! je ne sais plus. C'était sur la route en allant vers Aups, mais où exactement ? Je risque de vous dire des conneries.

— Mais elle est encore parmi nous ? Rassurez-moi !

— Oh, oui ! Mais dans quel état ? Maintenant, pour être franc, je ne la connaissais pas. Je ne l'ai jamais vraiment vue. Elle résidait à Marseille tout comme vous. Une femme bien d'après les cancans du quartier, intelligente et tout. Une bonne situation. Et patatras, l'horreur. Il faut dire ce qui est, mais les maris.

— Les maris ?

La Scandinave ne peut s'empêcher de montrer son étonnement. On parle d'agression sexuelle puis, cinq minutes après, vient sur la table le conjoint. En quoi un époux peut-il devenir responsable d'un acte couramment attribué à un pervers, qu'il soit seul ou mal accompagné ? Elle fronce les sourcils et questionne du regard le type que l'ébahissement non feint stimule.

— Eh oui, vous pouvez être surprise. Le viol, à défaut de preuve, a été officieusement imputé au mari. Je me souviens bien de ce qu'ont dit les gens. Vous savez, avant et après. Avant, ils se trouvaient ensemble, attablés comme des amoureux de Peynet, devant une assiette avec le bord de mer qui leur léchait les orteils. Après, la femme est laissée pour morte sur une route de merde et le type disparaît. Pas plus de trois heures se sont passées entre les deux événements. On fait quoi avec ça ? Les gendarmes n'ont pas osé franchir le pas, mais d'autres s'en sont occupés pour eux. Croyez-moi. Et les ragots sont allés bon train dans toute la région, d'Aups à La Roquebrussanne. Vous pouvez me faire confiance. J'estime qu'Alban est devenu aigri à cause de ça. Il pensait avoir des amis, si vous voyez ce que je veux dire. Maintenant, ce n'est plus le même homme.

— Où pourrais-je le trouver, ce monsieur Alban ?

— Alban ? Vous demandez à rencontrer Alban ?

— Oui.

— Putain, ma petite, je vous le déconseille. Il est aimable comme une porte de prison, et encore, mon avis qu'elle est plus sympathique que lui.

La femme le supplie chaleureusement. Ses yeux céruléens n'ont jamais provoqué autant de dégâts et le taulier, s'il était né de la dernière pluie, en perdrait sa gouaille, mais il en a vu d'autres en étant plus jeune. Il hausse les épaules et, prévenant, lâche le morceau.

— Alban Maccadi possède un garage après le cimetière, sur la route de Tourves, dans la descente. Vous ne pouvez pas vous tromper, car il n'y en a qu'un et, en plus, il fait office de ferraille pour justement tous les accidents qui se passent ici. Mais je vous aurai avertie. Il n'est jamais bon de remuer le limon, hein. Souvent, le résultat devient pire. Réfléchissez à ce que je vous dis et puis, n'y allez pas seule. Jolie comme vous êtes.

— Venez avec moi ?

— Non, j'aime bien Alban. Vous pensez ! Quand il chassait, on était des amis tant devant le fusil que devant le comptoir du bar. Les premiers ! Mais ça, c'était avant. Avant l'accident. Avant le handicap et puis avant... Vous savez. Avant la naissance du petit.

— Du petit ?

Briet croyait avoir tout entendu. Dieu merci, elle est assise. Elle reste coite un court instant, puis, une nouvelle fois, ses yeux s'attardent, incrédules, sur la bouche du bonhomme dans l'attente d'une explication qui tarde trop à venir. Lui s'amuse des effets à répétition qu'il provoque.

— Eh oui ! Vous n'étiez pas au courant ? Le pire, c'est qu'elle était enceinte. Il faut avouer qu'on critique les médecins, mais là, ils ont réalisé un miracle. Ils ont sauvé les deux, annonce l'homme presque en chuchotant comme s'il s'agissait d'un secret bien gardé.

— Mon Dieu !

— Comme vous dites.

19

Après la conversation avec Briet, je gravis quatre à quatre les marches de l'immeuble pour rejoindre Absalou au cinquième étage, histoire de remuer un peu mes fesses. Je laisse les viennoiseries sur la table et les clés de l'appartement à côté du journal que je dépose doucement, de peur de la tirer du sommeil. Comment peut-elle encore dormir après ce qu'elle a fait ? Mystère.

Je m'arrête au pied du lit, devant l'entrée de la chambre. Mes yeux s'attardent d'abord sur le carton de papiers que j'ai récupéré chez Médrano puis, pour finir, suivent les contours du tissu sous lequel le corps nu et contracté de la fille se cache. Je frissonne et détourne la tête. Je vais finalement m'asseoir sur l'une des rares chaises du trois-pièces, un peu en retrait par rapport à l'espace avec une envie en tête, la réveiller et passer à l'action. Mais elle ne dort pas. Le drap qui la couvre tremble de mouvements contraints irréguliers. Une preuve. Pour finir, j'élève la voix.

19

— J'ai téléphoné à Briet au sujet de la coupure de journal dont tu m'as parlé cette nuit.

Elle s'amuse et joue avec ma patience. Je ne lui en veux pas. J'en profite aussi. Je pratique un jeu qu'elle ne semble pas détester, celui du contemplateur silencieux. Enfin, elle écarte les bras, bâille amplement et se redresse. Le drap, avec la couverture, tend à glisser. Elle le retient en serrant son avant-bras contre sa poitrine et me découvre, avec l'air de penser que je suis le premier des emmerdeurs.

— Pourquoi ? me demande-t-elle en soupirant.

— Eh bien, ça me paraît évident. Elle se trouve à Mazaugues comme par hasard. Autant en profiter, non ? Tu veux un croissant ?

Elle hoche la tête et se lève en s'appliquant à entourer avec l'étoffe sa silhouette en contre-jour dans l'encadrement de la porte. Elle le fait sciemment. J'en suis persuadé. La transparence n'a que des avantages. Elle souligne les contours et stimule les désirs. Je détourne le regard et déchire le sachet.

— Oui ! J'arrive ! Et tu crois que…

— Connaissant Briet, oui. Elle est douée. Je m'aperçois que je ne lui ai jamais dit en cinq ans.

Je le déplore. Une connerie. Elle tire la chaise à elle et s'installe en face de moi, le tissu toujours maintenu sous ses aisselles.

— Tekass, va ! Tu lui diras ousde[1]. Ce n'est pas comme si elle douillait grave. Sinon, sympa, l'appart. Sobre, mais agréable. C'est à ton pote ?

J'élude la question d'un bref assentiment.

— Mouais, j'ai aussi eu David Buttafoghi au téléphone.

— Oh ! Cet empaffé de première.

— Oui. Tu as cerné le personnage à ce que je vois. Et toi, qui es-tu, Absalou ? Je veux dire à part une allumeuse.

1 Ousde : en douce

La demande soudaine la surprend. Elle tourne la tête d'un coup et écarte les yeux, presque choquée. En tout cas, foncièrement étonnée. Elle devine que le flic a bien travaillé et s'est surtout appliqué à peaufiner son enquête de la meilleure des façons à son endroit. Des secrets, elle en possède autant que certaines bonnes femmes, un nombre incalculable de paires de godasses, mais ces mystères n'ont jamais conduit d'hommes à la morgue avant ce type chez Médrano. Pour elle, une catastrophe.

— Qu'est-ce qu'il a jacté, ce fils de pute de vilci[2] ?

— Non, Absalou, on ne joue plus. Tu es une grande fille maintenant alors tu vas m'avouer ce que tu as foutu ces trois dernières années. Je serai comme ça le premier à le savoir.

— Oh, le baron ! Tu veux ma vie, quoi ?

Je ne suis pas étonné par sa dernière réflexion, celle censée entrebâiller la porte de la vérité. Celle que j'ai ouverte en grand. Je veux qu'elle croie que je suis du genre teigneux et besogneux. Le gars qui ne lâche rien malgré une carapace en apparence fragile quand il s'agit d'encaisser non pas les balles, mais les coups bas. Car la fille est meilleure que moi. Elle s'adapte, un vrai caméléon, ce qui lui permet de louvoyer plus facilement au milieu des corps morts. Rétablir l'équilibre devient donc nécessaire si je ne veux pas la perdre.

— En quelque sorte. Je désire la bonne version, oui.

— T'as déjà eu des frangins, toi ? Je veux dire des assoces[3] avec qui tu ratais pas une occase de te mettre bien au sky[4] ?

Je ferme un instant les yeux et traduis. Mélodie aurait pu correspondre à cette définition abrupte au tout début de notre histoire. Ensuite, les événements ont pris le pas sur l'amour.

2 Vilci : policier en civil

3 Assoces : copains, potes, amis

4 Se mettre au sky : faire la fête au whisky

Je réponds du bout des lèvres.

— Oui.

— Alors tu sais ce que c'est. Le type bourlingue à droite à gauche, prêt à faire le badass pour des conneries, pires que la verte. Le dawa[5] à donf, je ne t'explique même pas. Alors, qu'est-ce tu fais pour ton pote sorti de sa base, hein ?

Je rigole et me lève gêné. « Le dawa à donf ! » Je vais droit à la fenêtre. J'ai besoin d'air. L'espace m'inspire et me donne du grain à moudre. Peut-être également ai-je besoin d'éviter son regard pénétrant, voire trop intrusif ?

— Je ne sais pas. Je l'aiderais, je pense, autant que je peux si cela en vaut la peine.

— Bingo, gadjo ! Alors pour mon frère de sang, j'ai fait le voyage et à mon retour, je m'en suis mordu les doigts. Un bataillon m'attendait sur le tarmac.

— C'était un terroriste ?

— Oui, mais pas moi. Si c'est le condé qui a bavé ça, tu peux essuyer la merde. C'est un feufa[6] de première. Mon khey[7] l'a payé cash. Il est mort à Raqqa sous les balles des Syriens. Et moi, j'ai chialé trois ans avec une fiche S collée au front et un déménagement à Marseille. Tout ça parce que chuis une tintée[8].

Je me retourne vers elle. J'ignore si David est raciste. Moi, je ne le suis pas. Enfin, je ne crois pas l'être. Appuyé contre la baie vitrée qui donne sur le balcon, je la scrute avec cette envie de la mettre à nu et de ne rien laisser au hasard, pas même cette foutue pulsion sexuelle.

5 Dawa : bordel

6 Feufa : raciste, fasciste

7 Khey : frère

8 Tintée : personne de couleur

Ça tombe bien, elle ne possède presque plus rien sur elle, même pas cette cuirasse qui lui va comme un gant.

— C'est tout. Le reste, finalement, c'est du flan, hein ?

— Oui.

— Et maintenant ?

Sans répondre, elle se lève et s'approche de moi. Il suffit de demander. Le drap tombe sciemment. Elle doit bien commencer par s'effeuiller pour arriver à ses fins.

— Absalou ! Je... Ce n'est pas...

— Correct ? Convenable ? C'est les mots que vous utilisez, vous, les babtous[9], c'est ça ?

Elle se colle à moi et m'embrasse avant que je ne réponde. Un baiser d'abord de gamine presque pudique et adapté au bonhomme. Elle défait la ceinture de mon pantalon d'un geste brusque. Suivent le bouton et la braguette. Le doux larcin s'éternise. Elle devine mon sexe à travers le caleçon. Tout va trop vite. Elle le touche, le caresse et l'apprivoise puis le dévore, cette fois-ci à genoux, les doigts agiles attirés inexorablement par mes fesses. Je gémis et me cambre, le dos collé à la vitre. Elle continue. Je garde le contrôle et la conduis sur le canapé. Elle se laisse faire. La tête face au mur, les mains qui agrippent le haut des coussins rembourrés et les cuisses écartées. Elle sent un début de jouissance à chaque va-et-vient. Je caresse parfois ses seins aux aréoles gonflées. L'orgasme arrive. Pour finir, toujours dans l'excès, elle m'invite à lui salir le visage. Je n'aime pas cela, mais me laisse amadouer tant l'invitation ne prête à aucune discussion. Pour finir, elle ramasse le drap et s'essuie avec. Je fais de même tout en la regardant, embarrassé. Elle me dépose un baiser sur le front et disparaît dans la douche. À son retour, je suis de nouveau habillé comme si de rien n'était, mais reste toujours interloqué et muet.

9 Babtous : Européens, Blancs

Innocente, elle comble le silence.

— Pour répondre à ta question, oui, maintenant chuis une caifri[10] cool et clean.

— Je...

— Quoi ?

— Et tout ça ?

— Eh bien, je ne sais pas ce que t'a raconté Buttafoghi, mais tout est vrai hormis...

— Non, je parle de ce qu'on a fait là.

— Oh, la bouillave[11] ! Écoute, je te kiffais et t'avais le barreau[12]. Ça se voyait, alors j'ai pris mon dû. C'est tout. J'ai la gouache[13] et t'es kawaï quand tu veux. OK ? On peut bavasser d'autre chose maintenant ?

— Oui. Si tu veux. Tu disais : « Tout est vrai. »

— Jusqu'en 2017. En 2011, j'ai passé mon bac, un bac S. Après, j'ai essayé de continuer, mais je n'avais pas de tunes. P'tet bien aussi que je voulais pas. En tout cas, me faisant chier, j'ai fini par rencontrer des schlagues. Dans la banlieue de Rosny-sous-Bois, c'est facile, il n'y a que ça. Ils m'ont embobinée pour que je participe à l'attaque du convoi en 2013. À l'époque, non seulement je chouravais les scooters, mais en plus, je savais les conduire, si tu vois ce que je veux dire. Et puis je n'étais pas une tarlouze.

— Donc, tu as fait de la prison ?

— Oui, à Rifleu[14]. Libérée au bout de deux ans et des brouettes pour bonne conduite.

10 Caifri : Africaine

11 Bouillave : la baise

12 Avoir le barreau : avoir une érection

13 Avoir la gouache : avoir la forme

14 Rifleu : Fleury-Mérogis

Elle s'assoit à côté de moi sur le canapé, et me prend les doigts. Elle joue avec. Je ne retire pas ma main. Pourtant, je ne souhaite pas tisser de lien et regrette déjà d'avoir agi comme un pauvre type.

— Oui, mais dans ton scénario bien huilé, il existe une faille.

— Ouais, ma vie après 2015. Tu le sais, maintenant. J'étais libre comme l'air. Le Caire et Gaziantep en Turquie, autant dire Bagdad[15]. Retour à la case départ en janvier 2018. Paris. La flicaille me tombe dessus. J'entrave que dalle. Tout ce que je sais, c'est que je suis une intégriste radicalisée, moi qui n'ai jamais mis un pied dans une mosquée. Tu piges le topo. Ils jouent cash, là-bas à Levallois-Perret et ne me lâchent pas d'une semelle. J'ai qu'une envie, me calter, mais je les écoute et me tiens à carreau. Trois ans à pas moufter. Et voilà qu'aujourd'hui, chuis embringuée dans la pire des merdes.

— Et l'idée, maintenant, c'est quoi ?

— Prouver mon innocence et me tirer d'ici avec un max de fric si je peux. Je le mérite, lâche-t-elle, déterminée.

— Putain, je comprends pourquoi David ne t'a pas à la bonne. OK. Tu es prête à m'aider, alors ?

Je cherche le soutien là où il se trouve avec l'envie de me sortir de l'ornière dans laquelle je me suis fourré. Absalou, c'est certain, ne devrait pas faire partie du casting, mais ses errements et ses maladresses sont autant d'entraves sur lesquelles je dois dorénavant m'appuyer pour rebondir.

— Comme si j'avais le choix.

— Et moi donc. Bref, on ne va pas refaire l'histoire. Ce que je vois en revanche, c'est qu'un truc ne colle vraiment pas. Tout ce qu'on tient nous amène dans des impasses. On se trouve devant un flic, un roi du porno, un boxeur, un gars qui vend des contrats mutualistes et un

15 Bagdad : bordel, pagaille

ancien légionnaire refroidi. Tous ont pu tuer pour une raison ou une autre. Même Médrano.

— Tu crois que ton vilci est un ripou ?

— Je ne souhaite pas y penser une seule seconde, mais il met tant d'ardeur à te charger sans trop chercher à comprendre qu'il est forcément impliqué, non ?

Je soupire et ferme un instant les yeux.

Absalou possède au moins un défaut. Elle n'a pas ma patience. Elle détient par contre de belles qualités, entre autres la persévérance. Elle a passé ces quarante-huit dernières heures à fuir, le but avoué de la manœuvre des chasseurs consistant à écarter tout le monde du droit chemin, celui de la logique et de la pure intuition, pour faire de la métisse une parfaite coupable. Malgré tous les efforts des flics, elle est plus que jamais présente, avec cette fois-ci, une grenade à la main.

20

Juliette n'est pas une simple chanson. On pourrait le penser puisque les gens qui la croisent disparaissent le temps d'un refrain, avant même de vraiment la connaître. Seule une vague mélopée subsiste. Pourtant, sur le parking face à la montagne, à découvrir sa silhouette solide, mais tordue, on ne peut pas se tromper. La réalité dépasse la fiction.

Claire, puisque c'est ainsi qu'elle s'appelle réellement, est seule. Elle sort de la voiture. Elle tire le fauteuil roulant 4x4 qui glisse doucement sur ses rails vers l'extérieur du véhicule adapté, acheté à prix d'or, puis abaisse le plateau. Il se pose sur le terre-plein central de l'aire de repos, face aux pistes qui mènent peu ou prou toutes au même endroit. En haut, près du ciel. Elle tourne son corps meurtri puis le bascule en ahanant afin de s'asseoir au fond du siège. Elle boucle sa ceinture et prend son sac resté accroché au montant de la porte.

Presque tous les dimanches, c'est un cérémonial identique qui se met en place. Elle grimpe à la rencontre de la petite chapelle sur la crête, d'abord avec le fauteuil équipé de roues tout-terrain sur une grande partie du chemin, puis à la force des bras, uniquement, lorsque le véhicule électrique puissant refuse d'avancer face à la pente. Un véritable chemin de croix.

Parfois, elle fait un détour par la grotte pour y rencontrer un être précieux, son confident. L'homme est souvent absent. Elle ne s'en offusque pas. Elle a toujours rejeté avec véhémence la moindre aide, non pas par fierté, mais simplement pour souffrir et sentir au moins dans sa tête la douleur physique disparue de ses jambes atrophiées. Aujourd'hui, tout devient différent. Le monde qui l'entoure, protégé en apparence, semble soudain s'effondrer. Le danger se cache et il porte différents visages. Peut-être ne sera-t-elle pas concernée ? Peut-être échappera-t-elle aux fracas des rencontres ? Mais comment le savoir tandis que l'un d'eux, Grégory, dans les collines, ignorant et naïf, force déjà le destin à coups de couteau.

Elle appuie sur le petit bouton vert et l'imposant fauteuil se met à ronronner. Un bruit rassurant. Elle songe à tout ce gâchis. C'est vrai que l'homme reste stupide. Il ne réagit qu'aux sentiments. Il ne voit que l'intérêt personnel et croit bien faire, mais s'aperçoit au contraire que chaque décision prise devient un coup de pelle dans la terre plus hargneux encore que le précédent.

Elle actionne le joystick. La petite diode clignote et le véhicule se met en marche. Les gens qui descendent de la grotte ou de la chapelle la contemplent discrètement. Dans leurs yeux s'entremêlent invariablement la pitié et l'admiration. Elle s'en moque. Elle ne supporte plus les regards que le strabisme incommode. Son esprit troublé pour cette raison nécessite souvent d'aller à confesse. Elle en profite. L'abbé, magnanime, ce fameux ami, l'accueille toujours avec de bons mots et une mansuétude de saint homme. Elle s'en passerait, mais ces rendez-vous participent à sa lente reconstruction. Ils brisent son vœu de silence entretenu sciemment lorsque Samuel vient. Hier, le pauvre type ne lui a pas rendu visite.

Le véhicule gravit la déclivité, le moteur lancé à pleine puissance. À certains moments, un caillou plus gros au milieu de la large piste ombragée vient briser la régularité du cheminement et stopper temporairement l'engin, mais il est guidé par une main alerte et agile. Elle représente le seul membre encore puissant au bout d'une enveloppe recroquevillée.

Elle prie pour que l'abbé soit au rendez-vous. En plus de ses confessions, elle souhaite lui laisser un témoignage de ce que l'Homme avec un grand H peut être capable de réaliser. Il est temps. Comment le prendra-t-il ? Elle l'ignore, mais peu importe. Elle s'en remettra ensuite à Dieu.

Le porche est grand ouvert. Le fauteuil roulant, une fois le chemin pavé oublié, le franchit et se meut au milieu de la terrasse construite en balcon au-dessus de la forêt domaniale. En bas s'étale le poumon du massif jusqu'à la route, ce fin trait de bitume malodorant. Claire, une fois n'est pas coutume, traverse la courette sans un regard pour la canopée. Un peu secouée par les vieilles dalles, elle se dirige vers la retraite paisible qui abrite parfois des pèlerins de passage. Elle pense à Samuel. C'est lui qui lui a fait découvrir l'endroit et qui l'a guidée jusqu'ici. Il disait que ça allait lui faire du bien. Il voulait obtenir son pardon, mais il ne l'a jamais gagné. Elle ne peut pas absoudre le monstre qui l'a clouée dans un fauteuil, même s'il s'agit d'un accident.

L'ecclésiastique, à son arrivée bruyante, lève la tête du livre dans lequel il s'est plongé : le *Traité de la théologie mystique de saint Denys l'Aréopagite*. Il est assis un peu en retrait sur l'un des bancs extérieurs qui fait face au précipice.

— Ah, madame, vous venez goûter le spectacle du printemps ?

L'abbé porte toujours le sourire, comme une devanture de boutique de luxe, avec ostentation. La femme bégaie une vague réponse tout en manœuvrant le lourd engin.

— Monsieur, j'aimerais tant me perdre dans la forêt, mais j'ai peur de ne pas revenir.

— Pour se perdre, il faut encore s'égarer ! répond le bonhomme.

— C'est plutôt dans le ciel que je voudrais m'égarer.

— Que puis-je pour vous ? demande-t-il pour finir.

Il sait que lorsqu'elle fait l'effort de monter, c'est qu'elle souhaite lui parler même si chaque mot devient une souffrance. L'émissaire de Dieu conserve toujours une certaine patience devant le handicap et devant les promesses d'une âme à sauver, bien qu'il avoue secrètement ne pas comprendre la pécheresse.

— J'espère ne pas gâcher votre journée, mon père, car ce qui m'amène est plus grave.

— Vous m'inquiétez. Vous avez des soucis personnels ? Je peux peut-être voir avec le diocèse.

La femme l'interrompt brutalement. Toujours bégayante, elle poursuit.

— Non, merci. Vos ouailles ne pourraient pas m'aider. Ce qui me tracasse ne concerne désormais plus le monde dans lequel chacun de vos paroissiens a trouvé refuge.

— De quelle création s'agit-il alors ?

— J'aimerais croire que nous ne parlons pas de la même chose, mais depuis hier, je demeure devant le fait accompli.

— De quel monde voulez-vous me parler ? insiste l'abbé.

Une hésitation.

— D'un abîme.

Le religieux tremble, mais ne se dérobe pas. Ne vit-elle pas déjà un enfer ? Ce n'est pas la première fois qu'on l'interpelle à ce sujet. Il ne pense pas que le lieu si craint en des temps reculés puisse exister, bien que l'homme devienne souvent un monstre pour son voisin. Il ne s'agit, dans la plupart des cas, que de brebis égarées. Il en est persuadé. Il écoute donc la pénible confession. Hélas pour lui, il ne s'attend pas à la nature de l'aveu, mais Claire poursuit, refusant net toute interruption. Elle s'arrête malgré tout parfois pour contrôler son bégaiement et reprendre son souffle. Elle en profite pour scruter le visage devenu pâle du saint homme souvent penché vers le sol. Elle y lit l'incompréhension et surtout, un effroi incoercible.

— Pensez-vous que Dieu puisse me pardonner ? murmure-t-elle une fois le monologue terminé.

— Pourquoi ? chuchote l'abbé.

— Ne cherchez pas à comprendre, mon père. Donnez-moi l'absolution ou bien chassez-moi du paradis. Il est désormais trop tard. Je viens de vous le dire. Le mal est fait. Délivrez-moi !

— Vous n'y êtes pas, ma pauvre enfant. Je ne veux plus de votre confession. Comment avez-vous pu penser une seule seconde que je sois capable de garder un tel cauchemar ?

— Je vous en prie. Ne prenez pas la place de l'avocat, du juge et du bourreau. Vous n'en avez aucun droit. Ce que je désire, c'est être libérée de mes démons. Le reste m'importe peu.

Les mains jointes, l'abbé se met à chuchoter un Notre-Père.

— Ne faites pas ça. Je vous en conjure. Parlez-moi au lieu de fuir, supplie Claire.

L'homme casse finalement l'entrevue d'un geste brusque et se lève. Il contemple de sa hauteur la pauvre handicapée et à l'image de profonde piété vient se superposer les horreurs passées et à venir. Il hésite tout de même quant à la conduite à adopter et se demande si son Dieu va lui répondre. Il concède alors une faiblesse et soupire sans invective.

— Je me suis trompé sur vous. Je ne suis pas assez fort. Disparaissez, madame, et ne revenez plus. Quant à moi, je me réserve la possibilité de briser mon vœu de silence si celui-ci devient trop lourd à porter et je le ferai, à ce moment-là, en mon âme et conscience. Adieu.

L'abbé traverse alors la cour à vives enjambées sans se retourner et quitte l'endroit, son livre dans la main droite, le poing gauche serré sur un chapelet. Claire, bouleversée, l'accompagne des yeux. Les larmes n'y pourront rien changer. Elle les refoule et les chasse. Il est temps maintenant de voir comment se portent les cieux.

Les quelques derniers obstacles sont les plus ardus, mais elle prend le parti d'ignorer la douleur qui irradie les muscles des membres supérieurs aujourd'hui bien plus encore qu'avant. Les médecins ont été clairs. La rémission n'existe pas. Au contraire, le mal va empirer. Il commence déjà à grignoter son bras gauche alité par la paresthésie. Elle s'en fiche et continue. Le bas du corps suit le mouvement pendulaire qu'imprime la femme à chaque traction. Les coques rigides en carbone rembourrées autour des poings, des avant-bras et contre ses jambes inutiles, font toujours illusion à chaque petit bond de rocher en rocher.

Après une heure d'effort, elle approche enfin de la chapelle des Pénitents, un peu en hauteur par rapport à sa position. Détaché du ciel, le vieux cube posé sur le promontoire dans sa sobriété décadente semble si minuscule. Un mirage. Il ressemble pourtant à une poussière divine que le Créateur aurait oubliée avant de s'envoler. Au bout, le ciel immense s'ouvre à la contemplation, orange à l'horizon puis marron, avant de sombrer sur les bords de la nuit et de basculer dans le noir charbonneux de l'espace. Au loin, à peine visible maintenant, la montagne de la Sainte-Victoire répond au massif et lui tend les bras, presque jumelle dans la clarté lunaire biaisée par l'énergie du désespoir.

Claire se hisse une dernière fois sur la dalle rocheuse au bord du précipice. Ultime effort. Elle s'est si souvent demandé comment serait la chute le long de la paroi en compagnie des étoiles.

Le temps se couvre.

SIXIÈME JOUR
Lundi 15 mars

21

En effet, la pluie, dans la nuit, a frappé les volets. Les gouttes d'eau ont martelé la surface en bois ajourée parfois par ondée violente, d'autres fois d'une façon plus régulière, mais toujours avec cette envie de réveiller Briet. La vitre voisine, dépourvue de battants et plus fine qu'un abat-jour de papier, n'a pas été d'un grand secours contre l'insomnie.

La Danoise en a profité pour songer à cet homme, Alban, aussi protecteur qu'il est odieux, d'après les différents témoignages recueillis au cours de la journée dominicale. Certains lui pardonnent maintenant cette aigreur. Il n'a pas été si simple pour lui d'accueillir deux poids morts, une femme lourdement handicapée et un bébé sauvé *in extremis*. D'autres, au contraire, fustigent son comportement malsain vis-à-vis de la nièce comme du gamin. Qui possède la vérité ? Ceux qui s'en moquent ou ceux qui, pour une raison mystérieuse, deviennent jaloux d'une situation pourtant peu estimable.

Hier, Briet est passée devant le garage qui fait aussi office de ferraille. Elle a vu de la lumière à travers l'un des fenestrons qui perforent la façade salie de l'atelier. Un dimanche. En temps normal, elle aurait frappé à la porte constituée de tôles ondulées, mais les recommandations ont eu la sagesse de la ramener à la raison. L'homme peut, paraît-il, devenir violent.

Dans la soirée, après ses différentes tribulations à travers la bourgade, elle s'est confiée à Léopold au sujet de sa découverte. Elle s'est également épanchée sur le hasard déconcertant qui l'a conduite dans ce bled aux façades décolorées par le temps. Un village dont les rues sont si étroites qu'elles ne sont pas bâties pour la vie moderne.

— Un enfant ! Que veux-tu que je te dise ? avait-il rétorqué presque lassé, hier soir au téléphone. Il n'a peut-être rien à voir avec… comment il s'appelle déjà ?

— Fabien.

— Voilà, Fabien.

— Ils ont le même âge.

— S'ils se trouvent dans la même classe, quoi de plus normal. Et puis, tout ça reste à prouver, non ? Bon, Briet, soyons clairs. On découvre tous les deux et d'une façon différente qu'un accident a eu lieu en novembre 2012. Une femme en fuite renversée sans doute à la suite d'une tentative de viol. La belle affaire. Mais en fait, nous n'en savons pour le moment absolument rien alors quelque part, ça confirme mes suppositions, non ? Quant à ton histoire…

— Pourquoi un enfant prendrait-il une route en photo ? le questionne-t-elle avec rudesse.

— Si les deux gosses ne font qu'un, c'est probablement l'endroit de la collision. Dans le cas contraire, je ne vois pas.

— Comment peux-tu avancer cela ?

— On le lui a dit. Je n'en sais rien, moi. Ton Alban ou sa mère ou ses parents si ce n'est pas Fabien.

— Sa maman est lourdement handicapée et semble avoir des problèmes d'élocution, un bégaiement ou un truc dans le genre. Elle ne se confie que très peu et encore moins à cet enfant. Et puis, franchement, Léopold, tu raconterais un viol à ton fils de sept ans, toi ?

— Non. Bien sûr que non, mais elle peut l'avoir écrit par mégarde et il est tombé dessus. Un article de journal, par exemple. N'empêche, tu le concèdes, on peut supposer que Médrano est maintenant forcément mêlé à cette histoire. Quant à Bouathong, tout ça ne lui est pas étranger non plus, sinon l'assureur n'aurait pas tenté de me joindre pour m'exposer ses états d'âme. Ce qui veut dire qu'ils se trouvaient ensemble, ce fameux soir de novembre. Logique, tu me suis ?

— Oui, et...

— Absalou a trouvé une quantité inimaginable de bandes dessinées érotiques dans l'appartement de l'assureur. Il a peut-être beaucoup à se faire confesser. J'admets qu'on est loin du compte, c'est sûr, car tous les types qui possèdent ce genre d'ouvrages ne sont pas des tarés. Loin de là, mais pourquoi pas ?

— Drôle de raccourci. Et que fais-tu de Deboschères ?

— Pour le moment, rien. Je dois à tout prix retourner demain sur le campus de Luminy pour éclaircir certains points. On verra. Peut-être que son nom ressortira, plus présent que jamais. Je veux aussi creuser du côté des activités de Bouathong, notamment son magasin de sport en franchise. Et toi ?

— Voir Alban Maccadi dans son garage. Il ne me reste plus que ça avant de revenir. Et tenter toujours de parler au gamin.

— Renseigne-toi quand même auprès du journal local, à Toulon ou à Brignoles, sur les suites données à cette histoire en 2012.

— Ah oui. Au fait, Léopold, je ne te l'ai pas dit, mais il paraîtrait que le mari de la femme se trouvait avec les deux malades, le soir du drame.

— C'est une blague ? s'étonne le détective.

— Non, je t'assure. D'après l'ensemble des témoignages de l'époque et encore maintenant, il était avec elle dans la voiture qui les a conduits au milieu de nulle part. Il a disparu la nuit de l'agression et, depuis, on n'a jamais retrouvé sa trace. Si ta théorie tient le choc, et j'ai un doute, ils seraient trois.

— Trois types et une femme. Un cadavre et deux mecs perdus. Eh bien, un sacré sac de nœuds. Non, franchement, essaye de questionner le journaliste qui a couvert cette histoire, hein ?

— OK. Moi qui voulais me mettre au vert...

— Et fais attention à toi. Tu me manques, tu sais.

Les scénarios deviennent nombreux, de plus en plus, avec l'entrée en scène de nouveaux intervenants. La Danoise, au milieu de ses insomnies, les a répertoriés comme elle pense que procéderait Léopold. Au départ, chacun songeait à une vengeance. La police se tournait vers Absalou avec l'idée de lui coller les meurtres de Deboschères et de Bouathong. Le détective, comme beaucoup, voyait dans cet univers pornographique, l'occasion de fomenter quelque chantage vis-à-vis de pauvres filles. La menace d'une diffusion à grande échelle aurait pu en faire plier plus d'une. Pourquoi donc ne pas songer à cela ? Mais alors, quel rôle joue la nièce d'Alban Maccadi dans ce foutoir ? S'agit-il d'un hasard aussi insolite que celui qui invite la Scandinave à rester dans ce trou perdu ? Briet n'y croit pas une seule seconde. Les occurrences n'ont pas la vie dure en ce moment. Désolé pour le terme, mais admettons que le boxeur ait trempé dans les petites combines immondes du réalisateur de films X, que fabriquait-il alors en dehors de son champ d'action à cinquante bornes de Marseille en train, apparemment, de violer une femme qu'il ne connaissait *a priori* pas en compagnie de son assureur ? On vend ce type comme un exemple d'intégration à cause de son passé de sportif de haut niveau et pourtant, on le retrouve indirectement impliqué dans plusieurs fumisteries exceptionnelles par leurs caractères abjects et uniques. Mais à qui a-t-on affaire, en fait ? Un mec faible et manipulable ou l'inverse, un médiocre baron que la délinquance locale a élevé au rang de seigneur ?

Briet admet que Léo ne se trouve pas trop loin de la frontière, dans un territoire encore confus, mais elle sent qu'il n'a finalement pas tort. On ne cherche pas au bon endroit parce que, depuis le début, on est persuadés qu'il ne s'agit que d'une histoire de chantage sexuel minable. C'est peut-être le cas, mais lui comme la jeune femme sont convaincus que des mystères encore plus inavouables restent à découvrir.

Pour le moment, la jolie blonde a un nouveau souci. Ce matin, face au garage, elle s'aperçoit qu'elle n'a aucune raison valable de venir. Elle appelle de nouveau Léopold.

— Oui, Briet, je t'écoute.

— J'ai un petit problème. Je me trouve à deux pas de l'atelier de monsieur Maccadi et je ne peux pas me pointer comme ça chez lui. Je dois lui donner un os à ronger, non ?

— Une panne, quoi ?

— Exactement.

— Oui, évidemment. Attends.

L'homme fait silence dix secondes puis reprend.

— Crève un pneu. Tu possèdes normalement des boulons antivol. Un par jante. Si c'est le cas, tu dois dégoter une douille spécifique qui permet le démontage de ta roue. Pour ne pas faire trop la blonde, jette la douille. Tant pis. De cette façon, le garagiste t'accueillera à bras ouverts et te changera l'ensemble des boulons en plus du reste. Ça lui prendra un peu plus de temps. Par contre, essaye d'être persuasive pour qu'il te fasse le boulot maintenant, sinon, tout ça ne sert pas à grand-chose. Ça va ?

— Parfait. Tu es un ange. Ah, au fait, j'ai réfléchi. La nièce...

— Ouais, quoi, la nièce ?

— Elle dissimule forcément quelque chose de pas très net. On doit trouver très vite le lien entre elle et toute la bande. Pour Médrano, c'est facile, mais pour les autres. Deboschères notamment, mystère. Tu me suis ?

— OK, je m'en occupe, chef. À plus. Je boucle à double tour Absalou, je passe à l'agence me changer et me tire à Luminy. Je verrai ce qu'il en ressortira.

Briet ne répond pas. Elle n'est pas venue à Mazaugues pour trimbaler sa trombine, mais pour retrouver cette hardiesse qui lui a soudain fait défaut. La photographie représente une bonne excuse. Aujourd'hui, ce vulgaire bout de papier brillant devient trop bavard. Il tisse devant elle une histoire rocambolesque qu'elle n'aurait pas souhaité rencontrer dans ses pires cauchemars.

Dans l'atelier au sol noir de crasse, le mécanicien ne renvoie pas l'image terrible tant véhiculée par la conscience collective. Au contraire. La Danoise discerne une grande pudeur et une indicible tristesse dans le visage qui lui fait face. Alban Maccadi est un homme discret. Les gens lui ont reproché, probablement, d'entretenir le silence. L'imagination a ensuite construit la légende. Quant à la vérité, passée au second plan, il est le seul à la connaître, et encore.

— Ah, les boulons antivol. C'est bien, mais il ne faut pas perdre la douille, ma petite dame, sinon on n'a que nos yeux pour pleurer. Je vais vous réparer ça maintenant, mais en revanche, pour le pneu, je n'ai pas un grand choix si vous voulez partir dans l'après-midi. Vous devrez faire avec.

— Merci beaucoup. Faites au mieux, lâche la femme dans un sourire.

— Bon, si vous avez une heure à tuer, la machine à café se trouve à disposition là-bas et ce matin, pas de croissant. Je n'ai pas eu le temps. Gaby s'occupe de votre voiture.

21

La Scandinave ignore par quel bout aborder le problème qui envahit son esprit. C'est alors qu'elle s'attarde devant la vitrine. Celle-ci, sur un pan du mur, propose à la découverte une multitude d'objets hétéroclites. Pour la plupart, des badges de marques automobiles. Elle les regarde avec attention et trouve, au milieu de l'assortiment, le logo de la mutuelle dans laquelle Samuel Médrano exerce.

— Sympa, votre collection. Vous possédez même le petit personnage qui me colle à la peau chaque jour de la semaine sur mon bureau.

— Ah, la vitrine. C'est seulement des machins que je récupère quand on m'apporte une caisse bonne à jeter à la ferraille. Vous travaillez dans quoi ?

— Enquêteuse dans la société d'assurance. Là.

Briet montre du doigt l'objet et poursuit par un autre mensonge.

— C'est marrant. Vous savez que ces logos en mousse numérotés ne sont donnés qu'aux cadres de l'agence. Ils sont particuliers. Je peux regarder ?

— Faites. C'est ouvert, rétorque, intrigué, le garagiste.

La jeune femme prend le bonhomme publicitaire en mousse et fait semblant de s'y intéresser, puis le remet en place. Elle joue son va-tout.

— Il appartient à Samuel. Enfin, il appartenait à Samuel avant la sanction. Le monde est petit, quand même. Tout le week-end, j'ai passé mon temps à chercher monsieur Médrano et au lieu de le rencontrer, je trouve son badge. Il n'avait même pas le droit de vous le donner. D'ailleurs, vous allez peut-être pouvoir m'aider. Mes fiches ne sont pas à jour. Je croyais qu'il possédait aussi une maison ici, mais...

— Je ne vois pas bien à qui vous faites allusion. J'ai récupéré ce truc dans une bagnole, il y a déjà quelques années.

— Ah, c'est vrai que Samuel est particulier. C'est pénible de devoir mener des investigations sur les collègues, vous ne pouvez pas savoir. Mais bon, quand ça se passe mal... Vous avez peut-être aussi entendu parler de cette histoire ? C'est à ce sujet que je devais le rencontrer.

Un accident en novembre 2012. D'après une enquête interne, monsieur Médrano serait impliqué dans l'affaire.

— Non, ça ne me dit rien.

— Pourtant...

— Pourtant quoi, madame ?

Le regard du garagiste devient épais, lisse et dur comme l'acier une fois sorti de la forge et refroidi. L'homme, derrière le comptoir, les coudes épais et anguleux fermement appuyés contre le bois, ne cache pas sa nervosité face à l'imprévu, celui-là même qui pourrait l'obliger à baisser la garde et à s'expliquer sur des événements qu'il aurait aimé ne jamais vivre.

— Le gérant de l'hôtel-restaurant du centre est l'un de vos amis, n'est-ce pas ?

— André. Qu'est-ce que vous a raconté ce fils de pute ?

— Je suis désolée. Votre nièce...

— C'est donc ça. Vous souhaitez que je vous parle de Claire. Franchement, pourquoi devrais-je vous écouter ? Et qui êtes-vous, vous, pour venir ici m'emmerder ?

— Je ne dépends pas de la police si c'est ce que vous voulez savoir. Je recherche vraiment Samuel. Il semble qu'il ait disparu depuis quatre ou cinq jours et j'ai envie de l'aider. Peu importe le reste. C'est aussi simple que ça.

— Rien n'est simple dans la vie.

— Je vous en prie. Vous n'entendrez ensuite plus parler de moi.

L'homme regarde la voiture hissée sur le pont élévateur. Il fait la moue. Il doit reconnaître que la femme devient vraiment convaincante derrière sa bouille de nymphette. Il s'aperçoit également qu'au fond de lui, l'envie inextinguible de se confier le rattrape et le dépasse sans que la prudence fasse le moindre effort pour freiner ses ardeurs.

Il soupire et parle.

— Ouais ! Claire est bien ma nièce. C'était surtout un génie. Un putain de génie. Vous ne pouvez pas savoir.

22

Briet va de l'avant, pleine voile.

Moi, je bute contre une pente trop raide et je n'aime pas les accrocs. Ils se placent d'emblée de guingois dans mon cerveau et finissent toujours par gâcher une journée qui aurait pu s'annoncer des plus belles.

— Vous avez un moment à m'accorder ? m'interpelle l'homme.

Après le retrait de David, j'aurais pu me douter de la venue de l'officier désormais en charge de l'enquête concernant les morts violentes de Bouathong et Deboschères. Sur le trottoir, devant la porte du petit immeuble, je reste malgré tout interdit et carrément sur la défensive. À tort. Ne pas laisser croire à l'ennemi que l'on en sait plus que lui demeure une règle à laquelle on ne doit pas déroger au risque de s'exposer. Le flic s'en moque. Un vieux bonhomme en gabardine proche de la retraite, la peau lessivée et la tronche usée par les déceptions et l'aigreur, avec des valises dans lesquelles on pourrait loger toute la misère du monde sous ses yeux marron terne striés de capillaires. Je finis par faire un pas de côté.

— Lieutenant ?

— Henri Doumerc. Et capitaine. Alors, ma proposition ?

— J'ai un rendez-vous, mais si vous insistez.

— Ça ne sera pas long. Je vous assure. Je n'ai rien contre vous et ma hiérarchie m'a demandé de vous ménager. Je crois que c'est le mot qui convient.

— Me ménager. Rien que ça. J'ai laissé un si bon souvenir ?

— Ne jouez pas les modestes. Bien sûr que vous nous avez légué quelques traces indélébiles. Depuis l'histoire avec notre grand patron de l'époque, il y a cinq ans, vous avez enfilé un costume XXL malgré votre démission. Vous le savez, rétorque le flic à brûle-pourpoint.

— Merci pour la franchise. Alors, que puis-je faire pour vous ?

— Marchons, si vous voulez bien.

Trop tôt, la petite rue déshéritée et déserte se cache toujours. Parallèle à ses larges sœurs plus à même de dévorer la vie, elle garde encore son calme au cœur des mansardes et respire un air différent lavé des souillures de la veille par le sommeil des pauvres gens. C'est cette pudeur qui m'avait séduit lorsque je l'avais choisie. Le flic, avec l'invitation en cours, me propose un retour aux sources curieusement plaisant.

— Vous savez que j'ai repris l'affaire du castrateur ? commence le capitaine Doumerc en longeant les murs.

— Oui, évidemment.

— Dans ce cadre-là, je me suis appliqué à cerner le personnage de Médrano. Un nom qui ne vous est pas étranger, n'est-ce pas ?

— C'est le moins qu'on puisse dire.

— On a retrouvé un cadavre chez lui. Vous êtes au courant ?

— Hélas, je ne me trouve pas dans le secret des dieux.

— Je vois. Un certain Frédéric Rosecki. Un ancien légionnaire passé par la case mercenaire et homme à tout faire, notamment en Afrique et dans les Émirats. On ne sait encore rien sur son patron, à supposer qu'il en avait un. Ça vous dit quelque chose ?

— Pas davantage.

— Bon, dommage. Une balle dans la tête. Un beau carton maîtrisé et propre. Un tir de professionnel ou la chance du débutant réalisé avec votre arme. Toujours pas ? Mais attention, je vous ménage. J'ai été informé que cette dernière est passée dans les mains de madame Batifèmbé. Et là, voyez-vous, je me retrouve dans une sale position, celle du type qui est obligé d'admettre que son prédécesseur pourtant dessaisi de l'affaire n'a peut-être pas tort. Bon, je vais être franc avec vous. On sait que vous la planquez. Vous savez donc ce qui vous attend, n'est-ce pas ? La complicité et j'en passe et des meilleures.

— Quoi, vous avez une escouade en réserve et des *snipers* sur les toits prêts à me dézinguer, c'est ça ? Embarquez-moi. Je m'en moque. Je l'ai dit à David, samedi, lorsqu'il m'a appelé pour m'annoncer la nouvelle de sa mise à l'écart. J'ai renoncé, non pas à l'enquête, mais à comprendre la fille, donc si vous pensez que je la cache, faites votre boulot. Depuis ma démission, ce n'est pas la première fois que je me trouve en garde à vue et ça s'est toujours bien terminé. C'est bon ?

Pour souligner mon audace, je lui tends mes poignets serrés, déjà presque menottés.

— Ça ne sera pas nécessaire. J'aime votre façon de voir les choses un peu à la limite de la légalité. Et ça tombe bien, les philosophes roublards, c'est un peu ma tasse de thé.

L'homme s'arrête devant une vitrine non pas pour la regarder, mais plutôt pour s'y admirer. Il n'y a pas de quoi. Quel jeu met-il en place ? Il caresse de la main droite sa barbe poivre et sel naissante et râpeuse comme une langue de chat puis lève les yeux vers moi de l'air de vouloir me plaindre. Je ne bronche pas.

— Soit. Tant pis pour la garde à vue, reprend-il une fois la barbichette soigneusement rectifiée. Je vais tout de même vous lâcher l'info, parce que… comment dire, j'ai presque envie que l'on fasse équipe. J'ai carte blanche et je ne dispose que de quarante-huit heures et pas une seconde de plus, pour faire la lumière sur ce bordel. Oh, ça ne se fera pas, mais si vous voulez poursuivre votre croisade, il est bon que vous sachiez la vérité.

— Ne tournez pas autour du pot, je vous rappelle que j'ai un rendez-vous.

— Samuel Médrano a été découvert mort, renversé par une voiture sur une route de campagne varoise. Du côté des Mayons, vous connaissez ?

— Non. Mort ?

Je suis stupéfait. L'impasse se profile à l'horizon et, avec elle, un nombre incalculable de questions sans réponse. Je pense à Briet. Elle se retrouve, à ses dépens, au centre de l'enquête puisque celle-ci a décidé de poser ses bagages dans le département voisin.

— Oui, aussi raide que Bouathong. Shooté au *speed* dans un fossé le long de la plaine des Maures. Il n'a vu que le ciel, le pauvre homme. Plus loin, dans une maison abandonnée, les collègues gendarmes ont trouvé des liens et de vagues indications d'une présence régulière. On suppose que notre témoin devenu capital par défaut était enfermé là depuis sa disparition, jeudi dernier. Et devinez qui venait souvent lui rendre visite ?

— Votre légionnaire ?

— Bingo. Ce Rosecki, malgré sa prudence, a laissé quelques traces notamment sur le corps de la victime. Il voulait la même chose que nous, des aveux complets du seul gars capable encore d'installer la lumière à tous les étages. Vous comme moi sommes dans une belle merde car rien ne relie, pour le moment, le légionnaire à qui que ce soit. À moins, bien entendu, que vous possédiez des éléments à partager grâce à Batifèmbé. Oui, je ne vous l'ai pas dit, mais l'appartement de monsieur Médrano a été bien sûr visité le soir du meurtre par votre copine, notamment sa collection vintage de souvenirs. De là à penser qu'elle a joué les curieuses, il n'y a pas loin. Par ailleurs, on en connaît un peu plus sur le bonhomme, mais il manque probablement des trucs. Des documents dans des boîtes en carton, par exemple.

— Je suis désolé, mais je ne peux pas vous aider. Je sais simplement que Médrano avait, paraît-il, fait une déposition chez vous.

— Classée sans suite. Pour enquêter, il nous faut de la matière et l'aval du procureur. On n'a rien eu. Alors oui, on n'est pas malins, mais bon, vous savez ce que je crois ? Que Bouathong et Deboschères œuvraient ensemble. Ils travaillaient en binôme ou pour quelqu'un d'autre, peu importe. Quelque chose qui rapportait gros. Drogue ou sexe. Les deux. En tout cas, trop pour une tierce personne ou pour les patrons. C'est donc parti en vrille à un moment. Quand ? Pourquoi ? Ce job a laissé des traces, forcément.

— Qu'est-ce que vous voulez au juste ?

Je reste sur la défensive. Trois minutes avant, je me trouvais sous le coup d'une arrestation pour complicité. Maintenant, je deviens presque le type providentiel. Le capitaine s'immobilise de nouveau. On n'est pas loin du Vieux-Port et de son effervescence. Il regarde à droite et à gauche comme s'il pouvait être surveillé, puis pointe sans animosité son index vers mon torse.

— Vous !

— Quoi ? Moi ?

— J'ai soixante-et-un ans. Je n'ai qu'une envie, me la couler douce jusqu'à la retraite. Et évidemment, vendredi, on me colle cette putain d'enquête. Le problème, c'est que j'en veux pas, s'exclame-t-il avec rage, faisant fi cette fois-ci de toute discrétion. Donc puisque la nuit porte conseil, j'ai décidé la chose suivante, je vous fous la paix, je vous transmets tout ce que je suis capable de récolter à partir de maintenant et vous, de votre côté, vous terminez cette enquête pour moi avec les éléments que vous avez déjà amassés. Pour rappel, on ne m'a donné que deux jours. Que voulez-vous que je fasse pendant ces deux putains de jours alors que David s'est cassé ? Dites-moi ?

J'écarquille les yeux. Le type ne manque pas d'air. Mais, après réflexion, je reconnais que cette demande tombe à pic. Je ne possède pas les moyens modernes scientifiques et de surveillance dont dispose la police. Je perds ainsi un temps considérable à devoir suivre des pistes comme le pratiquerait un chien fou, sans contrôle ni recoupements immédiats. Alors, pourquoi pas ?

— Et vos collègues ? Votre hiérarchie ?

— J'en fais mon affaire. Cette histoire pue la merde. Ils seront faciles à convaincre d'autant qu'ils n'ont pas que ça à foutre. Et puis, ça ne signifie pas que l'on va rester le cul vissé à nos chaises.

Évidemment. Tu parles. Je hoche la tête. Je tente de sonder celle du capitaine Doumerc, mais l'homme ne cille pas une seule seconde. Il connaît très bien le chemin qu'il est en train d'emprunter. Il semble même prêt à poursuivre au-delà et à déterrer l'impensable par procuration s'il le faut. Adossé au vieux mur, je lui demande pour finir.

— Hum, et vous, que croyez-vous que cache cette farce ?

— Un bruit court à l'Évêché que Batifèmbé est innocente pour les trois premiers meurtres donc sortons-la du jeu pour le moment. Je suis convaincu, comme beaucoup, peut-être vous, que Deboschères et Bouathong, probablement avec l'aide d'autres types, vendaient du porno. Pour pouvoir assurer leur production, ils embauchaient des étudiantes avec la promesse de jours meilleurs. Quoi de mieux que de les recruter à Luminy par exemple. De pauvres gamines, jolies et aux mœurs libérées si possible, mais surtout isolées, peut-être junkies et sans-le-sou. Elles tombent dans le piège et, à partir de l'instant où les vidéos sont réalisées, plus moyen de faire marche arrière. Le chantage se met en place, ou pire. On doit simplement découvrir le moment où la petite entreprise a dérapé, parce que, pour ce qui est des filles et de leurs entourages, c'est maintenant l'omerta. On n'a que dalle. Le temps fait le reste et l'oubli s'installe.

— Et vous songez à quoi ?

— Des grossesses. On ne se trouve pas dans un milieu parfaitement sous contrôle. Deboschères n'était pas un prix Nobel et plutôt le maillon faible. J'en suis certain. Il suffit de détecter la perle rare et le planning familial nous offre de quoi alimenter notre moulin. Il faut prier pour tomber sur le bon profil. Il n'y en a peut-être qu'une seule et au mieux, c'est notre meurtrière, au pire, un témoin unique et indispensable. Avec l'incendie du studio du pornographe, c'est tout ce qu'il nous reste.

— Jusqu'à quand comptez-vous remonter ?

— Le type a commencé à travailler à Luminy en 2001. Je pense naturellement focaliser mes recherches sur ces deux décennies. Quant à Bouathong, il a fréquenté le campus pendant cinq ans, entre 2006 et 2010. À voir également de quelle façon ces connards se sont croisés.

Je tape du pied contre une balèvre posée sur la paroi comme une malformation honteuse. La chance fait volte-face et présente enfin un visage plus avenant. Je mesurerai bien, ensuite, comment se passeront nos relations une fois l'affaire dans les médias. Je ne possède donc qu'une seule exigence.

— Vous ne dites rien ? s'étonne Doumerc.

— En somme, vous proposez de lister toutes les jeunes femmes susceptibles d'être tombées enceintes pendant la période comprise entre 2006 et 2011, voire plus large, entre 2000 et 2020, puis après recoupements, de les contacter chacune.

— C'est ça !

— Ça tient la route, mais en deux jours, c'est impossible. N'empêche, pourquoi pas ? Avec un peu de veine. Je n'émets, en revanche, qu'une seule réserve à notre petit accommodement.

— Je vous écoute.

— Une fois l'affaire bouclée, vous m'associez d'une façon ou d'une autre à vos conclusions. Je veux que nous soyons partie prenante, moi et ma collaboratrice Briet Arvesen, dans le déroulé de l'enquête. Vous vous arrangez comme vous pouvez, mais ce n'est pas négociable.

— OK ! On organisera un débriefing commun 50/50 devant la presse. Bon, maintenant, parlons franchement. Je me doutais que vous alliez accepter. Vous êtes le genre de type qui aime relever les défis et qui adore avoir sa trombine en première page des journaux. Alors voilà comment ça va se passer. Je vous donne un téléphone portable et un traceur GPS. Pour info, il est éteint. Le téléphone est prépayé sur une semaine. Vous me contactez uniquement sur ce numéro. Pas de cachotterie et évitez de me rappeler pour des broutilles. D'accord ? Ce soir, je vous envoie la liste que mon équipe et moi aurons concoctée dans l'après-midi avec les conclusions qui s'imposent. Je vous laisserai ensuite toute liberté afin de rencontrer le témoin qui nous manque. Par contre, en cas de vraies difficultés, n'hésitez pas à m'avertir. Le traceur GPS est fait pour ça. Je ne souhaite pas qu'un cadavre se dépose sur mon paletot. Et ne tirez pas une tronche de condamné à mort. C'est ça ou le grand oral.

Je prends les objets que me tend le flic.

— Mouais. Une petite laisse pour le gentil toutou. Je vais tout de même faire un tour à Luminy. Vous savez, mon rendez-vous. J'ai toujours espoir de dégoter la perle rare, là-bas. Je ne manquerai pas de vous prévenir s'il y a du nouveau. Pour le reste, c'est parfait si on peut dire.

Le téléphone et le GPS dans la poche, je quitte, sur une poignée de main, l'officier et rebrousse chemin dans la ruelle pour gagner ma voiture parquée dans une voie adjacente. Je ne crie malgré tout pas victoire. Doumerc peut lisser son discours autant qu'il veut, il reste un sous-fifre surveillé aussi bien par le commissaire principal que par le procureur de la République. Un grain de sable dans la belle mécanique ou un mot de sa hiérarchie et l'histoire lui échappe. Moi avec. Rien que ça.

23

Absalou entend le pêne dormant claquer dans la porte d'entrée. Avant de partir, Léopold lui a demandé de rester bien sagement au chaud dans l'appartement de son copain Momo. Très drôle. S'il croit la museler, il se trompe. Ce n'est pas une femme que l'on maintient enfermée. Elle est plutôt du genre tigresse. Elle ne patiente pas tranquillement sous un abri que les balles fusent au-dessus de sa tête sans rien tenter pour sauver ses miches. De plus, elle ne le tient pas forcément en haute estime malgré le fait qu'elle l'a embauché à cause d'un article un peu trop dithyrambique.

Le type est connu et sympathique, pas si mauvais au lit, mais en dehors de la couette, la fille pense qu'il a plutôt tendance à merder sur les grandes lignes quand ce n'est pas sur le fond. Elle attend d'ailleurs, sans doute, sa première bourde monumentale pour bondir et tirer son épingle du jeu. Mais c'est vrai, il faut le reconnaître. Si les bévues du détective l'amènent souvent sur des pentes plus ou moins douces, elles présentent l'avantage d'ouvrir de nombreuses perspectives alors que les coups de sang de la métisse ne font que scléroser la situation. Les appels téléphoniques passés pendant son absence, par exemple, bien qu'ils aient finalement du sens lorsqu'on cerne le personnage surtout attiré par le fric.

David Buttafoghi, d'abord. L'inimitié est profonde et entretenue entre les deux personnes. Le lieutenant représente un peu le sucre qui ne veut pas disparaître au fond de la tasse et qui résiste encore à la chaleur du café brûlant. La fille de la banlieue possède donc une ardoise à régler avec lui et trépigne de ne pas pouvoir téléphoner à cet énergumène passé par l'école de police pour valider son diplôme de premier truand de la classe, de son propre aveu. Absalou a au moins la décence de choisir. C'est vrai. De là à foutre le bordel !

Elle se moque bien des conséquences. Elle décroche le téléphone et compose le numéro qu'elle possède sur un post-it depuis le meurtre de son ami Leroy. La tonalité brigue une partie de son cerveau. L'autre demeure occupée par la bousculade des réflexions. La surveillance, entre autres.

De deux choses l'une, soit David possède dans son répertoire le numéro de Mohamed, le pote du détective parti à Paris rejoindre sa famille, auquel cas, elle devra vite, le croit-elle, se carapater avant que les pitbulls ne débarquent. Soit ce fameux numéro lui est aussi étranger que les éditions complètes de la Pléiade et, dans ce cas, elle va pouvoir s'amuser un peu. La conversation légèrement brouillée par le flux récalcitrant des ondes n'a pourtant rien de drôle et aurait dû éviter des drames.

Il n'est pas 11 h. Huitième sonnerie. David répond. Une voix déstructurée par l'insomnie et l'alcool.

— David Buttafoghi ?

— Oui. C'est qui, là ?

— Ta bae[1], poulet !

— Bon, bae, c'est quoi, ça ? Si c'est une blague, foutez-moi la paix. Je ne suis pas d'humeur.

— Tekass, bouffon. Je suis réellement ta copine, la dernière en date. Absalou. Tu kiffes ? Celle que tu voulais baiser en long, en large et en travers. Eh bien, c'est loupé.

— Je n'y crois pas ! Tu n'as que ça à faire, emmerder les honnêtes flics en vacances ? C'est quoi le problème ? Et d'abord, où as-tu eu mon numéro ? Léopold ?

— Tu brûles. En fait, je viens aux nouvelles. J'aimerais que tu éclaircisses certains points à mon sujet. Pourquoi penses-tu, par exemple, que je suis la parfaite salope qu'il faut à tout prix trucider ? Ce genre de truc et d'autres. Pourquoi avoir zigouillé le kawaï de la boîte ? Pourquoi avoir… ?

— OK, c'est quoi ? Un piège ? On est sur écoute ? s'inquiète le flic.

— Peut-être. Faudrait que tu demandes à tes potes, mais pour ma part, non. On joue franc-jeu, là. Et en y réfléchissant, ça me fait marrer. Tu es impliqué, gadjo, et je le prouverai.

— Vas-y, fonce, mon ange. Tu ne sais pas dans quelle merde tu vas foutre les pieds. Tu vas faire comme moi, les mêmes conneries, mais toi, tu vas plonger pour trois meurtres. Malgré tout, c'est vrai, j'en connais bien plus que tu ne le crois et je suis surtout plus malin. J'ai quelques longueurs d'avance sur ce trou du cul de détective. J'ai juste une dernière chose à récupérer, un petit objet brillant, puis j'envoie ma copie. Ensuite, je me taille. Le plus drôle est que, peut-être, je le ferai avec les honneurs. J'imagine ta tronche de pouffiasse, le jour où ça arrivera.

1 Bae : petite amie

Il fait bien de l'avouer.

— C'est quoi le plan ? demande-t-elle.

— Tu crois que je vais te le dire ? Pauvre chérie, tu réalises que rien ne me relie à personne. Rien ! Cherche. Vas-y, fais le cabot. Tu n'as aucune idée de ce que tu pourras découvrir. Quant aux flics, ils auraient dû t'étriper depuis longtemps. Ils ne l'ont pas fait. Il n'est pas dit que je m'en charge pas, un jour, en guise d'adieu.

— Va te faire foutre. T'es gueudin[2].

— Tchao, ma belle.

— Non, non. Une dernière chose encore ! Pourquoi tuer tes complices ? Hein ? Pourquoi ?

— De quoi tu parles ? Putain, mais tu n'as toujours pas saisi. Ces deux merdeux jouaient en solo et sont les pires enfoirés que la planète ait eu à porter. D'une certaine façon, ils méritent ce qu'il leur est arrivé. Ils croyaient se trouver au-dessus des us et coutumes en cours dans le milieu et la justice devient trop gentille avec ces types-là. Pour eux, seule la loi du talion compte. Reste à découvrir les meurtriers. Bon courage.

— Les films pornographiques et tout ce foutoir, c'est pourtant…

— Putain, ma pauvre, tu es vraiment à côté de la plaque ! C'est tout le problème avec les petits. Ils ne voient que la façade et le crépi. Ils ne grattent jamais pour découvrir si le spectacle sort plus reluisant derrière. Le porno vous convient finalement bien. Vous lorgnez, scotché devant l'écran d'ordinateur et la main au futal. Mais le pire, c'est qu'il n'y a plus rien à mater puisque tout est parti en fumée. Ce n'est pas un hasard. Vous êtes une sacrée bande d'obsédés incompétents. Réflexion faite, je vois mal comment cette histoire va se terminer si ce n'est en eau de boudin.

---

2 Gueudin : dingue

David s'amuse. Stimulée par la situation étrange que lui procure l'échange, sa voix garde en permanence le contrôle sans livrer plus que nécessaire sur l'enquête en cours. Absalou est une débutante. Elle s'impatiente et oublie un temps qu'elle peut risquer gros.

— De quel côté es-tu ?

— Du bon côté, ma cocotte. T'angoisse pas.

— Tu as gagné. Je...

— Non, Absalou, on ne remporte jamais la guerre. On doit sans cesse ouvrir les mires et surtout ne pas avoir d'œillères le jour du grand ménage. Rendez-vous en enfer, ma belle !

— Non, attends !

Deux minutes et quarante secondes. La fille raccroche sur une bande passante. À bout, elle hurle une injure avant de se reprendre. Si elle est localisée, il ne lui reste que très peu de temps pour ouvrir la porte et disparaître. Pour aller où ? Elle ferme les yeux, mais aucun bruit ne vient couper le courant d'air qui monte de la cage d'escalier. Aucun pas feutré. Aucun chuchotis. À croire que les flics se fichent autant de sa personne que de la trogne de Casimir. Évidemment puisqu'elle représente leur meilleure chance d'infiltration.

Ensuite, plus tard, en début d'après-midi, c'est à *SportiForm* qu'elle s'est frottée. *SportiForm* ou plutôt *PharmaGène*. La société qui a sponsorisé puis embauché Leroy Bouathong. Une idée en tête. David n'y est pas étranger. Le deuxième appel, rapide et sans ambiguïté, aurait donc dû retenir l'attention des enquêteurs, mais Absalou a raison sur un point. Les policiers se focalisent tant sur elle qu'à ce moment précis, le contenu des conversations devient incompréhensible et anecdotique par rapport à son seul comportement. Pourtant, ses réactions ne sont dictées que par l'envie aussi de prouver son innocence malgré l'appât du gain. Mais, quoi qu'elle fasse, elle ne devient, aux yeux des flics, qu'une fugitive désespérée que les actions supposées maladroites ne font qu'aspirer davantage dans le margouillis de la culpabilité. Trop facile, alors que chaque mot et intonation revêtent une importance primordiale. De là à se demander quel secret méprisable reste plus important que l'obscénité violente et égrillarde si évidente dans laquelle déjà on baigne et quelle impéritie[3] nous aveugle ? Une question, sur le moment, que tout le monde néglige.

Léopold, loin d'imaginer le scénario qui se met en place, se trouve déjà sur le campus de Luminy. Le lieu où les vies se forment et se déforment au gré des échecs et des réussites, des amours et des haines. L'endroit demeure également propice aux coalescences de quelque nature que ce soit. Bouathong en a fait l'expérience. Est-il allé trop loin ? Quel partenariat a-t-il tissé avec Deboschères ? Mon Dieu, est-il possible qu'il s'agisse de bien pire encore ? La rencontre avec le diable, notamment, proche et tapi dans l'ombre, avec, en arrière-plan, cette autre abominable interrogation : que peut-on réaliser pour le fric ? L'homme n'en sait foutrement rien.

3 Impéritie : manque d'aptitude, d'habileté

24

Claire, vous savez, la Juliette de Samuel Médrano, porte en elle les mêmes hésitations qu'Absalou. Elle sait que les appels à l'aide deviennent parfois nécessaires, mais ils cachent alors d'autres revers de fortune imprévisibles. Ils s'expriment souvent à plus ou moins long terme et peuvent générer de bien pires méfaits. Elle a simplement peur, une peur presque primale et pressent que cette crainte s'installe désormais durablement dans son être. Une seule personne peut l'épauler. Encore faut-il qu'elle veuille s'exposer alors qu'autour, les secrets vacillent.

Dans la grande et modeste cambuse, elle tente de faire comme si de rien n'était en attendant le soir. Après l'accident, puisqu'elle devait continuer à vivre, elle s'est mise à la cuisine. Délaissant le reste, elle donne tout son temps à cet univers en laissant voguer sa créativité, pleine voile, vers des recettes aux subtiles saveurs. Elle retrouve dans cette occupation un peu de l'alchimie dans laquelle elle aimait se plonger quand elle se trouvait à l'intérieur du laboratoire de recherches.

Elle soupire et roule vers le râtelier à couteaux. Elle s'aperçoit qu'il est impossible de vivre dissimulé. Un jour ou l'autre, des failles commencent à apparaître sous le fard du mensonge. Elles grandissent et se transforment en de profondes plaies. Béantes, elles ne se referment plus et suintent. Elle lâche alors la vérité, aussi poisseuse soit-elle. Le pus s'invite enfin à l'extérieur et finit par toucher son entourage. Des solutions restent possibles, mais elles produisent des monstres. Ils s'installent sur le passage des âmes tourmentées puis se terrent, prêts à bondir.

Elle songe à Grégory.

Elle prend le couteau. Il semble froid dans sa main. Les couteaux demeurent en permanence glacials quand l'usage qu'on en fait ne répond pas aux attentes initiales. Dans sa tête, elle ne discerne plus les tomates, mais plutôt les pensées hagardes et morbides qui l'envahissent. Elle regarde la lame. Elle brille sous la lumière diaphane qui traverse les persiennes.

Résolue, elle pose l'objet et compose le numéro. Cela fait déjà quatre mois qu'ils n'ont pas bavardé ensemble. Depuis que tout est parti de travers. L'homme échaudé est devenu méfiant à force de trop s'exposer. Il finit par répondre à la troisième tentative.

— Tu dois m'aider. Je ne vais pas bien, vraiment pas bien. J'ai peur, bégaie Juliette une fois les politesses oubliées.

— Que crains-tu tant ? hésite le type que la démarche téléphonique inquiète.

— De… Non ! l'interrompt-elle. Raccroche. Par SMS. D'accord ?

— OK, par SMS. J'attends.

Elle coupe la conversation et reprend une bouffée d'air. Elle s'évertue à produire des efforts, mais le désespoir la submerge, celui de ne plus pouvoir parler et de ne plus pouvoir exprimer ses sentiments. Elle râle intérieurement puis par compensation, s'acharne sur le clavier du téléphone.

[C'est simplement que je n'ai pas de nouvelles de mes amis. Ceux qui habitent au Revest. C'est peut-être de ça que j'ai peur. Je t'ai dit qu'ils s'occupaient d'un enfant particulier. Il faudrait que tu passes les voir et je n'ai plus que toi. Si j'en parle à mon oncle, ça va encore devenir des histoires pour pas grand-chose. En fait, j'ai l'impression que le gamin a fugué]

[Non ? Grégory, c'est ça ? Il manquait plus que ça. Courir dans la cambrousse. Quand s'est-il enfui ?]

[Samedi soir ou dimanche matin. Je l'ignore. Je sais qu'il est parti parce que je l'ai eu au bout du fil et il m'a avoué qu'il voulait quitter la maison. Je n'ai pas bien compris]

L'homme s'énerve.

[Pourquoi ne me préviens-tu que maintenant ? De quelle façon crois-tu que je vais le trouver ? Dis-moi ? Tu n'as plus le choix. Ça fait plus de vingt-quatre heures. Tu dois absolument avertir les flics]

[S'il te plaît, non. Je ne veux pas de la police, en tout cas pas avant que tu sois passé. On ne sait jamais, il est peut-être resté dans la maison. Je me fais des idées. Ce n'est peut-être rien. C'est simplement que je n'arrive plus à joindre mes amis.

Les téléphones ne répondent pas depuis ce matin. La ligne est peut-être coupée ?]

La femme plaide coupable et tente de se réfugier dans des bras plus frais. En vain. Elle réalise aujourd'hui que les solutions ne sont pas légion et qu'elles font toutes référence à un scénario terrible. Le type ne dit mot. Par ignorance, il ne mesure pas l'importance des propos de Claire, mais convient que la tâche ne peut désormais que s'obscurcir, plus d'un jour après la fugue.

Elle complète le message, rajoutant au mensonge un peu de misérabilisme :

[Il a peut-être fait une grosse bêtise et il est seul]

[On en fait tous. Franchement, d'après toi, où est-il en ce moment ?]

[Dans la nature, et il n'a qu'une idée en tête : me retrouver]

[Pourquoi ?]

[C'est compliqué, mais pour faire simple, il croit que je suis sa mère. C'est un gamin malade]

[Ouais, pas banal. Un jour, tu m'expliqueras. Quand j'en aurais fini de mon côté]

[Oui, mais je t'en prie, vas-y. Tu m'enlèverais une grosse épine du pied]

[D'accord, je vais y faire un tour, mais si tu attends un miracle, il est probable que tu patientes un bon moment. Tu en as conscience, mon amour ?]

[Oui, je suis désolée de t'entraîner là-dedans alors que tu as déjà des soucis. Cherche sur le plateau du Siou-Blanc. S'il ne s'est pas terré dans la maison, il traîne peut-être là-haut]

Le type, tout à sa réflexion, ne relève pas la supplication sous-jacente portée vraisemblablement par une âme en déroute. Il lorgne du côté de ses soutiens et s'aperçoit que la forêt est dorénavant clairsemée. Le projet demeure néanmoins simple, appeler un bataillon de gendarmes sur les hauteurs et vendre une belle chasse à l'homme. Il n'a pas le choix. Il doit au minimum, avant son départ, prévenir la police. Elle connaît les procédures quand un enfant disparaît.

[Tu es encore là ?]

Claire s'inquiète par SMS interposé, et l'homme maugrée:

[Oui]

[S'il te plaît, ne fais pas de connerie]

[Que crains-tu ? Tu as conscience que tu me préviens trop tard. J'ai l'impression que tu me caches quelque chose, alors si c'est le cas, tu serais bien avisée de me mettre dans la confidence au sujet de Grégory ou de tes amis. Tu n'as maintenant plus beaucoup de temps. Un jour ou deux, tout au plus et ensuite, la cavalerie débarquera. À quoi penses-tu ?]

[À rien. Retrouve-le. C'est tout, supplie-t-elle. Je t'envoie l'adresse]

La gorge de la femme se serre rien qu'à l'évocation des perspectives à venir. Mais il est temps. Aujourd'hui, une existence entière d'une certaine façon consacrée à autrui, la sienne, doit disparaître et à l'insupportable vient s'ajouter la colère. C'est un peu de la faute de l'homme. À trop vouloir remuer la merde, on finit par ne plus pouvoir faire marche arrière. Quel gâchis !

[D'accord, je vais mettre la main dessus. Ne t'inquiète pas. Parle-moi de Grégory], questionne le type une fois la tension retombée.

[Il est très malade. Je crains le pire. J'ignore si c'est la faute de mes amis, mais on sait tous les trois que la moindre erreur peut se payer cash. Ça n'a pas loupé. Je les ai appelés comme tous les samedis soir et c'est Grégory qui a décroché. C'est étrange, mais il a associé ma voix à celle de sa mère alors qu'il ne la connaît pas. De plus, il ne devait pas me répondre pour l'une des raisons que j'ai évoquées précédemment. Tu comprends ce que ça veut dire ?]

[Il est complètement taré, quoi ?]

[Oui. C'est une façon de voir les choses. Tout est possible à cause de son état. Ne sois donc pas étonné si tu as affaire à un adolescent déconnecté. Bref, je n'ose imaginer ce que tu découvriras là-bas, mais fais quand même attention à toi]

[Pourquoi ? Il est si dangereux que ça ?]

[Il a dix-sept ans]

[Eh bien, une bonne claque et au lit. Non, excuse-moi. Je te promets que je ne l'abîmerai pas si c'est à ça que tu fais allusion. Je ne suis pas un monstre. Tu me connais. En revanche, si je ne trouve rien ce soir ni cette nuit, je préviendrai la gendarmerie. Quant à mes chances, normalement, il me faudrait autre chose que mes deux jambes pour aboutir à un résultat probant. Mais pour toi, je vais faire tout mon possible]

Elle ferme les yeux. C'est peut-être là que réside le problème. À donner trop d'allant à nos convictions, on finit par se brûler les ailes. Elle pleurerait volontiers, mais à quoi cela pourrait-il servir ? Rien n'est plus désolant que le découragement. Il peut conduire à la mort à plus ou moins long terme ; or, elle possède encore de la ressource, celle d'estimer que cet homme, devenu providentiel à force de s'imposer dans sa vie, résoudra tous les problèmes.

Une fois la conversation terminée sur quelques futilités, elle quitte la cuisine et traverse la salle de séjour. Dans l'étroit couloir qui mène à la cave, le petit moteur du fauteuil ronronne doucement. Elle sourit en entendant ce bruit coutumier et rassurant. Devant la porte zébrée en acier, elle stoppe la machine et compose le code hebdomadaire sur la console de sécurité. Un nombre généré automatiquement grâce à l'utilisation d'une application téléphonique. Une précaution impérative face à la curiosité trop invasive de son fils maniaque. Une fois le lourd battant ouvert, l'odeur de vieux papier humide assaille ses narines. Elle sent alors palpiter son cœur ardemment au fur et à mesure que l'imprégnation se fait plus forte.

À l'époque, on la disait folle, mais en quoi la passion est synonyme de démence ? Professeure en génétique, elle se pensait seulement investie d'une mission presque divine et se croyait guidée par l'esprit des plus grands scientifiques. Elle ne respirait que pour le projet. Il se trouve maintenant presque devant elle. Seulement des brouillons illusoires. Un pan entier de documents manuscrits ou dactylographiés. Des piles de photocopies. Des colonnes de cahiers à spirale couverts d'une écriture cursive impitoyable. Des sacs de carnets de notes raturés à chaque page. Enfin, des sauvegardes par dizaines, soigneusement rangées dans des cartons. Un par an. En tout douze, mais rien de significatif. Que des études théoriques, des analyses inachevées et des témoignages sans grande valeur. Il manque l'essentiel et il ne tient seulement que dans la paume d'une main.

25

Presque à la même heure, assise face au mécanicien dans le petit restaurant du centre-ville, le seul ouvert en dehors de l'hôtel, Briet tente de faire bonne figure. Elle se rend compte qu'elle a maintenant trouvé ce qu'elle cherche enfin : une bonne raison de revenir à Marseille et de serrer Léopold dans ses bras.

À la suite des révélations d'Alban, elle se demande à quoi bon continuer. C'est vrai. Pourquoi ajouter au malheur une autre forme d'acharnement dépourvue de la moindre preuve ? Les monstres ont obtenu ce qu'ils méritaient. Certes, les outrages ont été inéluctables, brutaux et cruels, mais la loi du talion s'est appliquée. Pourquoi revenir sur toute cette histoire ? Cela ne ferait qu'empirer les choses et attiser les haines.

Un viol et un accident. Le message de Samuel Médrano avait aussi laissé la même impression à Léopold. Chacun des protagonistes soi-disant impliqués dans l'événement est maintenant mort. Le bras qui tenait la vengeance n'est, a priori, pas celui d'Alban. Qu'importe, il a frappé et probablement ne récidivera plus. Elle le croit. L'assassinat du play-boy de la boîte de nuit devient néanmoins une poussière gênante dans l'œil qu'il faudra bien retirer un jour ou l'autre.

La Danoise regarde ses notes. Tout est retranscrit sur le calepin. L'histoire d'une femme que les drames n'ont pas voulu laisser tranquille. Le parcours d'un destin harcelé, mais jamais brisé. Elle se demande pour quelle raison elle irait à Toulon ou Brignoles rencontrer un journaliste qui, vraisemblablement, lui raconterait la même histoire. Elle se déplacera là-bas, bien sûr, parce que Léopold le souhaite, mais à quoi bon ?

Claire possédait tout. La beauté et l'intelligence. Une compréhension incroyable, envahissante et, dans un certain sens, maladive qu'aucune tragédie ne venait corrompre. À l'âge de douze ans, elle perd ses parents dans un accident de voiture sur la petite route qui longe la Méditerranée du côté d'Anthéor. Un événement classique comme l'homme s'évertue tant à en produire. Isolée, elle se voit déjà partir à Paris ou ailleurs, mais personne ne veut vraiment d'elle.

Alban vit seul. Il ne s'est jamais marié. Dans la fratrie, on l'a sans cesse pris pour l'original désaxé. Il en faut toujours un. Ce rôle lui revient naturellement. Les trois autres frangins, comme sa défunte sœur, possèdent tous des postes à responsabilités dans la haute fonction publique ou au cœur des conseils d'administration de grandes sociétés, celles qui bâtissent les mondes. Aucun ne veut s'encombrer d'une adolescente forcément à problème. Claire se renferme sur elle-même, mais le vit bien. Elle rêve d'avenir. Elle sait qu'elle est jolie. Cette arme deviendra sa sauvegarde face à l'adversité pendant toutes ces années. À seize ans, le bac déjà en poche, elle quitte la drôle de maison composée de multiples rajouts jamais terminés au gré des envies d'Alban. L'internat l'attend. Le monde aussi. Il ne sera pas déçu. Elle sillonne alors le pays d'écoles élitistes en universités prestigieuses, traverse même un temps l'océan Atlantique pour valider un énième diplôme au sein du MIT : l'*Institut de Technologie du Massachusetts à Cambridge, près de Boston, avant de rejoindre la France définitivement.*

Au cours de cette période, tuteur éloigné, l'oncle n'a que très peu de nouvelles. Il s'en moque. Elle n'est pas sa fille et il n'existe pas pour récolter des informations sur sa famille. Il pense que Claire ressemble à sa mère, une femme égoïste, hautaine et, surtout, ambitieuse. Lui n'a qu'une seule idée en tête : payer ses factures.

Il se trompe sur un point. Neuf ans après l'envol de la jeune femme, il reçoit une carte postale de Marseille. Claire s'y est installée avec son ami. Elle finit par lui rendre visite, régulièrement, toujours seule. En repartant, elle dépose, à chaque fois, un chèque dans le grand panier en osier fourre-tout à large bord qui trône à l'entrée depuis des lustres. Alban garde le silence. Il voit bien que tout va pour le mieux et il se moque de savoir où elle travaille. C'est forcément formidable puisque la jeune femme rayonne de bonheur.

Le drame qui survient, un soir maussade de novembre, représente alors un coup d'arrêt brutal dans une existence qui, enfin, se croyait débarrassée des scories de l'angoisse. Claire, les ailes brisées, ne ressemble plus à la petite fée que l'oncle découvrait auparavant et toujours à chaque visite. Clouée au sol et laissée pour morte, elle ne vit que pour l'enfant à naître et pour entretenir un mystère qui, discrètement, ne perce plus qu'à travers un regard désabusé. Il demeure encore aujourd'hui bien caché chez lui et Alban n'a pas la force d'aborder le sujet. Pourtant, il ne s'agit plus d'un jeu.

La question émise semble simple. Pourquoi son mari a-t-il commis l'irréparable, avant de disparaître à jamais ? Beaucoup pensent à un acte de folie subit et obscur conduit par un homme haineux et détestable sous l'emprise de l'alcool. À l'époque, les analyses de troquet rejoignaient celles de la gendarmerie. L'enquête, toujours ouverte aujourd'hui, piétine et ne réclame dorénavant qu'à partir aux oubliettes.

Alban lève la tête de son assiette. Il regarde la jeune femme reprendre ses notes à l'aide d'un petit crayon mal taillé et casse le silence.

— Ne m'en demandez pas davantage. Vous savez, si je vous ai parlé, c'est que j'en ai gros sur la patate, mais finalement, je ne vous connais pas. Je vois bien que vous ne me jugerez pas et ne déposerez pas à mes pieds comme une offrande, des conseils à l'emporte-pièce aussi stupides les uns que les autres. Simplement, ne venez surtout plus m'embêter, sauf pour m'annoncer que vous avez attrapé ce fils de pute. Et merci pour le repas.

Il lâche un sourire. Il reste discret. Son visage n'a eu que très rarement l'occasion de s'éveiller ces derniers temps, mais l'étrangère a su toucher son cœur. Peut-être parce qu'elle ressemble un peu à Claire, au moins par l'opiniâtreté et la beauté.

— Je comprends, répond Briet. Je peux le regretter. Elle aurait pu nous aider, mais...

— Elle bégaie. Parler l'oblige à fournir beaucoup d'efforts. Et puis, elle perd peu à peu la force qui l'animait tant avant. Vous connaissez le fond de l'histoire alors, si vous voulez faire quelque chose, faites-le, mais sans elle.

— Eh bien, s'il ne s'agit que d'une enquête, lâche la femme. Samuel Médrano, ça vous dit quelque chose ?

— Devinez.

— Quand il venait, vous discutiez ensemble ?

— Devinez. Et pourquoi en parlez-vous au passé ?

Briet pose ses couverts sur le bord de l'assiette et croise les bras.

— Il a été renversé par une voiture du côté des Mayons, un petit village dans la plaine des Maures. C'est mon collègue qui m'a transmis l'information. Il est mort sur le coup. Au préalable, des types, je ne sais pas qui, l'auraient gardé prisonnier quelques jours dans une baraque en ruine avant de le lâcher dans la nature, complètement drogué. Un jeu dangereux. Il aurait pu s'en sortir. Le détail qui peut interpeller notre jugeote reste celui d'une mise en scène curieuse et bien rodée. Elle peut faire penser que le ou les ravisseurs connaissaient le lien qui existait entre Samuel Médrano et Claire.

— Oui, je suis déjà allé dans ce bled. Vous vous doutez bien que je ne vais pas leur lancer des pierres. Ce mec mérite ce qu'il lui est arrivé. C'était une ordure. La pire, car jamais coupable. Maintenant, si je devais m'attarder sur son cas, j'avoue qu'il me manquera.

— Il vous manquera ? s'étonne Briet

Alban ne dit mot et se pince la lèvre inférieure.

— Monsieur Maccadi, s'il vous plaît ? Pourquoi Samuel Médrano devenait-il pour vous indispensable ?

Alban garde toujours le silence. Les mains liées, les coudes sur la table, il comprend qu'il en a sans doute trop dit et, finalement, pas assez. Oui, Médrano à ses yeux reste un salaud. Responsable, il devait payer. Au-delà de cette assertion, l'homme conservait sa place et respectait les règles du jeu. Il permettait au mécanicien de respirer aussi bien financièrement que moralement. Une aubaine.

— Vous le faisiez chanter, c'est ça ? L'aide évoquée tout à l'heure ne provenait pas de la famille, mais de Médrano, n'est-ce pas ?

— Oui, reconnaît à demi-mot le mécanicien. Vous ne pouvez pas savoir combien coûte de s'occuper d'une personne lourdement handicapée. Au début, j'ai failli vendre mon garage. Vous vous imaginez ? Et puis ce type venait rendre visite à Claire de temps en temps, puis tous les samedis. Il avait construit une excuse à deux balles et il se débarrassait de sa maison, ici. Celle dans laquelle sa femme a agonisé. Pour toutes ces raisons : la mort de son épouse, l'accident, le transfert affectif, tout ça, cet argent me revenait… nous revenait, à Claire et à moi. Alors, un jour, je lui ai dit : « Tu nous verses une rente importante ou je vais voir la gendarmerie, car c'est toi qui as renversé Claire. Tu ne la verras alors plus. » Il a aussitôt accepté. Je crois qu'il n'imaginait pas un seul instant ne plus voir et parler à ma nièce. Ce n'était pas de l'amour, simplement son chemin de croix.

— Et pour la…

— Non, je ne suis pas un criminel et pour être franc, même s'il l'a méritée, sa mort est pour moi une mauvaise nouvelle.

— Pensez-vous que Claire a des choses à cacher ?

— Je n'en sais fichtrement rien. Oui, peut-être. Sûrement. Je vous dis, je me moquais de la façon dont elle conduisait son existence en dehors de ses visites régulières chez moi. Je me doutais bien qu'elle possédait un poste à responsabilités, cheffe de recherche dans une grande entreprise pharmacologique dont j'oublie toujours le nom, qu'elle gagnait bien sa vie et qu'elle travaillait avec son soi-disant mari. Un PACS probablement. Un gars que je ne voyais jamais.

Alban, à l'évocation de l'individu, se crispe ostensiblement.

— L'homme qui était avec elle, le soir du viol ? demande Briet.

— Oui. Florian. Je ne connais que son prénom.

L'enquêteuse commande un dessert. Le type qui lui fait face décline l'offre. Il n'a maintenant qu'une envie, partir et laisser cette inconnue œuvrer pour la cause, bonne ou mauvaise. Il se fiche bien des aveux éventuels de sa nièce. Ils ne représentent rien en comparaison des violences perpétrées, selon lui gratuitement, par une bande de monstres.

— Je sais que je vous embête, poursuit la femme. J'en suis navrée, mais si je me trouve ici en face de vous, c'est aussi à cause d'une photo.

Elle extirpe le petit tirage original, maintenant écorné, de son sac et le tend à Alban. Il regarde la vue tristement automnale, tourne l'image pour lire l'inscription au dos et propose une moue dubitative.

— Oui. Je vous dois une explication, concède la jeune femme. Le fils de Claire ne s'appellerait-il pas par hasard Fabien ?

— Oui.

— C'est lui qui a pris cette photo au cours d'une sortie scolaire en octobre, l'année dernière. Je le sais de source sûre. Il l'a ensuite envoyée à notre adresse à Marseille, l'adresse de l'agence. Il a dû la trouver dans une revue, une publicité ou dans un reportage sur mon associé, monsieur Camaert. Bref, c'est bête, mais au départ, je ne suis venue ici que pour comprendre ce qui se passe dans la tête d'un gamin de CE1. Et vous, vous en avez une idée ?

— Non, pas le moins du monde.

— C'est la route au bord de laquelle Claire s'est fait violer, c'est ça ?

— Ça y ressemble, oui.

— Il savait ? demande-t-elle.

— Je ne saisis pas l'allusion.

— Eh bien, pour l'abus sexuel, vous ou Claire lui en avez parlé ?

— Évidemment que non ! Le gosse a sept ans, rétorque Alban.

— Alors, comment expliquez-vous l'existence de ce cliché ?

— Je ne sais pas. Le hasard. Écoutez, je n'ai plus trop le temps. J'aimerais vous aider, mais...

— Attendez une minute. L'institutrice m'a dit qu'il était agité, presque violent le jour de cette sortie scolaire et qu'il a insisté pour prendre la route en photo. C'est le comportement normal de Fabien ?

L'homme se lève, jette sa serviette sur le dossier de la chaise et regarde Briet droit dans les yeux. Il soupire longuement, les poings sur la table.

— On a dû vous le dire. Fabien est autiste. Il gère bien la situation sauf peut-être à certains moments, mais peu importe, il est suivi pour ça donc il n'y a pas de problème. Quant à son comportement de tous les jours, je dirais que c'est un enfant qui sent les choses : les crises, les événements, peut-être les accidents et... et tout ça, quoi. Il perçoit les tensions beaucoup plus qu'un autre. J'ignore comment on peut l'expliquer, mais c'est ainsi. C'est dans ses gènes. Vous savez, il se trouvait déjà dans le ventre de sa mère lorsque l'homme a réalisé ces horreurs. Il est possible que, même embryon, il ait gardé une trace indélébile, lui aussi, de ce cauchemar. Je méconnais ce type de mécanisme de transfert. Je ne suis pas un spécialiste sur le sujet, mais j'ai le sentiment que ce viol n'a pas fait qu'une seule victime et le connard qui en est responsable doit pourrir en enfer. Maintenant, je vous dis à tout à l'heure. Votre voiture sera prête pour quatorze heures.

Il va pour partir puis se ravise.

— Ah, au fait ! Il était inutile d'inventer une panne pour essayer de m'aborder, mais dorénavant, ne venez plus me tarauder l'esprit avec cette histoire, c'est clair ?

— Oui, monsieur Maccadi. Merci.

Briet n'a plus rien à faire à Mazaugues. Si, peut-être une dernière rencontre. Parler à Fabien. Ce petit garçon si mystérieux l'intrigue. Quant à la conclusion d'Alban, après la confession, elle y discerne, bien sûr, une fin de non-recevoir, mais surtout beaucoup de sincérité.

26

Si le téléphone portable n'existait pas, on devrait vraiment l'inventer, seulement pour avoir le plaisir de recevoir des ordres d'en bas. Briet donne maintenant au bout du combiné la même impérieuse intonation à chacune de ses interventions. Une virulence inaccoutumée charriée par une passion nouvelle. J'ai donc l'impression qu'il s'agit maintenant bien d'un attrape-moi dangereux dans lequel on va devoir être plus malins que le maître du jeu. Quant au capitaine Doumerc, s'il croit avoir acquis ma confiance, il se trompe. Il en faut plus pour m'amadouer.

Devant la secrétaire de l'unité sport-études, au milieu du campus de Luminy, les explications mal engagées à la suite des révélations attendues d'Absalou ne m'ont pas permis d'aborder sereinement la discussion. La méfiance est de rigueur. Je me suis néanmoins souvenu que les femmes restent toujours sensibles à la fibre maternelle. Elles réussissent vite alors à se mettre à la place de la victime parce que, chez elles, les rangs se resserrent dès qu'il s'agit d'abus.

— Je vous en prie. Je suis désolé si j'ai été maladroit, mais simplement, imaginez ce qu'ont dû endurer ces jeunes femmes. Je suis convaincu que vous pouvez m'aider à trouver, je ne sais pas, ne serait-ce qu'un début d'histoire auquel je pourrais m'accrocher. Vous comprenez ?

— J'ai déjà eu la visite des agents de la police, jeudi, après l'alerte attentat. Pourquoi ne s'occupent-ils pas de ça ? Vous êtes là, c'est bien beau, mais...

— J'ai le feu vert de la police, si vous voulez être rassurée et je ne mens pas. Je travaille en étroite collaboration avec le capitaine Doumerc en charge de l'affaire. C'est trop long à vous expliquer, mais appelez avec ce portable si vous ne me croyez pas.

Je lui tends le téléphone offert par l'officier en guise de fil à la patte. La secrétaire le refuse de la main et acquiesce.

— Bon, d'accord, mais comme je l'ai dit à la dame un peu bizarre qui est venue, il y a trois jours, je ne vais pas être d'une grande utilité. De mémoire, après 2008, l'année de mon arrivée, il y a eu des problèmes, bien sûr, mais vous vous doutez qu'une fois les conneries réalisées, la discrétion prévaut. Nous, moi et mes collègues, sommes seulement présentes pour acter un abandon en cours de cursus et prodiguer une éventuelle réorientation, mais toutes ne le font pas. Parfois, ça se passe bien, vous savez ? Même souvent !

— Justement. Si vous pouviez me sortir un listing des quelques étudiantes concernées par ces procédures de départ. Et puis moi, ce qui m'intéresse, ce sont les événements qui se déroulent mal. Je suis vraiment désolé. Là aussi, si vous avez un début d'information à me donner, je suis preneur. Un bruit qui a couru. N'importe quoi.

— Entre 2006 et 2012, c'est ça ?

— Oui.

Devant l'ampleur de la tâche, la secrétaire ouvre grand les yeux et hausse les sourcils.

— Eh bien, je vais essayer, mais je ne vous garantis rien.

— Et puis avant. Désolé ! À partir de 2001 ou 2002. Ça serait vraiment génial.

— Pourquoi 2001 ?

— C'est à partir de septembre de cette année que monsieur Deboschères a été embauché. La vingtaine, un peu foufou genre *no limit*, beau gosse assumé. Enfin, le croyait-il. Vous voyez le genre.

— Rassurez-vous. Vous m'en brossez un portrait rapide, mais précis. Il faisait du gringue dès qu'une nouvelle secrétaire se pointait. J'y ai même eu droit. Deux choses me viennent à l'esprit le concernant : le jour de son départ et une histoire que l'on raconte dans les couloirs. Elle pourrait d'ailleurs vous intéresser.

— Eh bien, voilà, on possède quelque chose. Écoutez, finissez votre boulot et je vous attends. On discutera de ça tout à l'heure, devant un expresso ou ce que vous voulez.

— Vous voyez, vous aussi vous faites du gringue. Il ne faudra pas le dire à mon mari.

— Oui, mais c'est uniquement pour le travail. Je vous assure, c'est déclaré en frais professionnels.

Je souris en sortant, plutôt heureux par la tournure que prennent les événements.

J'ai déjà eu le plaisir de visiter la cafétéria, bien malgré moi. La salle du réfectoire est grande, lumineuse et barrée, à espace régulier, d'auvents contre lesquels des tables pour le moment vides attendent les confidences de début de soirée. Je m'installe à l'une d'entre elles, face à la porte d'entrée principale, en espérant que la secrétaire viendra.

À la suite de ma promenade dans le campus, je me nourris d'autres questions et souhaiterais vraiment les imposer aux oreilles curieuses de la fonctionnaire zélée. J'ai notamment découvert un emplacement déserté. Et quand on sait que toute zone abandonnée et occupée un jour le sera de nouveau par vases communicants... Le jeu en vaut la chandelle. C'est la loi de l'homme que de remplir les aires insalubres chaque fois que la situation le permet. La question est : « qu'y avait-il à la place de cette friche pour le moment vacante à quelques dizaines de mètres de la section sport-études ? » Je parierais pour un laboratoire de recherche. Le secteur géographique plaide pour ce choix-là.

Il est 16 h 41 lorsque la secrétaire arrive. Elle semble concernée. C'est tout à son honneur. Elle aurait pu partir rejoindre en douce son époux. Il fait suffisamment bon pour déjà profiter des premiers rayons chaleureux du soleil.

— Vous attendez depuis longtemps ? demande-t-elle par simple politesse.

Peut-être pensait-elle ne pas me voir ?

— Non, dix minutes tout au plus. J'ai fait un peu de tourisme et je me suis égaré sur le domaine arboré. Chouette ! Vraiment un bel endroit.

— Ah, vous trouvez ? Je suis convaincue que le parc pourrait devenir plus joli, mais on est fauchés pour ça et pour moderniser les locaux, d'ailleurs. On sait où passe l'argent. En primes exceptionnelles et en rallonges salariales pour les hauts fonctionnaires. Enfin, je vous embête avec mes considérations.

— Je n'ai pas vraiment d'avis sur la question, mais je pense que vous n'avez pas tort à défaut d'avoir raison. Tout ça est dans l'air du temps. Revenons à nos moutons si vous le voulez bien. Je n'ai pas envie de vous retarder davantage. Vous me parliez d'un événement tout à l'heure ?

— Oui. C'est une chose que l'on m'a dite à mon arrivée ici. Vous savez comment on est, nous, les femmes. Parfois, on discute beaucoup, paraît-il, et là, en l'occurrence, il s'agissait d'une mise en garde puisqu'il était encore là.

— Sur Deboschères ?

— Oui. Je n'ai pas pris ça au sérieux d'ailleurs, ni sur le moment ni après. Pour moi, c'était un ragot de plus qui remontait à la fin d'année 2002, exactement.

— Et… ?

Je m'impatiente. Un vrai gamin.

— Marion Birkel. J'ai fait une rapide recherche afin que ma mémoire ne me fasse pas défaut avant de venir vous trouver. C'est elle que vous devez rencontrer. Birkel est son nom de jeune fille.

— Pourquoi elle ? Vous l'avez dit à…

— Écoutez, je ne vais pas y aller par quatre chemins. Je n'ai vraiment pas le temps d'approfondir et d'entreprendre pour vous des explorations supplémentaires et fastidieuses. En fait, je n'ai pas à m'investir plus que de raison, sauf contrainte par la police. Ce n'est pas le cas. Je ne suis pas une de vos enquêteuses et la folle, jeudi, ne voulait qu'une chose, connaître les relations qu'entretenait monsieur Bouathong dans le campus. Que voulez-vous que je vous dise ? Il était connu. Il avait plein d'amis, notamment ici et au niveau des laboratoires de recherche. Mais maintenant, j'ignore qui.

— Je vois. Et Birkel ?

— Marion Birkel a eu plus qu'une aventure avec Deboschères. C'était une belle histoire d'amour. On les aime ici, les histoires d'amour, sauf que c'est parti en vrille et ne me demandez pas pourquoi, car je n'en sais strictement rien. Le fait est que la jeune fille était remontée. Une vraie furie. C'est pour cette raison que la faculté a renforcé par la suite sa politique de suivi médical et psychologique. Bref, elle était la méchante et Deboschères, contre toute attente, le gentil. À l'époque, c'était peut-être exact. Ce que je peux vous dire en revanche, c'est que l'étudiante était enceinte. Qu'elle a porté plainte à peu près contre tout le monde pour subitement retirer ses recours et s'envoler. Plus de Marion Birkel au sein de l'établissement. Elle n'est pas morte, je vous rassure. Elle a juste claqué la porte.

— D'abord, merci de votre franchise, ensuite, l'anecdote me plaît bien. Je vais voir ce que je peux en tirer.

— Bon, écoutez, je dois y aller. Tant pis pour le café. Je ne vous dis pas à bientôt, mais j'espère sincèrement que vous résoudrez cette affaire. Je sens qu'elle vous tient à cœur. Peut-être même un peu trop, constate la secrétaire en se levant.

— Attendez ! J'ai juste une dernière question. Il existe un bâtiment vide à côté du laboratoire de l'INRA. Qu'est-ce qu'il renfermait auparavant ?

— Euh, dans le temps, qu'est-ce qu'il y avait ? *PharmaGène*, je crois. À confirmer. Tentez votre chance là-bas. Les locaux sont en travaux et vont être repris par l'INSERM. En vous dépêchant et en étant très convaincant, vous pourrez peut-être visiter les lieux ou ce qu'il en reste, sourit-elle une toute dernière fois avant de lever la main en guise d'au revoir.

En sortant, je lisse ma chemise de satisfaction et quitte la cafétéria pour rejoindre l'endroit de ma découverte. Je pense que le capitaine Doumerc va bientôt m'être très utile.

En marchant dans l'allée centrale, je rumine tout de même quelques regrets. Rien n'est parfait. J'aurais dû obtenir ces informations plus tôt. Il faut dire pour ma défense que les trois précédents jours n'ont pas été de tout repos et sont devenus le théâtre de drames qui, probablement, auraient pu être évités. Un autre point doit maintenant être clarifié, sans jeu de mots aucun. Il s'agit du fantôme devenu bien réel de Claire Maccadi. La nouvelle m'a été transmise par la Danoise en début d'après-midi. Un petit SMS. Un sacré labyrinthe.

27

Le capitaine Henri Doumerc est un homme consciencieux, mais surtout très calculateur. Léopold l'apprend un peu à ses dépens. C'est le genre de type qui discerne des pièges à chaque virage et qui reste persuadé que ce qui est donné est toujours repris. C'est aussi un gars parfaitement à l'aise avec sa probité à azimut variable, surtout lorsqu'elle lui intime l'ordre de ne rien tenter qui peut porter préjudice à ses petites affaires personnelles.

Il attendait l'appel du détective bien avant dix-huit heures et finissait par se demander si sa très savante façon d'organiser l'enquête n'allait pas lui retomber dessus au pire moment. Ses supérieurs réclament de lui des résultats et surtout des preuves objectives, pas faciles lorsqu'on procède par délégation. De plus, il rechigne toujours à venir les voir. Il a un problème avec la hiérarchie. Il aurait dû se trouver en haut de la pyramide et il en garde un goût amer.

À sa décharge, tout reste sous contrôle. Les mouvements de Léopold sont tracés et ne révèlent rien d'aberrant. Il agit à l'ancienne et organise son enquête de la meilleure des façons. Heureux qu'il en soit ainsi. Finalement, les fameux résultats vont probablement tomber comme de bons fruits bien mûrs. Quant à madame Batifèmbé surveillée elle aussi comme l'huile sur le feu, l'officier doit se dire qu'elle finira par sortir de sa tanière à un moment ou à un autre. Les maîtres mots sont donc : « Éviter toute violence. »

Henri s'attarde devant son ordinateur. Il ressemble à un sage indien que les dernières crispations n'affolent pas. Il travaille avec une petite équipe restreinte, celle dans laquelle baignait David Buttafoghi, moins deux unités détachées sur une autre affaire et son binôme, le lieutenant Franck Baccamontès. Un flic vingt-cinq ans plus jeune que lui, loyal et pugnace. Les deux hommes s'entendent comme cul et chemise. Un vrai duo d'artistes.

Franck est assis en face de sa doublure. Plus nerveux, ce dernier s'amuse à déstructurer des trombones.

— Il ne téléphonera pas. Moi, à dix-huit heures, je me casse ! prévient le subalterne.

— Si, si. Il va appeler. Il a trop besoin de nous et veut résoudre cette histoire plus que nous. Il aime les feux de la rampe. Tu vas voir, positive Henri que l'attente commence à inquiéter.

— Franchement, il aurait été plus simple de se déplacer nous-mêmes, non ?

— Bof, on n'est pas bien là ? Camaert, à cause de Batifèmbé, va nous mener tout droit au meurtrier et plus rapidement encore que nous ne l'aurions fait. On se dispense de la fatigue et de la paperasse. Quand tu sais le temps que l'on perd à courir après les commissions rogatoires et toutes ces conneries. Je préfère conserver un œil sur le détective. Crois-moi.

27

L'un des téléphones, objets de toutes les attentions, sonne enfin. Le mauvais. Un numéro inattendu s'affiche, celui de David Buttafoghi. Henri râle sous cape. Un vrai pot de colle. Il va pour répondre puis se ravise. Après tout, si le capitaine ne veut pas de cette enquête, il ne tient pas davantage à ce qu'elle soit piétinée par la fouine. C'est ainsi qu'il l'appelle.

— Tu ne décroches pas ? demande Franck.

— Non, non ! D'une part, ce n'est pas le bon combiné. D'autre part, c'est David. Le type est dépressif. Il va me saouler avec des considérations venues d'un autre espace-temps alors qu'il est censé passer d'excellentes vacances aux frais de la princesse. On écoutera son message plus tard.

Pas plus de dix minutes après ce premier appel, le second téléphone, celui qui ne concerne que l'affaire en cours, brise à son tour le silence qui peine à s'installer au milieu de l'effervescence générale de fin de journée. Henri se penche sur l'écran LCD et lève le pouce en direction de Franck. Léopold se décide enfin à sortir de la forêt. Ravi, l'officier décroche.

— Bonjour, monsieur Camaert. J'attendais votre coup de fil en milieu d'après-midi !

— Oui, eh bien merde, vous jouez à quoi ? Vous m'avez promis une liste. Jeunes femmes, 18 à 25 ans, inscrites sur le planning familial entre 2001 et 2020. Ça ne vous fait pas songer à quelque chose par hasard ? Rien dans ma boîte mail. Je vous rappelle qu'on a convenu d'un accord et qu'il m'est très facile de le dénoncer.

— Ouah ! Ça part mal, tous les deux. D'abord, chez moi, on dit bonjour. Ensuite, une liste pareille ne se crée pas d'un simple clic. Vous connaissez quand même encore la lourdeur administrative de notre belle institution, d'autant que l'on est tenus de toujours justifier nos choix dans ce pays démocratique. J'ai deux types sur le coup. Je vous la transmets dès que possible, mais ça m'aiderait si vous n'aboyiez pas et si vous n'aviez ne serait-ce qu'un seul nom à me donner. Vous m'avez dit que vous passiez à Luminy, non ?

— Oui, je vous ai trouvé un nom et pas uniquement ça. Marion Birkel, inscrite à la fac pour l'année 2002-2003 et partie en cours de route. Je possède autre chose aussi. *PharmaGène,* ça vous dit quelque chose ?

Henri fait la moue. Évidemment que cette enseigne lui évoque quelque chose. Appelée à grand renfort d'annonces et de dessous de table pour enrichir le patrimoine des technologies alors désertiques dans le Var, la société avant-gardiste à l'époque constituait le fleuron de la nouvelle zone de recherches et d'excellence basée à deux pas du célèbre circuit du Castellet.

Ça, c'était dans les années quatre-vingt-dix. L'entreprise a, depuis, connu des hauts et des bas. Elle est ensuite devenue plus discrète. Peut-être devait-elle se faire pardonner quelques erreurs de communication préjudiciables. Henri l'ignore. Ce qu'il ne saisit pas pour le moment, ce sont les rapports entre les deux noms et les motivations du privé, à l'entendre, quelque peu farfelues.

— Marion Birkel, c'est noté. Mon collègue s'en occupe maintenant.

Henri Doumerc fait un signe de tête à Franck Baccamontès. L'excuse tombe à pic pour qu'enfin le capitaine se retrouve seul avec Léopold. L'officier voudrait essayer de comprendre comment fonctionne l'électron peut-être un peu trop libre à son goût qu'il représente. Une fois son binôme parti, il reprend.

— Pour le reste, je ne vous suis pas ? Quel intérêt d'emprunter une voie perpendiculaire alors que votre route reste apparemment bien droite ?

— L'intuition, vous connaissez ?

— Pas de ça avec moi, Camaert. C'est quoi le truc ?

— Vous n'êtes pas sans savoir que Deboschères traînait sa sombre carcasse à droite et à gauche dans le campus de Luminy. Embauché en tant qu'ouvrier, c'est probablement ainsi qu'il a rencontré Bouathong. Ça, c'est acquis. Mais il est possible qu'il ait fait la connaissance de pire encore. Je m'étonne que la police n'ait pas exploité ce filon d'autant qu'il ne possède aucun secret. Vraiment, je suis surpris, Doumerc.

— Qu'insinuez-vous ?

— D'après vous ?

Je lui renvoie la question en guise de balle de match. Le capitaine ne dit rien. Il tente d'ordonner ses pensées et conçoit qu'il sonde en eaux troubles, tout ça par la faute de David. Il n'est pas naïf. Il sait depuis belle lurette que son collègue plus jeune a toujours été attiré par les sirènes des enveloppes transmises de main à main, en catimini. Jamais satisfait de son traitement au sein de la grande famille, il agissait parfois, du temps de l'ancien procureur, à l'ombre de la loi. Mais, à sa décharge, il n'est pas le seul. Il connaît des hommes politiques locaux qui auraient d'excellentes raisons de trembler si on s'approchait trop près du dossier brûlant *PharmaGène*. Quelle poisse !

Le détective ironise.

— Vous ne dites rien ?

— Après Marion Birkel, si je comprends bien, je dois également rajouter ce nom-là. C'est ça ?

— Et pas uniquement. Je serais aussi curieux de découvrir ce que cache une certaine Claire Maccadi. Ce patronyme vous parle ?

— Vous en avez de bonnes, vous. Dans l'immédiat, évidemment que non.

— Alors je vous invite à chercher. Je ne suis pas loin de croire qu'elle bossait pour *PharmaGène*.

— Tout ça ne me dit pas dans quoi, vous, vous fourragez, et dans quelle mesure tous ces noms mis les uns à côté des autres vont déboucher sur une idée plus séduisante que celle que nous possédons déjà. Marion Birkel, je veux bien. Une étudiante seule et paumée au milieu d'un campus dans lequel traîne un psychopathe sexuel, parfait. L'histoire tient la route et demeure classique aux entournures, mais c'est ensuite que ça se gâte. Je vous rappelle que dans deux jours, en l'absence de résultat, je suis mis au placard, façon de parler. C'est mercredi.

— Refilez-moi l'adresse actuelle de Birkel dans l'heure en espérant qu'elle ne crèche pas à Lille et je vous lâche d'autres informations. Vous pourrez allègrement les vomir sur le bureau de votre patron si vous êtes si inquiet pour votre fin de carrière. Mais, pour ça, vous devez un peu vous bouger le cul. D'ailleurs, ça me fait penser que vous ne m'avez pas parlé du laboratoire.

— J'ai l'impression que mon petit arrangement vous plaît ? Pour éluder votre question et vous filer un os à ronger, sachez que cette boutique, outre son centre régional à Marignane, possède une antenne recherche sur la zone d'activité de Signes. Des infos que vous auriez bien pu dégoter sur internet. Des difficultés avec l'outil, peut-être ?

— Je vous rassure, je n'ai aucun problème avec ça. Vous, si, apparemment. Il y a forcément un lien quelque part dans tout ce merdier. À vous de le trouver.

Henri Doumerc sourit probablement de son ironie. Ce que le policier ignore, c'est que Léopold détient un autre atout dans sa manche. Un joker trouvé lors de sa visite dans les locaux devenus inoccupés de *PharmaGène*. Si la découverte s'avère fructueuse, le détective compte l'abattre au bon moment. Ce soir, il n'est plus l'heure d'entretenir une coopération au beau fixe. Henri campe aussi sur la ligne de front. Les deux hommes préfèrent sans doute que le pétard explose dans une autre main que la leur.

— Bien, alors on va se bouger le cul, comme vous dites. Je vous envoie toutes les infos dans l'heure, finit-il par conclure avant de raccrocher sur de vagues politesses.

27

Une fois seul, le flic pense à David. Il écoute le message court et précis déposé sur le répondeur par le type en délestage, une demi-heure plus tôt, comme un fruit trop mûr et tressaille. Il regarde sa montre. Il est déjà 18 h 14. La fouine se trouve là-bas ou ne va pas tarder à arriver. Combien de temps croit-il pouvoir lui laisser ? Cinq ou six heures, tout au plus, avec l'espoir d'avoir des nouvelles au milieu de la nuit. C'est n'importe quoi. Il demeure perplexe. Encore un coup tordu.

Henri ferme à clé les tiroirs de son bureau et passe la tête par l'entrebâillement de la porte du quartier général pour s'apercevoir que Franck est parti sans prévenir. Il fulmine. Sur le plan de travail de son subalterne trône une enveloppe en papier kraft dans laquelle se trouve une dizaine de feuillets simples. Sur la première page, Marion Birkel occupe le devant de la scène. Évidemment, puisqu'elle est connue des services de police pour vols, violence avec arme, exhibitionnisme, prostitution et consommation de drogues en tout genre. Une vraie déesse.

28

Briet ne perd pas non plus son temps et n'est pas surprise par la proposition du journaliste. Un verre en terrasse et en bonne compagnie. Ce n'est que juste retour des choses. C'est Léopold qui l'a invitée pudiquement à se libérer pour le bien de l'enquête. Il n'en demandait peut-être pas tant.

Tout pourtant débute mal. Dans le bar, le monsieur qui s'installe en face d'elle lui donne l'impression de se trouver nue au milieu d'une piste de danse. C'est vrai. S'il la déshabille bien du regard, il ne cache, semble-t-il, pas l'envie de poursuivre plus tard avec ses mains aux doigts boudinés. Elle frémit rien qu'à cette évocation.

Quelques heures plus tôt, au téléphone, le même gars avait refusé de la rencontrer prétextant une journée compliquée. Après plus d'une heure de route, il avait donc fallu qu'elle se pointe devant la secrétaire, dans les locaux du quotidien d'information varois, à Ollioules, pour obtenir gain de cause. Sur les conseils de son ami. Un simple regard avait alors suffi pour effacer l'ardoise et escamoter la journée compliquée.

Maintenant, sur le port de Sanary-sur-Mer, elle sirote une menthe à l'eau face à la mer et en mauvaise compagnie, le croit-elle, mais avec la ferme intention d'obtenir une autre version de l'affaire qui les occupe. Léopold n'oublie pas non plus, par ses SMS ravageurs réguliers, de charger son programme déjà lourdement grignoté par la fatigue et les kilomètres. Elle n'en a rien à fiche. Dorénavant et puisqu'elle plonge les mains dans le cambouis, les noms seuls comptent. À s'accumuler sur son petit calepin, ils deviennent autant de questions qui attendent réponses, autant de mystères à découvrir et autant de drames douloureux à enterrer.

De l'autre côté de la route, le quai s'anime dans l'optimisme timide des premiers rendez-vous et des premières balades à la fraîche, les mains liées pour ne pas se perdre et se rassurer. Quelques artisans, cachés derrière leurs sourires et leurs étals, prônent déjà la consommation en toute modestie. Cette radiance légère et innocente honore l'instant tandis qu'à quelques pas, les bateaux effleurent l'eau, comme s'ils étaient posés sur de la ouate. Il faudrait être fou pour ne pas soupirer d'aise. L'homme s'en moque. Il attaque bille en tête et contre toute attente, une fois les verres posés sur la table.

— Alors, de quoi s'agit-il au juste ?

— L'agression et l'accident de Claire Maccadi, début novembre 2012. Je bosse en free-lance sur cet événement spécifique pour un bouquin encore à rédiger et l'un de vos collègues m'a avoué que vous travailliez à l'époque sur cette histoire pour le quotidien. J'aimerais obtenir votre version.

— Ah oui, je m'en souviens. Une drôle d'affaire. Vous possédez une autre version ?

— Oui, celle de l'oncle, monsieur Alban Maccadi.

— D'accord. Alors franchement, que voulez-vous que je vous dise que vous ne savez déjà ?

— Essayez tout de même, l'encourage-t-elle d'un sourire aguicheur XXL.

— Hum, si vous me prenez par les sentiments, souffle le journaliste en surpoids. Euh, de mémoire : le drame brutal et irrémédiable, évidemment. L'ampleur exceptionnelle de l'événement, un bon sujet de bouquin d'ailleurs. Le temps terrible comme si le monde allait sombrer. Les clichés bien sûr. Ils ont tous contribué à fixer les idées durablement, en particulier ceux réalisés au moment de la découverte. Et surtout l'impuissance des gendarmes. Finalement, l'absent du dernier acte, l'ami ou le mari indispensable devenu l'homme à abattre insaisissable. Son nom…

— Comment s'appelle-t-il justement, à supposer qu'il soit toujours vivant ? l'interrompt la femme, comme si cette question pouvait encore stimuler une mémoire tout de même vaguement défaillante.

— J'allais y venir. Vous m'avez coupé, s'offusque presque le reporter. En tout cas, s'il respire, il coule des jours heureux dans un autre pays. Pour ce qui est de son patronyme, attendez deux minutes. Florian. Ça, c'est sûr. Florian, Florian, Florian… Vergnes ! Florian Vergnes, c'est certain. Un type bien sous tous rapports, inconnu des services de police. Ingénieur dans le domaine des bioénergies et de l'informatique ou les deux, je ne sais plus. Le gendre idéal. Et puis la folie.

— Vous y croyez ? renchérit Briet en levant les yeux de son carnet.

— Je crois à quoi ?

— À la version de la démence ?

— Difficile de répondre à cette question. L'histoire, malgré sa brutalité, demeure d'une banalité affligeante si on lit le procès-verbal tel qu'il a été rédigé par la brigade des recherches de la gendarmerie. En France et même ici dans le Var, il nous arrive encore de rencontrer des cas similaires sans que cela relève de l'invraisemblable. L'homme, je ne vous apprends rien, est un bel enfoiré lorsqu'il se donne la peine de fricoter avec le diable. Donc, à brûle-pourpoint, je dirais qu'on ne se trouve pas loin de la vérité. Cette hypothèse reste donc plausible, mais…

— Mais ?

— Oui, il y a toujours un mais, souligne le journaliste, fier de son effet. On suppose qu'ils étaient deux, probablement trois : Vergnes et deux autres gars.

La Danoise hoche la tête. Le type, aussi vicieux soit-il, reste un excellent enquêteur d'investigation qui ne s'arrête apparemment pas à lisser la surface des histoires sans y mettre un peu du sien. Il n'hésite donc pas à se salir les mains et semble du genre à ne croire que ce qu'il voit. Il sait également que les nombreuses réponses pour le moins extravagantes sont enfouies derrière l'évidence. Une bonne chose quand on comprend le fonctionnement torve de la plupart des assassins.

— Comment se fait-il d'ailleurs qu'on n'ait pas obtenu de certitude à ce sujet ?

— Demandez à madame Maccadi. La sévère commotion cérébrale provoquée par l'accident lui a soi-disant fait perdre la mémoire. Le fameux syndrome de stress post-traumatique. Invérifiable à l'heure actuelle. Bref, je reste du même avis que les gendarmes. Je demeure un peu sur la réserve. Après tout, les flics savaient à l'époque quand même ce qu'ils faisaient.

— Et Samuel Médrano ?

— Le récent disparu ? Non, désolé, je ne sais pas qui sait et je ne vois pour le moment pas pour quelle raison d'autres personnes seraient concernées par cette histoire, mais je n'ai pas toutes les réponses. Simplement, en gardant la tête sur les épaules, je peux quand même affirmer qu'il n'y avait pas deux ou trois fous dans cette voiture.

— L'alcool ou la drogue, alors ? Les deux ?

— Oui, c'est vrai. Pourquoi pas ? Cette version a l'avantage d'expliquer l'irrationnel, mais elle ne tient pourtant pas la route. L'alcoolémie dosée à l'arrivée de madame Maccadi aux urgences de l'hôpital de Brignoles s'est avérée nulle. Les tests toxicologiques également. Bien sûr, cela ne dédouane pas les types. On peut tout imaginer. Mais là encore, on ne possède pas la moindre information pour affirmer ou infirmer les différentes suppositions auxquelles on a été confronté. Retour à la case départ.

— La tromperie, peut-être ? Je ne sais pas ? insiste Briet.

— Cette femme et son ami ne vivaient que pour leur travail. Je pense que monsieur Maccadi vous l'a vendue comme un petit génie. A priori, c'en était assurément un, donc non. Cette théorie-là aussi ne tient pas la distance parce qu'elle s'en fichait et que le couple semblait couler des jours paisibles en dehors du boulot, selon les très rares témoignages récoltés à Marseille.

— Alban n'a pas voulu s'attarder sur les occupations professionnelles de sa nièce, arguant qu'il les ignorait. C'est vrai ?

— Oui, je crois qu'il a été sincère lorsqu'il vous a avoué cela. Claire bossait dans la recherche, docteure en génétique pour le compte d'un groupe pharmaceutique important. L'intitulé m'échappe. Décidément !

— *PharmaGène.*

— Oui, c'est ça. Rien de mirobolant, paraît-il, puisque cette entreprise n'a de pharmaceutique que le nom. Elle met au point des produits énergisants pour les sportifs et toutes sortes de solutions plus ou moins addictives, mais qui facilitent au passage la vie des grands malades et des grabataires. Je me souviens qu'elle a eu à répondre de ses activités, je crois que c'était en 2010 ou 2011, face à une commission d'enquête diligentée par le ministère de la Santé à la suite de plaintes relayées par l'Agence nationale de sécurité du médicament. Mais rien n'est vraiment sorti du chapeau. Peu importe, ce n'est pas le sujet.

La Danoise se tait quelques secondes. Elle regarde son calepin généreusement griffonné et comprend qu'ils font fausse route depuis le début. Paul-Édouard Deboschères ne représente plus la pièce centrale du puzzle qui, lentement, se met en place. Il n'a le rôle, dans toute cette histoire, que du minable petit exécutant auquel on demande tout et n'importe quoi pourvu que l'argent coule. C'est dorénavant vers Claire Maccadi que nos yeux devraient se tourner.

— Pensez-vous que *PharmaGène* aurait pu abuser de gens faibles, de patients ou de personnes en mauvaise situation ? questionne-t-elle

— Je ne peux rien vous dire à ce sujet. Aucun témoignage réel ne corrobore ce que vous insinuez. Des bruits persistants, oui, mais rien de concret. *PharmaGène* est une grande société qui a, comme beaucoup, des secrets. Percer à jour ces secrets d'une façon trop insidieuse reviendrait à pratiquer quelque part de l'espionnage industriel sans vraiment que ce soit le cas. Le métier de journaliste nous l'interdit. Ce que je sais, en revanche, c'est que le laboratoire que l'entreprise avait installé à Luminy, à la suite de cette histoire, fut très vite démonté, paillasse après paillasse, et abandonné sans que personne puisse s'y opposer. Claire Maccadi y travaillait. Si j'ai un conseil à vous donner, c'est de ce côté que vous devriez enquêter.

— Et monsieur..., Briet compulse ses notes. Monsieur Florian Vergnes ?

— Aussi.

— Vous êtes en train de m'avouer que le centre de recherches... comment dire ? met au point des programmes qui ne passeraient pas s'ils devaient être déballés au grand jour ?

Le journaliste ferme les yeux un court instant et lâche une fugace grimace circonstancielle.

— Vous ne vous êtes jamais demandé pourquoi les personnes qui pourraient témoigner disparaissent les unes après les autres ? Ils ne meurent pas, bien entendu, mais leurs plaintes : oui. D'une façon générale, pour quelques lignes en bas d'un contrat, on achète leur silence et c'est l'omerta. Ici, c'est peut-être encore plus grave. C'est vrai, quoi. Je ne suis sans doute pas au courant de toute l'affaire, mais le trait commence un peu à traverser la feuille, si vous voyez ce que je veux dire.

Briet tremble à cette très judicieuse remarque. Elle songe notamment à Samuel Médrano et à cet inconnu abattu froidement par Absalou samedi soir. De la légitime défense selon Léopold. Pas étonnée qu'elle mette en doute sa version. Et si cette folle n'existait que pour effectuer le grand nettoyage derrière le dos du détective ? Et que penser de Florian Vergnes ?

— OK. J'imagine que ce scénario, pour vous, aurait la faveur des pronostics si l'histoire devait éclater au grand jour, n'est-ce pas ?

— Oh, ne soyez pas ridicule. Aujourd'hui, je m'en fiche totalement. Je couvre les actualités sportives. Le Rugby Club de Toulon, notamment, alors vous savez, je n'ai aucun intérêt à vous faire bouffer des couleuvres pour le plaisir de vous exposer. Si j'étais vous, j'irais rendre une petite visite aux responsables de *PharmaGène* sur le plateau de Signes. Prenez ça comme un avis. Une simple recommandation.

— Hum, bien. Je peux passer un coup de fil ?

— Pas de soucis. Ensuite, je vous invite ? Il existe de très bonnes tables à Toulon. Sur le port surtout. Vous verrez.

Elle sourit maladroitement, mais pourquoi pas ? L'impression première a disparu et derrière la méfiance est venue poindre une reconnaissance naturelle, celle d'une personne envers une autre, lorsque cette dernière agit en toute indépendance et sans tirer la couverture à elle. Le sentiment l'inonde d'un réconfort prometteur à l'aune d'une nouvelle épreuve.

29

Au milieu du plateau, Grégory ignore, bien sûr, ce qu'il se passe. Il ne connaît ni les uns ni les autres. Il s'en moque d'ailleurs. Il ne souhaite qu'une chose, retrouver la femme qui lui a parlé au téléphone, il y a déjà plus de quarante-huit heures. Pourquoi ? Si seulement il le savait. Probablement s'agit-il d'un attachement de l'ordre de l'irrationnel.

Pour l'heure, son corps fatigué ne demande qu'à se poser. Autour de lui, la nuit commence à s'installer. Elle crée des silhouettes étranges et immenses qui prennent forme dans la réalité puis s'égarent dans son imagination. Hier soir, durant sa première nuit, il en avait eu peur. Aujourd'hui, il les a adoptées. Ces fameux Typhons, sans trop savoir de quoi il ressort, ont fini par l'escorter et l'encouragent maintenant à poursuivre sa quête pourtant si mal engagée.

Il s'est égaré, c'est une certitude. Les gens, là-bas, ne lui ont pas non plus appris à se promener seul. Il ignore de quelle façon il peut reprendre son chemin dans cet espace dépourvu d'âmes à qui demander la sortie, à supposer qu'il soit capable d'émettre la moindre question. S'il a faim, il ne prête plus attention aux demandes incessantes de son corps. Il ne s'en formalise pas. Il se contente de petits biscuits, conscient que les paquets embarqués au cours de sa fuite ne seront pas éternels.

Par chance, il fait beau.

Il commence à somnoler sur un lit de pierre humide couvert de lichens et de mousses, à l'ombre d'un de ses nouveaux amis lorsqu'il entend un appel. Une voix forte et déterminée qui coupe le silence. Grégory ne la reconnaît pas. Des frissons parcourent son échine et couvrent la peau de ses avant-bras. Mauvais signe. Il ne sait pas encore analyser les nouvelles expressions que son corps, dans l'action, met lentement en place. Il songe à de la frayeur. La même avait guidé ses poings, samedi, lorsque Hans avait voulu lui reprendre le téléphone des mains. Il bondit pour se cacher et contourne la grande colonne de pierre contre laquelle son dos était appuyé.

L'homme poursuit ses appels.

— Grégory, Grégory ! Je suis venu pour t'aider. Grégory !

L'inconnu tient une lampe devant lui et balaie avec le faisceau lumineux le chemin pour ne pas trébucher.

— Grégory !

Il lance inlassablement le même cri dans l'espoir improbable que l'adolescent l'entende, mais ne se fait pas beaucoup d'illusion

— Grégory, je m'en vais maintenant. Réponds-moi, bordel !

— Là !

Le type s'arrête. Il a bien entendu. Il scrute la pénombre en dirigeant le spot vers le lieu d'où provient le son.

— Grégory, c'est toi ?

— Là ! renvoie l'écho.

29

La voix émane d'un autre endroit. Elle rebondit sur les parois rocheuses et semble sortir de terre. L'homme, trop heureux, tourne en rond sur la piste en contrebas dans l'espoir de débusquer le farfadet.

— Eh ! Il n'est plus l'heure de jouer à cache-cache, garçon. Sors de là, s'il te plaît. Il faut rentrer à la maison maintenant. D'accord ?

Grégory surgit de l'ombre. Il se trouve à une dizaine de mètres de l'inconnu. Il tient une pierre coupante dans la main droite et s'appuie sur l'une des colonnes calcaires. Il reste sur le qui-vive, prêt à s'enfuir au moindre doute. L'homme ne discerne rien de tout cela si ce n'est le gros caillou blanc laiteux de la couleur de la lune, mais au diable la méfiance. Il ne s'agit que d'un gamin.

— Là !

L'adolescent jette la caillasse qui claque sur le sol à quelques centimètres des pieds de l'inconnu pour finir sa course dans un fourré. On dirait un jeu. Le randonneur ne rigole pas.

— Eh, arrête tes conneries ! Je suis venu te chercher alors maintenant tu te calmes et tu rappliques vite fait, OK ?

— Qui me dit que vous allez m'aider ? demande le gamin.

— Tu as soif ?

— Oui.

— Écoute, descends de ton perchoir. Je pose la gourde au sol. Tu la prends, OK ? J'en ai deux. Tu pourras même la garder. C'est cadeau. Mais, Bon Dieu ! Viens ici, qu'on en finisse. Putain, on ne va pas se parler à travers des murailles, tout de même.

— Écartez-vous !

— Waouh ! Tu ne me facilites pas la tâche. Pourquoi me pousserais-je ? Je suis ton ami.

— Écartez-vous et je descends. Après, je vous suivrai.

— D'accord, soupire l'adulte, un brin excédé.

— Attendez ! Buvez une gorgée.

— Une gorgée ? Mais...

Une seconde pierre un peu plus grosse atterrit à quelques centimètres de la jambe gauche de l'inconnu qui, malgré le pas de côté, ne peut éviter le rebond du projectile contre son mollet.

— Ça va pas, non ?

L'homme va pour l'enguirlander puis se retient. Il se remémore les instructions laissées par son amie avant le départ : « Parle doucement. Ne lui donne pas l'impression de le commander. Mets-le en confiance. Offre-lui toute ton aide possible sans retour. » Des conneries. D'autres projets plus récents occupent dorénavant son esprit et il n'a aucune intention de changer de programme en cours de route.

— Voilà, reprend-il après avoir bu un peu d'eau du récipient. Tu es content ? Alors maintenant, tu arrêtes tes enfantillages et tu me rejoins. Je ne sais pas si tu t'en doutes, mais il se fait tard.

Le type pose la bouteille en aluminium au même endroit, s'écarte de quelques pas et lève les bras. Il voit la longue silhouette du gamin se mouvoir à l'ombre de la colline puis émerger dans la lumière crépusculaire d'un taillis plus épais en bord de chemin. Grégory saisit la gourde et boit précipitamment de larges gorgées en laissant un filet d'eau continue mouiller le haut de son pyjama déjà auréolé de nombreuses taches puis jette le récipient presque vide au sol. Au bruit métallique que fait l'objet en tombant, l'homme hausse les sourcils et soupire.

— C'est bien, ça. Ce n'est pas comme si on avait encore deux ou trois kilomètres à combler pour rejoindre la bagnole, hein ?

— Qui êtes-vous ?

— Un ami de ta mère. Elle m'a dit de venir te chercher et de te ramener à la maison.

— Je ne veux pas revenir à la maison.

Le garçon quitte vivement le bord de la petite piste pour de nouveau se dissoudre dans la noirceur du décor.

— Eh ! C'est pas vrai. Attends ! La maison de ta mère à Mazaugues. L'autre maison, d'accord ?

Grégory s'arrête contre la margelle de l'ombre, juste avant de disparaître et se retourne.

— Oui.

— Allez. Viens maintenant. Je possède une carte. On ne peut pas se perdre. On va tranquillement marcher entre bons amis, côte à côte et dans deux heures, tu retrouves ta mère. Ça te va comme proposition ? Je ne peux pas faire plus honnête.

— Oui. Partez devant.

L'homme sourit. Il n'en pense pas moins. Il est dorénavant prêt à utiliser la manière forte pour arriver à ses fins, surtout après ce qu'il a découvert dans la maison de Hans et Brigitte au Revest-les-Eaux. Des actes d'une barbarie totale. Des cadavres odieusement mutilés. Des atrocités qui révèlent, selon lui, l'existence d'un être profondément perturbé et sans aucun doute condamné au feu de l'enfer quoi que l'on puisse tenter pour démêler le sac de nœuds qui se trouve à la place de son cerveau. Ce gamin ne mérite que la mort. Tant pis pour les recommandations et l'éthique.

Le couple entame prudemment le chemin du retour. L'homme compte chaque enjambée. Il improvise. Il entend derrière lui le bruit léger des pas de l'adolescent sur le sol pierreux. Au bout de trois cents mètres, il ralentit, change de direction et saisit discrètement la crosse du Beretta. Il stoppe enfin à côté d'un aven repéré plus tôt sur la carte, à l'écart du chemin principal. Ces gouffres étroits et parfois protégés, nombreux sur le plateau, sont connus de tous pour leur dangerosité. En tressaillant à l'évocation de ce qu'il est en train de réaliser, il se retourne brutalement pour faire face à Grégory dans la lumière sépulcrale, l'arme et la lampe braquées en direction de la tête du jeune fou.

— Je suis désolé, mais les règles du jeu ont changé. Je revois les gens que tu as massacrés. Tu n'avais pas à commettre l'irréparable. Tu comprends ?

L'enfant s'arrête soudain. Contre toute attente, il ne fuit pas et brave la menace sans détour.

— Je veux voir et parler à maman.

L'homme ne tremble plus. Il a beau se trouver en face d'un gamin, la situation exige compensation. Certes, au départ rebuté par sa décision, il songe de nouveau au couple éventré à quelques kilomètres du lieu où il ne devrait surtout pas gamberger, au risque de changer d'avis.

— Tu vois ce trou, Grégory. Il fait plus de trente mètres de profondeur. Ce que je te propose, c'est que tu l'explores. Qu'en penses-tu ? Et ensuite, on rentre.

— Non. Je veux partir maintenant, répond le jeune homme.

— Bon, écoute. Tu vas me faciliter la vie. Je n'ai pas envie de laisser de trace, tu piges. Et la meilleure solution à laquelle j'ai réfléchi consiste à t'envoyer en bas, histoire de découvrir si les fantômes de Hans et Brigitte ne s'y planquent pas. Le banal accident d'un gamin complètement con. Tu saisis ?

— Non ! Je veux voir maman. Vous avez dit que..., s'énerve Grégory.

— As-tu simplement conscience de tes actes, hein ? Tu ne me laisses pas le choix, alors, ne me fais pas perdre mon temps, l'interrompt l'adulte que l'angoisse rattrape.

— Non ! crie le gamin.

— Putain, Grégory, saute !

Au milieu de la colère libérée en déversoir contre la peur larvée, le type ne discerne pas le premier mouvement rapide de côté que le gosse réalise afin de se mettre à l'ombre. Il ne voit pas non plus venir le coup vif et précis porté au sternum par la silhouette insaisissable, dans la seconde suivante. La suffocation concomitante lui fait lâcher l'arme et la lampe qui tombent en produisant un bruit sourd sur les rochers saillants et veinés. Il ne comprend pas davantage ce qui lui arrive lorsque son corps bascule à la renverse sous le deuxième choc. Il sent bien le sang suinter de la blessure au cuir chevelu, mais il ne devrait pas s'en préoccuper. Il devrait, à tout prix, reprendre le pistolet posé au bord du gouffre. Oui, c'est ça ! Ne surtout pas sous-estimer l'adversaire. Son bras se tend dans une ultime tentative, les doigts en extension vers la lumière vive qui lui fait encore de l'œil à moins d'un mètre. Mais il est trop tard.

L'homme étendu sur le dos n'a pas le temps d'émettre la moindre prière. Les coups dorénavant pleuvent. La pierre blanche et tranchante tenue à deux mains par le gamin s'abat avec force et entame les chairs qui rougeoient de plus en plus. Un jet puissant et abondant de sang gicle de la gorge lacérée de l'homme maintenant immobile. Il n'a pas fallu plus de deux minutes. Grégory trouve l'acte tellement facile. Il poursuit non plus avec rage, mais avec la volonté paisible de détruire, de déranger, d'effacer et, surtout, de goûter cette chaleur nouvelle et salvatrice qui s'offre à lui derrière les entrailles. Une fois l'expérience terminée, le gouffre se referme sur la dépouille de l'inconnu.

La silhouette accroupie entend le rebond des chairs contre les rochers et les témoignages amplifiés que la mort laisse à chaque saut. À chaque glissement le long des parois lisses et humides avant que le silence ne s'installe. Rassasié, le visage badigeonné du liquide poisseux, elle respire enfin un air nouveau comme si chaque meurtre lui procurait plus de puissance encore. Dans sa main gauche, elle serre fébrilement le pistolet. Elle ne saisit pas bien son utilité, mais comprend que l'objet est censé être dissuasif et mortel. Une bonne chose si, un jour, se présente un autre homme.

SEPTIÈME JOUR

Mardi 16 mars

30

Quatre heures du matin. La mort rôde.

Absalou n'arrive pas à dormir. Elle me l'a avoué, hier soir, l'enfermement lui pèse malgré le confort de la situation. Le bruit de la pluie qui tambourine sur le vide laissé par l'ennui contribue également à maintenir son sommeil, comme le mien, à l'écart. L'eau qui ruisselle le long des murs représente une armée de larmes derrière laquelle l'optimisme jaillit encore. Mais pour combien de temps ?

Je dors à côté d'elle ou, avec le tintamarre extérieur, fais semblant. Hier, on a remis ça. On a baisé, mais je savais déjà que la belle mécanique se grippait. Elle désirait simplement jouir à défaut de ne pouvoir s'échapper. Elle pouvait au moins m'offrir ça, une bonne partie de jambes en l'air. Je me proposais un peu par obligation et parce que sa peau douce était tentante, mais elle devait se douter que mon imagination caressait le corps d'une autre femme. Je ne lui en veux pas. Ça ne ressemble simplement pas à de l'amour. Je casse le sommeil que le bruissement imperceptible des draps ne prolonge plus.

— Tu dors ?

Elle glousse pour la forme. Elle s'imagine répondre oui. Je ne lui foutrai pas la paix pour autant.

— Non, répond-elle.

— À quoi penses-tu ?

— À la fin. Le grand bazar.

Je suis étonné. La fausse écervelée ne semble pas si égarée que cela, au point d'entretenir d'inquiétantes pensées.

— La fin ?

— Qu'as-tu ressenti, il y a cinq ans, après avoir foutu le ministre de l'Intérieur dans la panade ?

Déjà un quinquennat. La question doit lui brûler la gorge depuis quelques jours. Elle a appris à me connaître, probablement en fouillant dans les affaires de Momo. Elle mesure donc ma folie, dissimulée sous les plis de la déprime. Elle recèle bien des mystères quand on sait que je suis capable des pires conneries depuis cette mauvaise plaisanterie portée à mon humanité. Être enfermé, les pieds sur un ossuaire bétonné, ne représente rien de réjouissant. Je garderai toujours en mémoire ces deux jours passés au fond d'un trou au milieu de la mort pestilentielle rampante. Elle a pénétré mon cerveau et sérieusement abîmé les connexions. Je ne porte, malgré tout, aucune veulerie et reste même plutôt volontairement bon, mais le vernis qui recouvre ma vie se craquelle parfois et laisse apparaître des aspérités dans lesquelles les moindres merdes viennent se loger. Peut-être Absalou.

— Je ne sais pas. L'impression d'avoir échoué, sans doute. Une envie de reformater le monde en y incluant une bonne dose d'empathie et de contrition. Peut-être. En fin de compte, des idées inapplicables si on se réfère au modèle que nous avons choisi. C'est tout. Je ne vais pas flinguer le premier venu sous prétexte qu'il est un bel enculé, si c'est ce que tu veux m'entendre dire.

À l'extérieur, la pluie redouble d'efforts pour tenter de noyer la terre, mais l'essai reste vain même si j'ai l'impression que l'eau frappe les volets par vagues successives, tant il tombe des cordes. Elle tambourine avec force, également, contre la petite bassine en plastique laissée sur le balcon dans le seul but de m'emmerder. J'ai mal à la tête. Je reprends.

— Tu ne me fais pas confiance, hein ?

— J'ai envie de me casser. J'ai envie d'éclater les trolls[1] qui pourrissent mon espace et toi, tu te la joues demoiselle d'honneur pour la flicaille. Alors confiance, non. À cause de ça, c'est le dawa et la caillera[2] s'en tirera, pour sûr. Pas de boîte de six[3] pour eux, tu pites ! Donc, on fait le deal ensemble maintenant ou je prends mes cliques et mes claques et j'm'arrache. Balek[4] ! On est liés comme les cinq doigts de la main, que tu le veuilles ou pas.

— Tu es bien de dire ça. C'est vrai, quoi ! On partage ce lit étranger tandis que deux semaines avant, l'amour soi-disant de ta vie crevait dans des souffrances bien pires que celles que l'on peut imaginer. Tes sentiments portent une date de péremption plutôt courte, non ? Je sais de plus que tu n'as rien trouvé à Luminy, jeudi dernier. Alors franchement, Absalou, je trouve que tu es gonflée de te la ramener maintenant. Qu'attends-tu de moi, exactement ?

— La vérité et pour finir me calter avec du flouze si possible, parce que pour le moment, c'est la hess.

---

1 Trolls : désigne les personnes qui provoquent les autres sur internet

2 Caillera : racaille, bon à rien

3 Boîte de six : fourgon policier

4 Balek : je m'en fous

Je me lève et me sers un verre d'eau dans la cuisine. Elle mate mes fesses blanches et musclées. Le cyclisme a du bon. Je le devine dans la glace. Nos parties de jambes en l'air lui laissent encore un goût d'inachevé, mais je ne vois pas en quoi le sexe pourrait résoudre nos problèmes. J'ai l'impression qu'elle se trouve dans une grotte avec l'envie d'éteindre la lumière et d'égarer son prochain. Elle est probablement ce que certains pourraient appeler une salope, mais à choisir, elle préfère cette couverture. Elle offre l'avantage de mettre à nu, après les corps, bien des âmes.

— Sais-tu qu'on est surveillés ?

Debout et pâle devant elle dans la lueur crépusculaire, je dodeline de la tête, fataliste, et lui retourne la question.

— Qu'est-ce qui te fait dire ça ?

— Je ne suis pas totalement conne. Je suis recherchée. On m'a collé quatre meurtres sur le dos et pas n'importe lesquels, Leroy, Deboschères, le play-boy de service et l'artilleur en chef, rue Daumier. Ça fait de moi une tueuse en série. Qu'attendent-ils en face pour me tomber dessus ? Je n'ai pas envie de caner pour leurs boules[5].

Elle tire à elle la couverture au sens figuré comme au sens propre et me regarde avec l'air de vouloir y retourner. J'ai un début d'érection. Mince, ce n'est pas le moment. J'ai vraiment l'impression que nous jouons tous les deux une partie dont on est les seuls à connaître les règles. Et je sais que mon mutisme viscéral commence à l'exaspérer. Elle me fixe d'ailleurs durement en réclamant l'information manquante à cor et à cri. Celle-ci ne tarde pas à fouetter l'air.

— J'ai fait un deal avec le capitaine Doumerc, l'officier qui a hérité de l'affaire.

— Un quoi ?

---

5 Boule : cul

— Un deal. Un arrangement, quoi !

— Oh putain ! Et tu comptais me mettre au parfum quand ?

— Aujourd'hui.

— Et moi, je branle quoi dans ton scénar ? Imagines-tu une seule seconde dans quoi tu m'as entraînée ? Hein, le sais-tu au moins ?

— Absalou, laisse tomber. L'officier sait où tu crèches. Les flics me connaissent. Dans le cas contraire, ils ne feraient pas tout ce cinoche. Ils veulent seulement nous suivre à la trace et débarquer à la fin avec la grosse Bertha. Dis-toi que je n'ai pas eu le choix pour sauver tes miches. Et je vais te dire mieux encore, le commissaire exige des résultats rapides sinon des têtes tombent : les nôtres, toi pour meurtre et moi pour complicité, mais aussi celles de Buttafoghi et de Doumerc, donc ils ont intérêt à jouer la bonne partition pour éviter les dommages collatéraux, crois-moi ! Alors, c'est quoi que tu disais ? Les cinq doigts de la main, c'est ça ?

Je deviens un bel enfoiré de cow-boy lorsque je me mets à son niveau. J'aime bien, mais je ne me trouve pas dans un film. Je ne connais ni les mauvais ni les bons. Et même parmi les gentils au milieu de la fête à papa, de vilains méchants existent. Que suis-je donc censé faire ? Je contemple avec plus de profondeur encore la fille nue qui me fait face et finis par balancer la tête de droite à gauche. Elle ne bronche pas. Je poursuis.

— OK ! Je sais ce que tu penses, mais moi aussi, je veux que cette histoire se termine. Alors, pour aller au fond du problème, le capitaine m'a laissé un téléphone portable. Certes, quoi de plus facile pour marquer quelqu'un à la culotte ? N'empêche que c'est un mal pour un bien. Peut-être qu'il nous protège à rester à distance comme il le fait. En tout cas pour le moment. On verra, mais d'ici là, on a du travail.

— Ouais ? C'est quoi la baille[6] ?

---

6 Baille : nouvelle

— Je voudrais que tu viennes avec moi sur le terrain, tout à l'heure.

— Cool ! Là, j'te kiffe à balle[7], gadjo.

— Tu me l'as avoué toi-même, à quoi bon ? On va exactement faire ce qu'il demande et pour ça, j'ai besoin de toi. Je dois interroger le chaînon manquant.

Je m'assois au bord du lit, excité par l'ineffable mélange des impressions hormonales. On est en accord. Enfin rassurée et apaisée, elle s'approche de moi et me caresse la verge. Hérissée devant sa bouche, elle reste lisse et, par intermittence, si dure, si pleine de résolution. Je demeure, finalement un type généreux aussi bien dans la protection que dans l'acte sexuel. Il faut simplement que je fasse attention à ne pas tomber sur des gens plus forts que moi.

— Révèle-moi tout, me demande-t-elle, la langue humide.

La fellation accélère mon rythme cardiaque. N'est-ce pas ce que je souhaite ? Une femme à mes pieds. Un déguisement pour conserver l'apparat de l'homme qui se pavane en jouant avec mes certitudes comme si elles sautaient aux yeux, plus évidentes encore qu'un phallus turgescent. Je veux maîtriser mes peurs, mes émotions et la situation, mais je n'ai le réflexe que de serrer l'organe à la base pour mesurer l'étendue de ma puissance.

— Je… Elle s'appelle Marion Birkel.

— Oui.

Elle continue.

— Elle… Oh, putain ! Elle habite à La Seyne-sur-Mer, près de Toulon. Un quartier HLM.

Elle se relève tout en gardant la verge dans la main. De temps en temps, je rentre le ventre afin de contrôler la jouissance.

— Tu as gagné l'info par ton condé. Doumerc ?

---

7 À balle : énormément

— Oui, entre autres.

— Tu crois qu'elle est sûre ?

— À… 100 %

— Et tu veux que je t'escorte parce que…

— Parce que tu connais ce type de terrain… et d'univers bien mieux que moi. Voilà pourquoi.

Elle ferme les yeux. Elle reste sans concession, même dans l'acte et veut bouffer autant le foutre que le monde. L'un et l'autre sont, de toute façon, identiques. La semence coule dans sa bouche. Si elle n'aime pas le goût, elle adore l'impression que cela procure tandis que je me cabre pour donner pleine abondance à mon éjaculation. Cela se sent par l'exaltation. Aussi, par cette peau moite et sombre qui se frotte lascivement, en opposition, contre mon corps pâle.

Un homme ne se trouve jamais plus en danger qu'à ce moment-là, car c'est l'instant où il baisse la garde. Elle pourrait m'émasculer que je ne tenterais rien pour éviter l'amputation. Non, impensable. Cette souillure est un aboutissement. Marion Birkel nous attend.

31

Les mauvaises nouvelles s'accumulent comme autant d'aiguilles sur une poupée vaudou. La dernière laisse, dans la bouche d'Henri Doumerc comme dans celle de Léopold, un goût amer et sec. Un grand désert de dunes dans lequel ils sont certains de se perdre à jamais. Lui devine, évidemment, qu'après les premières remontrances, il va maintenant devoir s'expliquer devant une cour de justice bien pire encore, car elle proposera un visage sans complaisance. Le détective aimerait croire que rien de tout ceci n'est vrai.

Franck Baccamontès et Henri doivent se rendre dans le Var en urgence pour rejoindre, au Revest, l'équipe de la brigade des recherches de la compagnie de gendarmerie de Toulon en charge du dossier brûlant. Son binôme, plus rapide, l'attend déjà dans le hall d'entrée. Il est remonté comme une horloge, un soir de finale perdue de Ligue des champions. Il le voit tracer les cent pas en marmonnant les pires insultes dans sa barbe qu'il n'a pas.

Henri le mérite. Il n'a pas dit toute la vérité, hier, après l'appel de Léopold. Il aurait dû tenir au courant son binôme. Il se trouve aujourd'hui avec, non pas deux, mais peut-être trois cadavres sur le dos. Pas des moindres. L'un d'eux est un officier de police. Un type qui fut, pendant de longues années, son doublon avant l'arrivée du nouveau procureur de la République en 2016. La confiance, difficilement acquise au cours de ces cinq dernières années, est donc définitivement rompue. Et maintenant que le mal est fait, le problème le chagrine d'autant plus qu'il n'a pas réussi à discerner l'exceptionnelle horreur des actes perpétrés sans doute samedi, tard dans la journée. David, avant de disparaître, n'en a brossé qu'une vague description dans laquelle il lui semble, ce matin, encore malaisé de se plonger sans y apporter une touche personnelle. Insuffisant à ses yeux.

Ce n'est d'ailleurs plus ce qu'on lui demande et c'est la mine déconfite qu'il est passé au laminoir une heure plus tôt après avoir avoué par obligation l'appel tardif du lieutenant à son arrivée dans le service. Il n'a ensuite pas fallu attendre longtemps avant que la nouvelle lui explose à la figure.

— Doumerc, tu as merdé !

Le silence est éloquent. Le commissaire divisionnaire Philippe Marcellin multiplie les allers-retours entre son bureau et le siège sur lequel le capitaine est assis. Celui-ci ne dit rien. Il tire la gueule du condamné. Il sait que la moindre parole pourrait d'ores et déjà être mal interprétée. Le grand patron attend les premières conclusions de la brigade de gendarmerie et, surtout, les recommandations d'usage du procureur à la suite des dernières constatations sur le terrain. Elles n'incitent pas à l'optimisme.

— Putain, fait chier ! Qu'est-ce qui t'a pris ? Tu le couvrais encore pour une de ses magouilles, c'est ça ? Ou peut-être s'agit-il de pire ?

Tu imagines l'état des cadavres. Tu as vu les photos ? Tu les as bien regardées ?

Une quinzaine de clichés sont étalés sur la table à la vue de tous. Les funestes atrocités qu'elles suggèrent sont peut-être de nature à aliéner Henri, mais si elles déclenchent d'emblée la nausée, elles prêtent à la révolte plus de consistance encore.

— Je...

— Ne dis rien. Les conneries, j'en ai plein mon sac, alors c'est bon. On attend Baccamontès, l'interrompt le patron avec virulence.

Henri fait mine de s'en moquer, mais il reconnaît, bien malgré lui, qu'une fois l'affaire dans sa besace, il a négligé les fondamentaux. Il s'est laissé séduire par la facilité d'une enquête menée par procuration avec, en point de mire, l'envie d'en finir avec Batifèmbé. Car sur ce point, rien à faire, il reste du même avis que son ancien collègue. Mais si ce n'est pas déjà d'actualité, David peut aller au diable. Il a menti concernant le danger qu'il courait. Henri se retrouve dans la merde uniquement pour cette raison et, à croire le visage glacial de Franck qui se présente à l'instant devant lui, des complications sont encore à attendre avant la fin de l'entrevue.

La journée s'annonce pénible.

— OK, on ne va pas longtemps tourner autour du pot. C'est quoi, ce bordel ? lâche le commissaire une fois la porte du bureau fermée.

Aucun des deux ne brise le silence pesant. Le premier s'imagine déjà condamné. Plus jeune, le deuxième préfère conserver ses distances.

— Eh, je vous écoute. Vous m'annoncez une enquête en bonne voie et je me retrouve avec un flic disparu dans la nature et deux cadavres découpés en morceaux dans une somptueuse villa sur les hauteurs du Revest. Je fais quoi avec ça ?

— C'est entièrement de ma faute, chuchote finalement Henri, un trémolo dans la voix.

— Comment ?

— C'est moi. Voilà. Faute avouée à demi pardonnée. Merde ! répond l'officier plus fort. Mais j'ignorais en quoi consistait la petite sauterie de David dans la soirée et oui, je n'ai rien dit à Franck. Il était parti. Je croyais l'événement anecdotique par rapport à l'orientation que prenait notre enquête. Un problème personnel. C'est tout. Franchement, qui voudrait songer une seule seconde que cette saloperie a le moindre rapport avec nos investigations en cours ?

— Eh bien, voilà. Pour les précisions, on repasse peut-être un peu plus tard, hein ? Purée, Doumerc, tu accouches ou quoi ? Tu réalises qu'on n'en sait strictement rien, s'énerve le commissaire.

— Hier soir, David m'a simplement avoué qu'il avait trouvé deux corps pas jolis à voir selon ses dires. Il me demandait de lui laisser quelques heures avant d'avertir la cavalerie si d'aventure il ne me recontactait pas. Je ne sais pas pourquoi. Peut-être voulait-il retrouver sa place. Je l'ai écouté. Ensuite, je me suis mis à travailler sur d'autres éléments, notamment une affaire de mœurs. J'ai zappé l'information.

— Merde, Buttafoghi est en congé, bon Dieu ! Tu penses sauver qui, là ? Parce que si c'est lui, c'est d'ores et déjà foutu. Et si c'est toi, ta carrière dans la police sent vraiment le sapin. Henri, eh, atterris un peu, coco !

— Pour répondre à votre question, patron, je n'en sais rien. Je suppose que j'ai traversé quelques belles années avec David et j'ai donc naturellement envie de croire qu'il ne mérite pas ce qui lui est arrivé. C'est tout.

— Et pour le reste ?

— On dispose d'un nom, intervient Franck.

— Oui, c'est cool de se réveiller, Baccamontès. Je t'écoute, s'impatiente Philippe Marcellin.

— Marion Birkel. C'est du sérieux. On en saura davantage dans la journée. Si c'est ce qu'on pense, l'enquête est finie ce soir.

Henri, reconnaissant, écoute en hochant la tête. Franck possède une classe inouïe. Le capitaine commence à entrevoir le bout du tunnel. Il peut encore redorer son blason. Il doit maintenant jouer franc-jeu avec sa hiérarchie. Soit l'histoire ne conviendra pas et Franck mènera tant bien que mal seul la barque à bon port, soit elle prend grâce aux yeux du commissaire et ils font enfin sauter tous les verrous qui, auparavant, leur interdisaient de trop s'émanciper.

— Si je puis me permettre, patron. Avant de poursuivre, vous devez quand même connaître un certain nombre de détails concernant cette enquête depuis que je la dirige.

Tout en intervenant, il regarde Franck et opine du chef.

— Aïe, je crains le pire. Vas-y, lance-toi. On verra ensuite si tu plonges ou pas.

Encourageant.

— Toutes les informations que nous avons acquises au cours des trois derniers jours nous ont été fournies par des indicateurs.

— Bon, admettons. Et alors ?

— C'est la personnalité de l'un de ces indics qui va peut-être vous surprendre. Mais j'ai pensé, en mon âme et conscience, qu'agir de cette façon nous offrait d'abord l'assurance d'une surveillance parfaite de chacun des protagonistes au fur et à mesure qu'ils apparaissaient sur nos radars. Ensuite, cela nous permettait de proposer une attitude plus… comment pourrais-je dire ? Plus libre et pragmatique. Moins tapageuse. Toute en filature et en finesse, quoi.

— Viens-en au fait. Tu m'intéresses.

— J'ai passé un accord avec Léopold Camaert.

Immobile au milieu de la pièce, le commissaire divisionnaire reste de marbre. Le service l'apprécie pour ce qu'il est, un officier supérieur ouvert et proche de ses hommes. Il possède également une réputation de fonceur qui lui colle à la peau depuis sa nomination à la tête entre autres de la

Criminelle marseillaise. Il adore les verrous lorsque ceux-ci sautent. La manière importe peu tant que les nids à truands sont nettoyés. Écorner discrètement les procédures ne lui fait donc pas peur. Il sait néanmoins que ses méthodes ne sont pas du goût de tout le monde. Il doit malgré tout composer avec une équipe que les disparités et les jalousies parfois agacent. Ici, ce qu'il vient d'entendre lui plaît ma foi assez. Il finit par sourire.

— OK. C'est quoi cet accord ? demande-t-il.

— Il reste en première ligne. Il garde la main et l'œil sur Batifèmbé. Il nous conduit aux coupables le plus rapidement possible et, une fois l'enquête achevée, il défile à côté de nous sur le tapis rouge, souffle sans enthousiasme Henri.

— Quel connard ! réagit Franck.

— Tss ! D'un autre côté, ne vous plaignez pas. Il fait tout le boulot si j'ai bien compris, non ? La réputation du service est de toute façon dans la balance, reprend le commissaire. En revanche, pour ce qui est du tapis, on verra la couleur.

— C'est un peu ça, renchérit l'acolyte. N'empêche qu'il en profite pour planquer sa cliente et apparemment sa petite copine. Une meurtrière. Il joue sur les deux tableaux en l'abritant et…

— Franck, Franck ! Calme-toi. Je vais essayer d'être clair. Laisse tomber la fille pour le moment. Ce n'est plus la priorité, d'accord ? Ne fais pas la même erreur que Buttafoghi.

— Je ne comp…

— Il n'y a rien à comprendre. Les gars, vous voulez de l'audace, je vous en donne. Je ferme les yeux et je valide, mais je veux que votre pleine concentration se porte sur Camaert et sur… Merde ! Comment s'appelle-t-elle déjà ?

— Marion Birkel ? complète le coéquipier.

— Ouais, c'est ça. Pas d'entourloupe. Ce n'est pas le moment. Le procureur ou son substitut va débarquer ici incessamment sous peu.

On est sur la corde raide. Ne l'oubliez pas et, autre chose, des noms vont tomber très vite. Ils vous seront utiles pour alimenter le moulin de Camaert. Alors on caresse le bestiau dans le sens du poil jusqu'à nouvel ordre. Vous tenez Batifèmbé à l'œil, bien sûr, mais vous ne la chargez plus tant que je ne vous fais pas signe. La miss Birkel crèche où, exactement ?

— À La Seyne-sur-Mer, quartier Berthe. On a déjà deux hommes sur le coup, là-bas, des types de la brigade toulonnaise. Camaert est prévenu. Quant à la fille, le tableau n'est pas terrible. Elle possède un casier à rallonge avec toutes sortes de spécialités. Le détective va devoir batailler.

— Le lien avec les assassinats de Bouathong et Deboschères ?

— Bouathong, rien. Quant à Deboschères, il lui a fait un gosse en 2001. Elle voulait avorter, elle y a renoncé. On ignore la raison de ce revirement. Depuis, aucune trace du môme. Il a probablement été adopté, mais ça reste un mystère pour le moment délicat à résoudre. On essaye de comprendre. Il y a autre chose.

— Je t'écoute.

— Camaert pense que ces événements sont liés à une deuxième histoire. Un viol commis il y a huit ans sur une certaine Claire Maccadi. Une affaire varoise non élucidée.

Le patron demeure dubitatif. Si le lien apparaît possible, il ressort sous un angle obtus et se dissocie davantage des autres éléments existants, surtout si on y insère un gamin au milieu. Pourquoi procéder ainsi ? Quelle certitude possède le privé qui lui intime presque l'ordre de suivre de telles traces à peine lisibles ? Il détecte là une perte de temps préjudiciable, à moins que la réponse se trouve sur le sol macabre d'une villa, loin d'ici, au Revest. Il croise les doigts.

— Bon, écoutez-moi bien. Le procureur et le juge, pour le moment, j'en fais mes affaires. À moi de les convaincre, mais avant ce soir, je veux un dénominateur commun sur mon bureau parce que, pour le moment, je ne comprends rien. Parlons des choses qui fâchent, maintenant. En cas d'échec, Henri, tu seras obligé de revenir à des méthodes plus traditionnelles et notamment, tu n'auras pas d'autre choix que d'arrêter et d'entendre Camaert, ici et le plus vite possible. Je ne veux pas voir Batifèmbé nous filer entre les doigts. C'est clair ? Aujourd'hui, allez au Revest et faites un bout d'enquête avec la gendarmerie et les collègues de l'antenne toulonnaise. Trouvez Buttafoghi. Quant à vos hommes, dites-leur de rester collés aux basques de nos tourtereaux à La Seyne-sur-Mer, OK ?

— D'accord. En revanche, j'ai une dernière petite requête à vous soumettre. Elle concerne les cas Médrano et Rosecki. La piste demeure encore chaude et l'histoire du premier peut nous en apprendre beaucoup, malgré le fait que son appartement ait été visité par Batifèmbé. Quant au deuxième, il travaillait forcément pour quelqu'un. La question est qui ? Les fichiers, TAJ[1] et consorts peuvent peut-être nous en donner plus. Le type n'était pas un saint.

Philippe Marcellin lisse son menton doucement. Oui, tout devient possible. Les noms qui ressortent, trop nombreux, sont autant de voix dissonantes dans la chorale et autant de raisons d'espérer. Il s'imagine déjà demain et l'affaire résolue. Il espère beaucoup des collègues de la gendarmerie. Ces gens sont patients et méticuleux. Un comportement héréditaire. Ils connaissent le terrain abrupt qui les environne et feront en sorte de trouver la réponse, même si celle-ci est enterrée sous un monceau de cadavres. Il en est certain. De plus, la tournure que prennent les événements l'incite à croire qu'ils ne vont pas se contenter d'enfiler des perles.

— Que veux-tu que je te dise ? Secouez le cocotier et donnez-moi, maintenant, tout ce que vous avez sur Bouathong, Deboschères, Médrano, Rosecki, Birkel et plus encore… et disparaissez ! Je ne veux plus vous voir.

En parlant, il regarde avec insistance Henri Doumerc et conclut : « Et ne me décevez pas ! »

1 Traitement d'Antécédents Judiciaires

32

Parallèle à celui des flics, le chemin de Léopold file sur une voie étroite. Une certitude, il se trouvera bientôt aux côtés de Briet, à moins que le destin s'en mêle. Elle comprend ce que cela implique. Le détective reprendra les rênes et fera en sorte de ne pas diriger tout en s'imposant. La femme songe à ses nouvelles perspectives, assise sous l'auvent de l'abribus à quelques mètres de l'entrée de l'école.

Il n'est pas certain qu'il approuve, en revanche, ce qu'elle s'apprête à tenter, mais, si elle est venue à Mazaugues, c'est pour une seule raison, rencontrer l'enfant qui a pris la fameuse photographie. Elle souhaiterait maintenant lui parler et savoir le fin mot de cette petite histoire dans la grande. Le plus extraordinaire, dans toute cette triste farce, reste que, quoi qu'elle réalise, l'enquête la ramène toujours vers Léopold et l'ineffable horreur. Un signe du destin.

Elle lève la tête. Le gamin sort enfin par le portail en fer forgé et longe les barrières qui séparent le trottoir de la route avant de traverser la voie étroite à double sens sur le passage pour piétons. Il est accompagné de quelques gamins. Rares sont les enfants qui quittent l'école au moment de l'interclasse de midi. Elle ne savait pas qu'il rentrait à l'heure du repas, mais en raison du handicap de l'écolier, elle l'a simplement supposé. Elle le regarde se diriger vers elle et a une soudaine appréhension. Elle veut éviter la maladresse et ne pas paraître l'étrangère de trop aux yeux d'un môme peut-être sur la défensive. Sa fragilité n'en a pas besoin. Il finit par s'asseoir presque à côté d'elle sur le banc en bois et commence à utiliser son téléphone. Déjà. Elle demeure stoïque et désintéressée.

— Bonjour, entame prudemment Briet. Tu sais quand le bus passe ?

— Dans trois minutes à partir de maintenant s'il n'a pas de retard.

Sa voix reste vive, claire et nette, presque tranchante. Les idées qu'elle lâche, même futiles, deviennent, avec ce ton, autant de vérités qui ne prêtent pas à discussion. La Danoise tente d'amadouer une nouvelle fois l'écolier par un sourire.

— Tu habites loin pour prendre le bus ?

— Non, à onze minutes à pied. Si je pars maintenant, j'arrive à 11 h 44. Avec le bus, je suis chez moi à 11 h 42, mais il va avoir du retard et ma mère ne veut pas que je marche sur le bord de la route. Elle dit que les voitures peuvent tuer.

Briet reste impressionnée. Le gosse paraît si fragile et pourtant, curieusement, il renvoie une image à l'aspect glacial et métallique d'un enfant rigide que l'on ne souhaite pas entourer de ses bras. Il semble de plus excessivement adulte tant le sérieux imprègne son visage. Elle poursuit avec la volonté de lui instiller des idées différentes de celles qui l'envahissent.

— Tu ne manges pas à la cantine ?

— Non, je suis trop lent. Les dames de service ne peuvent pas s'occuper de moi.

La femme hoche la tête de haut en bas et continue.

— Euh, tu es Fabien, c'est ça ?

— Oui. Et vous, vous êtes la personne qui est venue à l'école vendredi.

— Euh, oui. Comment le sais-tu ?

— Je le sais. C'est comme ça. Vous êtes aussi passée voir Al dans son garage, hier.

— Al, Alban ?

— Oui, Al.

La femme, très étonnée, dévisage l'enfant omniscient. Comment est-ce concevable ?

— Je... Ah ! Eh bien, dis donc, on ne peut rien te cacher.

— Oui.

— Tu devines alors pourquoi je me trouvais à l'école, vendredi ? tente-t-elle.

— Pour la photographie.

Briet, cette fois-ci sidérée, ouvre grand les yeux. C'est difficile de porter un jugement, mais l'impression laissée par ce bref échange lui donne la possibilité de croire qu'à côté d'elle se présente un être extraordinaire. Elle courtise le raccourci. Il a au moins la capacité réelle de l'intriguer et de lui offrir une explication.

— La photographie ? C'est ton institutrice qui te l'a dit ? renchérit l'enquêteuse.

— Oui et non, mais ce n'est pas madame Fangeon qui me l'a dit. Je l'ai senti.

— On parle de la photo que tu as envoyée par la poste ?

— Oui. J'ai réussi à piquer une enveloppe pré-timbrée à ma mère, ajoute-t-il avec fierté.

La Danoise s'amuse discrètement de cette spontanéité.

— Pourquoi as-tu pris cette photo ?

La question est enfin posée. Elle lui brûlait les lèvres depuis la réception de la lettre. La jeune femme n'était venue là que pour lui demander ce qui l'avait subitement animé, un matin de classe verte, il y a des mois de cela, presque au désespoir de la professeure malgré ses admonitions.

— Parce que !

— Tu devais bien avoir une raison, non ?

— La route tue.

— Cette route a tué ?

— Non, mais elle aurait pu.

— Je ne comprends pas. Qui aurait-elle pu tuer ?

— Moi.

— Toi ?

— Le car arrive. Il est pile à l'heure. Je suis chez moi à 11 h 42. Il faut que j'envoie un message à ma mère.

Briet sourit de nouveau à la dernière remarque que Fabien lance avec force. Cette innocence lui convient mieux. Elle demeure plus proche de l'idée qu'elle imagine avoir de la prime jeunesse. Elle s'aperçoit qu'il ne tape pas les annonces. Le téléphone possède des textes préenregistrés qu'il sélectionne en fonction des situations. Elle regarde le lourd véhicule stopper dans un bruit strident. Il ne lui reste que sept minutes pour cerner les raisons d'une telle attitude et surtout comprendre cet enfant si étrange.

Une fois dans le transport en commun, la jeune femme, sans devenir vindicative, sait qu'elle ne doit pas hésiter une seule seconde. Le temps passe. Elle veut connaître la vérité et n'en démord pas. Elle paye son dû auprès du chauffeur taciturne et se précipite vers le garçon qui commence à s'installer. Elle remarque une autre particularité, le gosse compte les rangées de fauteuils comme s'il possédait déjà une de ces indéfectibles habitudes envahissantes proches du trouble obsessionnel. Elle comprend mieux les raisons de sa lenteur. D'ici à ce qu'il compte les petits pois dans son assiette.

— Fabien. Je peux m'asseoir à côté de toi ?

— Si vous voulez. Ma mère dit qu'il ne faut pas que je discute avec des étrangers, mais vous, c'est différent. Je vous attendais.

Elle soupire, partagée entre deux sentiments équivoques. L'un lui intime l'ordre de se dépêcher. L'autre est attaché à la prudence et à l'émerveillement face à une rencontre du troisième type improbable.

— Ah, alors tu m'attendais. Peux-tu me dire pourquoi la… la route a failli te tuer ? Tu as eu un accident ?

— Oui, ma maman et moi.

— Oh, je suis désolée. Tu peux m'en parler. Quand était-ce ?

— Avant ma naissance.

Briet, le souffle court, va de surprise en surprise. Sans explication rationnelle, elle convient que cette aberration demeure impensable si on n'y colle pas une dose de mysticisme primaire.

— Je ne comprends pas. Ta mère t'a raconté ?

— Non, non. Je le sais. Ma maman, à cause de ça, est handicapée et bégaie. Elle a du mal à dire les phrases. Elle n'y arrive pas.

— Je… Tu as bien quelqu'un qui t'en a parlé ? Tu n'étais pas né. Peut-être Al ?

— Non ! crie Fabien en donnant un violent coup de pied au dossier du fauteuil qui lui fait face.

— D'accord, d'accord, Fabien. Excuse-moi. Je ne souhaitais pas t'énerver, mais je… Tu… Comment as-tu pu le savoir ? C'est…

— Quand j'ai pris la photo, j'ai tout vu. D'un coup. Des visions. Ce qu'ils ont fait à ma mère, les trois hommes et le monsieur dans sa voiture. Lui ressemblait à oncle Antoine.

— Mon Dieu ! C'est impossible. C'est…, laisse-t-elle échapper.

L'enquêteuse ne tient plus en place. Elle ignore à peu près tout du fonctionnement du cerveau humain et des mécanismes qui forgent la mémoire, mais il ne s'agit pas de cela, en fait. L'enfant anticipe et voit à travers un prisme différent. Il discerne des situations qu'il ne devrait pas même percevoir puisque personne ne les connaît. Pas un seul témoin n'a été capable de préciser combien de personnes se trouvaient sur les lieux lors de cette sinistre nuit de novembre 2012. Comment un fœtus pourrait-il saisir les désordres extérieurs de cette façon si particulière ? À moins que Claire ait parlé, mais l'enfant affirme le contraire. Pourquoi mentirait-il ? Elle frémit.

— C'est mon arrêt bientôt.

— Fabien, euh, comment dire ? Tu connais les trois hommes qui ont agressé ta maman ?

— Non.

— Et merde ! Zut, rien. Ne fais pas attention. Et tu peux me dire à quoi ils ressemblaient ?

— Non, mais je sais qu'un monsieur était tout noir et un autre souffrait. J'ai vu ça. C'est ma mère qui lui a fait mal, je crois. Il était par terre puis a disparu.

— Disparu. Je...

— Il faut que je descende sinon je n'arriverai pas à 11 h 42.

— Oui, bien sûr. Juste une dernière question, s'il te plaît. Tu as déjà parlé de tes visions à quelqu'un ?

— Oui, à ma mère. Elle ne veut pas que je le répète, elle dit que c'est un secret entre elle et moi. Mais vous, vous avez la photo.

— Oui, Fabien. C'est vrai et c'est courageux de ta part, mais pourquoi nous ? lui demande-t-elle alors qu'il emprunte l'allée centrale du véhicule.

— Dans un magazine à la maison, il y avait votre adresse et c'était bien, lance le gamin en descendant les quelques marches qui mènent au sol. Au revoir !

Briet fait un signe maladroit de la main au petit homme. Une fois dehors, elle le voit gambader, à travers la vitre tandis que le bus démarre, vite et droit sans tourner la tête ni la baisser pour voir où ses pas le conduisent. Il n'en a pas besoin. Toute à ses songes et encore sous le coup de l'étonnement, elle tente enfin de s'accrocher au paysage qui défile avant le prochain arrêt.

De temps en temps, elle interrompt ce voyage brutal pour essayer de retrouver la raison, car celle-ci s'égare et l'invite à accorder du crédit à l'impensable et à l'irréalité. L'imagination devient pâle face à l'absolue vérité venue des tréfonds d'esprits irrémédiablement blessés. Mais il doit exister une raison rationnelle de l'ordre, justement, du secret. C'est pourquoi elle reste encline à croire Fabien. Quant à ses paroles, cela voudrait dire qu'un homme est peut-être mort cette nuit de novembre, et ce n'est ni Leroy, ni Paul-Édouard, ni Samuel. Il s'agit donc forcément de Florian Vergnes.

33

Laconique, je me demande encore pourquoi je me trouve dans cet appartement miteux de la banlieue seynoise avec une acolyte psychologiquement instable dont je ne sais que peu de choses, un malfrat de la pire espèce et une femme que la vie a soigneusement massacrée.

Je préférerais cent fois, dans ce cas précis, accompagner ma collègue Briet. Je pense commettre une erreur non pas de jugement, mais d'approche. Je suis coutumier du fait, mais je n'arrive pas à me sortir de la tête que Marion Birkel reste indispensable pour connaître la vérité, quoi qu'il se passe par la suite. Malgré tout, l'aventure est en train de prendre une tournure différente. Tout ça est de la faute de la Danoise. Elle vient de m'appeler. Au téléphone, sa voix d'ordinaire si grave vibrait étonnamment dans les aigus comme chargée d'une émotion nouvelle.

Ce matin, l'autoroute nous avait livré un premier aperçu du même acabit. Il était à peine dix heures trente. S'élevaient, en face de nous, des immeubles plus ou moins hauts en fonction des récentes rénovations entreprises au cours des années deux mille. Des friches sur lesquelles on avait dans l'urgence planté de longues et vertigineuses barres de béton armé pour le bien de familles dans le besoin. J'avais baissé le regard au souvenir de vagues descentes de police alors qu'à Paris, le conditionnement radical religieux commençait à germer dans les têtes des plus jeunes.

À travers le pare-brise sale, le ciel léché par les hideuses constructions restait encore gris maussade. Il ne proposait rien de réjouissant. On devait pourtant faire preuve de bon cœur et surtout d'allant. C'est la première pensée qui me traversa l'esprit en entrant dans le hall de l'immeuble à l'extérieur rafraîchi. Je ne me doutais alors pas des difficultés qu'on allait rencontrer quelque six étages plus haut franchis à pied, l'ascenseur ne fonctionnant pas.

Marion Birkel se trouvait bien chez elle. Les huis de son logement ne ferment pas. Il est clair que, livré aux quatre vents, le local ne sert plus que d'exutoire à tous les penchants que l'immoralité humaine gangrène. En regardant Absalou se retrousser les manches, j'ai vite compris que la journée allait devenir interminable.

Non ! Marion n'était pas morte, mais c'était tout comme. Fine comme un linceul, elle geignait des paroles enchevêtrées, allongée à même le sol et presque nue. Dieu seul pouvait nous dire depuis combien d'heures ou de jours elle se trouvait dans cet état. Parfois, des mots revenaient en leitmotiv comme des prières vomies dans l'indifférence générale : « Partez. Laissez-moi tranquille ! »

— Tu ne penses pas qu'on devrait appeler les urgences ? avais-je osé suggérer une fois l'envie retrouvée.

— Putain, la junkie ! Wallah, surtout pas. Elle est sous opioïdes, héroïnes ou produits de synthèse. Je n'en sais que dalle. Si tu l'envoies à l'hosto, tu perds sa trace. Les blouses blanches vont prendre des pincettes et finiront, au bout de quarante-huit heures, par la caser dans un centre de soins. Mon jacky[1], tu n'auras que tes yeux pour pleurer. Je connais le trip et c'est pas ce que tu veux. Allez ! On a du taf. Elle est en chien[2], la belette[3].

Le ton d'Absalou devenait ferme et semblait dépourvu de la moindre pitié. J'avoue encore qu'elle demeure compétente sur le sujet, mais l'idée de harceler une femme sans défense me donnait l'impression de me rabaisser au niveau des gens qui l'avaient violentée.

— Et elle ? Putain, c'est toi qui vois, mais je ne suis pas sûr qu'on puisse en tirer quelque chose, avais-je rétorqué, dégoûté, pensant la mission au-dessus de mes forces.

— J'en peux plus de tes conneries ! Justement, ça prendra le temps qu'il faut, mais dans six heures, on est tuyauté, foncedé[4] ou pas. Maintenant, laisse-moi entraver. Tiens, pour t'occuper, ferme déjà la lourde et nettoie toute cette merde. Au milieu du bordel, on saura peut-être alors ce qu'elle s'est injecté.

Le terme scatologique ne portait aucun euphémisme. L'appartement servait de lieu de shoot. Le sol, comme les rares meubles, parmi les traces de liquides plus ou moins séchées que la raison voudrait ignorer, était jonché de seringues, d'aiguilles, de petits pansements, d'ouate et de cotons usagés. Les préservatifs, au milieu, laissaient croire que tout semblait possible. Le pire évidemment et sans vergogne, sans empathie et sans humanité. L'odeur âcre de sueur et de sperme ne trompe personne.

---

1 Jacky : beauf, ringard

2 Être en chien : être en manque

3 Belette : fille

4 Foncedé : défoncé, drogué

— La pauvre.

Je me sentais si démuni.

— Ne chiale pas sinon tu joues leur jeu. Ce n'est ni le moment ni l'endroit. Si la porte est ouverte aux quatre vents, c'est que les visites sont courantes et autorisées. Les bicraves[5] ne sont pas des quiches. Je peux t'assurer que l'on va y avoir droit, et qu'il ne faudra pas tremper nos calbars face aux thugs.

— Alors tu crois ce que je crois ?

— Évidemment. Oui, répond-elle, désabusée, en levant les yeux au ciel. Bref, elle a besoin d'un remontant sinon on ne tirera rien d'elle. Une amphétamine quelconque, *molly* ou *cathinones,* devrait faire l'affaire.

— Eh, Absalou, j'espère que tu sais où tu mets les pieds, là ?

— Oui, tekass, bonhomme. Ne fais pas le rageux[6]. Je vendais des broumfs[7] à la récré. Alors, maintenant, tu vas ouvrir tes pavillons, d'accord ?

Je ne disais mot. C'était il y a déjà quatre heures. Je me souviens avoir soutenu son regard puis l'avoir entendue compléter : « Je vais trouver du sel de bain. Les shlagues ne doivent pas être loin et s'il faut, même à l'étage en dessous. Donc ça me coûtera ce que ça me coûtera, mais c'est la seule solution. On peut lui administrer. Toi, pendant ce temps, tu fouilles l'appartement pour me dégoter une seringue à peu près clean. Ah, oui, tu as de la tune, par hasard ? »

Frileux, je n'avais qu'une envie, à ce moment-là, me carapater. Je lorgnais à droite et à gauche, la nausée en déshérence. La duchesse, elle, ne ratait pas l'occasion de me houspiller.

— Je suis vénère, alors grouille, mec !

---

5 Bicrave : dealer

6 Rageux : personne qui critique tout

7 Broumf : joint

33

L'appartement est maintenant propre et pourtant, il n'a rien lâché de ses secrets. Je me retrouve de plus avec une confirmation et un nouveau cadavre. Florian Vergnes. Hier, en visitant l'ancien laboratoire *PharmaGène* sur le campus de Luminy, j'étais tombé sur une de ces petites pancartes de façade qui nomment les portes avant d'appeler les gens. L'une d'entre elles, poussiéreuse, portait ce patronyme. Je n'ai rien dit de ma trouvaille à Absalou ni à Doumerc. Je voulais peut-être me garder le privilège de la mauvaise surprise. À quoi bon ? Elle va de toute façon me suivre à la trace comme si j'étais une limace. Je possède également une histoire à dormir debout dont je ne sais que faire. Celle de cet enfant, Fabien, que les passions élèvent au rang d'exception. Alors, si j'écoute mon cœur, je dois rejoindre Briet devant les locaux de la curieuse société sur le plateau de Signes, le centre de tout, mais qu'aurais-je à gagner à écouter déblatérer des costards cravates sur la défensive ? Une petite voix d'outre-tombe me suggère, plutôt, de provoquer la chance. On verra.

Absalou, de retour depuis plus de deux heures, reste au chevet de l'héroïnomane et lui prodigue les derniers soins avec une attention étonnante. Un homme se trouve maintenant avec nous. Un habitant de la cage d'escalier. C'est le deal. Je ne sais pas quelle confidence elle leur a faite. N'empêche qu'il vient et on gagne la paix des autres sans risque de voir débouler de gros bras. Mais attention, pas un mot de trop.

J'attends un geste ou une invitation d'Absalou. Je tourne en rond et cache ma sourde colère derrière une détermination retrouvée. Sympathiser avec la bête à cornes me fait autant vomir que de découvrir la déchéance humaine s'étaler aux yeux du monde sans que rien ne soit tenté pour corriger le problème. Question de point de vue. Dieu merci, mon arme n'est pas chargée.

— T'es opé, Léo ?

Absalou fait signe au type de s'écarter. Celui-ci obtempère en rechignant et au passage me foudroie du regard tandis que je m'avance. À croire que flic j'ai été, flic je demeure.

— Je… J'ai soif. Vous avez du gin ? demande Marion en peignoir, douchée et allongée sur le canapé défoncé.

— Non. Surtout pas, mignonne. Que de l'eau et en petite quantité, répond Absalou.

— Une bière, alors ?

— Pas de bière. Pas maintenant, c'est asmeuk. Si tu veux, après, on fera un tour dehors…

— Pas de tour dehors ! intervient le garant des mauvaises manières.

— Hé, bouffon, c'est pas Alcatraz, ici. Si je dis qu'on fera un tour, on fera un tour, c'est clair ?

— La moindre merde de ce genre et vous douillez grave. Ça aussi, c'est capice ?

Pour souligner l'ultimatum, le type tape l'arrière de son futal qu'un calibre déforme. « Putain de fils de pute ! » chuchote la fille avant de répondre.

— Kiltran, mec. OK, pas de malaise. Je peux continuer maintenant ? Gadjo, viens ici.

— Qu'est-ce que vous voulez ? balbutie Marion.

— Vous ai…

— Ta gueule, Léopold ! Ne t'avise pas de lui mentir et reprends-toi un peu. Désolée, bonté, mais on souhaite seulement te demander vite fait quelque chose de très important et ensuite, on se cassera. Tu pourras retrouver ta petite vie bien tranquille.

Je serre les dents. Absalou offre un visage différent dans lequel on lit une exaltation inhabituelle et dangereuse. Une fin de non-recevoir qui lui donne à penser que les règles sont en train de basculer. Elle oublie trop vite qu'elle ne se trouve pas encore du bon côté de la barrière, à moins qu'elle se doute de quelque chose.

— Non, non, Absalou. Tu as fait le job, c'est super. Mais maintenant, on va se détendre et obtenir ce qu'on souhaite tranquillement. Je prends la main. Franchement, je ne sais pas ce que tu lui as refilé, mais il n'était pas nécessaire de partager. OK. Cool.

La fille me regarde avec l'envie de me coller une gifle, mais s'en dispense. Elle tourne la tête et se lève, résignée, devant mon regard droit et mon attitude impérative.

— D'accord, vas-y, concède-t-elle.

— Bien, Marion, j'aimerais que tu me parles de Luminy.

— Quoi, Luminy ? questionne la femme d'une voix nasillarde.

— Ouais, tu y as fait un court passage entre 2001 et 2003, non ?

— Oh, putain ! Vous voulez qu'on discute de ça ?

— Oui.

Je tente ma chance, plus aveugle qu'une taupe dans son terrier.

— C'était un connard, mais je l'adorais. J'ai appris pour sa mort, vous savez. Je ne suis pas étonnée. Comme enflure, on ne faisait pas mieux, mais il m'a aidée… entre guillemets.

— Paul-Édouard Deboschères ?

Elle dodeline du chef.

— Il m'a engrossée. Il ne voulait que le cul, mais c'était un taré fini qui en demandait toujours plus. Une espèce de putain d'étalon addict au sexe. La grosse panade même si je reconnais que je ne devais pas être la seule salope qu'il chevauchait. Bref, ça me fait chier de dire ça, mais à un moment, c'est parti en vrille.

Marion soupire puis demande :

— Quelle partie de l'histoire voulez-vous au juste ?

— Qui vous a aidée et où se trouve l'enfant ?

— Waouh ! Vous n'y allez pas par quatre chemins, vous. Je venais de découvrir ma grossesse. Je devais avorter. Je n'avais pas le choix. On était presque d'accord, Paul et moi, et puis ce con a subitement changé d'avis. Ne me demandez pas pourquoi, je n'en sais rien. Il ne me lâchait pas et je me suis résignée.

— L'argent ?

— Pourquoi dites-vous ça ? Pensez ce que vous voulez, mais, en définitive, j'ai appris à désirer ce gosse. C'est comme ça. Tout allait nickel. Toujours est-il que Paul, très vite, m'a alors fait le jeu de l'adulte responsable et j'y ai cru. Ça tombait bien. C'était des paroles que j'appelais de mes vœux et il était tellement insistant. On a tout fait dans les normes. Un vrai petit couple. On est même allés voir un médecin spécialiste. Il disait que c'était le meilleur. Là aussi, je l'ai suivi et les choses sont allées de mal en pis. Il y avait un problème avec le bébé. J'attaquais la cinquième semaine.

— Quel problème ?

— Si vous pensez que je m'en souviens ! Un bidule anormal dans son développement vu soi-disant à l'échographie. Vous êtes chiant avec vos questions. Le seul truc qui importait à l'époque, c'était moi. Je prenais des espèces de médocs par paquet de dix. Des poisons pires que tout. Je savais que ça pouvait être mauvais pour l'avorton, mais le docteur m'assurait que l'acte ne comportait aucun risque. Moi, je trouvais ça pas net. Ça me foutait en l'air et en rogne, alors j'ai arrêté mes études une fois les opérations programmées.

— Les opérations ?

— Ouais, des interventions régulières de la dernière chance ou une connerie de ce genre. Pour être franc, je croisais les doigts pour qu'elles foirent et qu'on m'enlève enfin ce parasite. Car pour moi, à la fin, il ne possédait plus rien d'humain. Vous voyez, je suis honnête avec vous. Mais tout le monde se réjouissait. Moi, je chialais. Le gosse est né le 17 septembre 2003.

— Le gosse ?

— Grégory.

— Et c'est tout ?

— Eh bien, oui. Ensuite, le truc classique, Paul passait de temps en temps puis de moins en moins souvent. Et un jour, il n'est plus venu. Moi, je ne m'en sortais pas. Le gamin était un monstre. Il ne dormait jamais. Je trouvais son comportement bizarre. Je m'en suis débarrassée un an après presque jour pour jour.

— Débarrassée ! Vous l'avez…

— Mais non, tu es nouille, toi. La DDASS l'a pris en charge. Il y avait une demande. J'étais inapte et considérée comme psychotique. Je ne m'en occupais plus de toute façon. J'avais d'autres chats à fouetter. Maintenant, il est grand, j'imagine. Et ce n'est plus mon problème. Voilà, vous pouvez partir et me foutre la paix.

Non, je ne la laisserai pas tranquille pour la simple et bonne raison que je veux un dernier nom dans ma collection. Celui du responsable de l'opération. Je souhaite également comprendre comment il a été possible, à l'époque, de réaliser une telle intervention dans un contexte pareil et dans quelle mesure cet acte demeurait envisageable et autorisé. *Pourquoi pas*, me susurre ma petite voix, mais alors n'aurait-il pas obtenu les honneurs de la presse ? Je me tourne une dernière fois vers Absalou avant de poursuivre.

— Cette opération ne vous semblait pas étrange ?

— Oh putain, chuis *dead*. Vous n'avez pas fini ?

— Je vous en prie. Répondez à ma question !

— Non, non, non ! Paul me disait que c'étaient des choses qui se pratiquaient presque couramment, mais qu'on n'en avait pas connaissance parce qu'on s'en foutait royalement. C'est tout. C'est le problème des autres jusqu'à ce que ça devienne notre bordel.

— Vous vous souvenez du nom du médecin à qui vous avez eu affaire ?

— Oui, comment l'oublier ? Il était si prévenant. Il s'appelle Köhler, un Suisse, un ponte à l'époque, paraît-il. Le docteur Hans Köhler, clinique de l'Espérance à Marseille.

— Merci infiniment.

Je ne peux rêver meilleurs aveux, mais l'optimisme n'est pas la bienvenue dans l'antichambre de la débauche. Après tout, j'ai obtenu ce que je souhaitais, un nom étranger à l'affaire. Un de plus. Köhler. Je l'inscris sur mon petit carnet orange et le souligne trois fois tout en marchant vers la voiture, une fois l'escorte disséminée dans les étages de la cité. Je veux espérer que la clé se trouve dans ces biffures et que ce nom ouvrira désormais toutes les portes un peu comme un passe-partout. Absalou, excitée, à côté de moi, possède curieusement la même volonté. Elle grommelle des mots incompréhensibles, sans doute à l'adresse des enfoirés qui entretiennent Marion Birkel dans l'espoir de maintenir le terrain en friche.

34

— Tu vas faire la gueule encore longtemps ?

C'est à peu près par cette récrimination que commença le voyage d'Henri et de Franck en parallèle de celui de Léopold et d'Absalou. Il se termine en plein soleil et au milieu de nulle part, sur une petite piste maudite. Pas de quoi pavoiser. Devant les flics, un trou béant. Une espèce de tuyau d'aération naturel sans grande importance, percé à même la roche. À l'intérieur de cette anecdotique cavité géologique, excepté un léger courant d'air frais, pas grand-chose n'est à découvrir qui soit propice à alimenter, en temps normal, les longues soirées d'hiver. Aujourd'hui, la saison froide reste en arrière-plan.

Le palan, guidé en bas par deux spéléologues appelés en renfort, se met en branle lentement, en faisant trembler le portique sur lequel il est fixé. Henri sait que ce n'est pas un sanglier qui se trouve au bout du câble. Seul, il pleurerait. Devant la masse compacte qui fait front contre l'adversité, il reste irrité de son incurie et secoué par les démons qui, sans cesse, s'emploient à rouvrir les plaies. Il se souvient encore des remontrances de Baccamontès dirigées contre lui alors que la voiture filait à vive allure sur l'autoroute, tous gyrophares allumés.

— Oui, je vais certainement tirer une tronche d'enterrement pendant un bon moment, avait répliqué Franck, les dents serrées autant que les mains sur le volant.

— Quoi ? J'ai oublié de te parler du message de David, et maintenant, ça y est, tu me fais un scandale de gonzesse.

— Putain, Henri ! On est une équipe, merde. Le minimum aurait été de m'envoyer un SMS pour me demander de te rappeler. Mais non. Monsieur n'en fait qu'à sa tête tout simplement parce qu'il a fait les quatre cents coups avec cette enflure de première du temps de sa splendeur.

— Eh, modère tes propos, s'il te plaît. Tu te trimbalais en culotte courte qu'il se trouvait déjà en première ligne pour défendre ton fond de calbut. Et aujourd'hui, il est peut-être mort.

— Ouais, désolé. Mais ce n'est pas une raison. On aurait dû faire le nécessaire et on ne l'a pas fait, renâcle le second couteau.

— Je sais où tu veux en venir.

Henri soupire. Il doit crever l'abcès pour éviter l'incident diplomatique et surtout, arrondir les angles avant que la bouderie négligeable devienne une belle guerre de tranchées.

— Tu penses qu'il est impliqué dans les meurtres de Bouathong et de Deboschères, c'est ça ? demande-t-il.

— À ton avis ? Que fout-il dans un bled perdu alors qu'il est censé laisser les grandes personnes nettoyer la merde qu'il a étalée en partant ? D'après toi, petit génie ?

— Je ne sais pas. Il détenait peut-être cette information avant de nous quitter et il ne nous l'a pas donnée rien que pour nous faire chier. Et puis rien ne relie les deux cadavres charcutés à nos cadors marseillais.

— Tu y crois, toi ?

— Ce n'est pas question d'y accorder crédit ou pas. Franck, il a rendu visite à un couple de retraités. Point final. Peut-être qu'ils se connaissaient depuis longtemps et qu'il s'est trouvé face à l'ordure qui les a étripés. Un hasard. Rien à voir avec ce qui nous occupe jusqu'à preuve du contraire, en tout cas.

— Tu y crois, toi ?

— Arrête, merde, et ralentis. Je suis déjà assez dans la mouise comme ça.

— Un peu comme dans un film, quoi. Le mec a beau essayer d'éviter les emmerdes, elles lui tombent quand même dessus par paquet de dix. Franchement, moi, je n'y songe pas une seule seconde. David ne traînait pas son costume trois-pièces dans un coin paumé sans une bonne raison et je te parie mon ticket d'EuroMillions qu'on va vite comprendre de quoi il retourne. Les téléphones vont parler et d'ici demain, l'affaire est terminée.

— Dieu t'entende.

Le pire est qu'il est lucide. Sans lui faire injure, Franck ne possède pas la jugeote de David, mais il demeure pragmatique en toute situation. C'est un animal à sang-froid, viscéralement attaché aux principes qui régissent les lois statistiques. Pour cette raison, on lui fait plutôt confiance et Henri n'est pas en reste. Ils savent également tous les deux qu'une fois devant la villa nichée dans la colline, ils patienteront les bras croisés dans l'espoir d'une bonne nouvelle concernant leur collègue. Ce n'est pas leur enquête, mais bien celle de la gendarmerie.

La grande maison se trouve justement au bout d'une impasse gravillonnée. Elle est cernée par de hauts murs et reste à peine visible de l'extérieur. De plus, sur trois côtés, la forêt de pins l'entoure. Celle-ci est régulièrement perforée par de petites clairières arides d'où émergent du sol de nombreux rochers blancs et secs comme des verrues. Devant la baraque, des cohortes de gendarmes se pressent en rangs serrés, prêtes à sonder les sentes qui partent de la villa pour venir se perdre dans l'espace presque lunaire mitoyen.

Mauvais trip.

La piste semble fraîche et régale les deux chiens d'intervention de la brigade cynophile. Ils jappent et tirent sur leurs colliers dans l'indifférence générale. Une voiture de la police nationale traîne aussi à distance, sans doute une équipe de la section criminelle de Toulon avertie la veille. Que du beau linge. Derrière ce petit monde, le portail grand ouvert laisse entrevoir une magnifique demeure qui s'étale sur un vaste terrain en restanques couvert d'une pelouse très bien entretenue. On devine même une jolie piscine à débordement, pente oblige. Franck, tout en descendant du véhicule, siffle d'admiration. Henri ne dit rien par décence et songe que l'opulence n'a pas mis les propriétaires à l'abri.

— Eh, oui. Belle maison, n'est-ce pas ? Capitaine Doumerc et lieutenant Baccamontès, je suppose ?

— Oui, mon capitaine. Vous savez pourquoi nous sommes là ?

— Commandant Danval, s'il vous plaît, corrige-t-il d'un ton péremptoire. Oui, le commissaire Marcellin m'a prévenu, en fin de matinée, de votre arrivée. Il ne manquait plus que vous pour que notre sauterie soit parfaite.

— S'il ne s'agissait que de cela.

— Vous n'aimez pas perdre votre temps, capitaine...

— Doumerc, mais vous pouvez m'appeler Henri.

L'officier de l'armée sourit froidement. Des loustics pareils, il en a croisé quelques-uns au cours de sa carrière. S'ils pensent que les nommer par leurs blases va leur permettre de briser la glace plus vite, ils se trompent. C'est lui qui décide de son épaisseur et pour le moment, elle supporte une brigade.

— On verra, capitaine Doumerc. La recommandation expresse ne devrait pas vous étonner, mais vous regardez, vous ne touchez à rien et vous prenez des notes si le cœur vous en dit. On lance une battue dans une vingtaine de minutes, le temps de briefer mes hommes. Sachez qu'on a découvert une piste. Elle n'est pas de première fraîcheur, mais elle a le mérite d'exister. Donc, je suis à vous dans un quart d'heure pour vos questions probablement nombreuses. Ça vous convient ?

— C'était le deal, rétorque Henri, désabusé.

— Parfait.

Sur le sol du living-room et dans le jardin, les cadavres ne sont plus. L'équipe légiste a bien et vite travaillé. Il reste les traces. Elles demeurent suffisamment suggestives et éloquentes pour imaginer le pire. La gravité de la situation souligne l'exception qu'elle dégage et ce n'est pas mentir que d'avouer l'ignorance de la gendarmerie devant ce qui pourrait les attendre au détour du bois. Seules les photographies déjà visualisées laissent un témoignage répugnant et édifiant que les mots manquent à décrire. Henri comprend mieux pourquoi la prudence demeure de mise lorsqu'on songe à la disparition de David Buttafoghi, un flic pourtant aguerri. Il en est là de ses réflexions quand le commandant Danval l'apostrophe plus tôt que prévu du bord de la piscine.

— Capitaine, vous venez ?

Henri acquiesce. De mémoire, il ne se souvient pas avoir vu de telles atrocités de toute sa carrière. Il doit attendre les douze derniers mois avant sa retraite pour obtenir une représentation édifiante de ce que l'humanité est capable de provoquer par simple haine. Il n'en sait ma foi rien, mais il existe forcément une raison, non ?

Ils sont désormais quatre autour de l'officier.

— Bien, messieurs. Je vous fais le topo avant l'arrivée du procureur. On a du nouveau et ça ne va pas vous faire plaisir.

— On a pu voir les photos, entame un des flics de la section toulonnaise. Sur l'acte… Euh, pour être franc, difficile de réaliser, mais j'imagine que vous possédez maintenant quelques réponses ?

De nouveau, le commandant sourit, mais il s'agit, cette fois-ci, davantage d'amertume. Les lèvres trop obliques sur son visage sévère trahissent un fatalisme hors norme aux antipodes de la bonne humeur.

— Hum, ouais. Bon, voilà l'histoire. Un couple de retraités septuagénaires, a priori paisible et très discret, dixit la factrice, s'est fait agresser en fin de journée, probablement samedi dernier. Jusque-là, pas de quoi s'affoler. On en possède des tonnes, des affaires de ce genre. On sait maintenant que le duo vivait avec un jeune adulte, âge indéterminé. Son prénom : Grégory. Facile, c'est inscrit sur la porte de sa chambre. Là encore, on reste sur notre espace de confort, c'est-à-dire que Grégory assassine les habitants à supposer qu'il s'agisse de ses parents puis s'enfuit. Il doit errer dans la colline à l'heure où je vous parle. Super, voilà un dossier bien mené. Sauf que.

Danval fait une pause. Il regarde l'eau de la piscine teintée légèrement du sang de la deuxième victime. Le front plissé, il réfléchit et tente d'ordonner les différentes zones d'ombre sur lesquelles ses enquêteurs ont buté au fur et à mesure que l'exploration devenait plus effrayante.

— Sauf que ? demande Henri.

— J'y viens. Sauf que plusieurs éléments nous indiquent clairement que l'affaire ressort plus complexe qu'il n'y paraît. D'abord, les portes intérieures de la maison possèdent, pour certaines, des verrous rajoutés a posteriori. Qu'est-ce que ça peut signifier ? On peut tout échafauder, mais en tout cas, ce qui est certain, c'est que la liberté d'un ou de plusieurs de nos clients était entravée. Ensuite, dans l'entourage – les voisins ou la factrice, en l'occurrence –, personne ne connaissait l'existence de Grégory. L'enfant semblait donc en prison, certes une prison dorée, mais une prison quand même. Il est facile d'imaginer qu'il ait voulu se révolter et que la situation ait dégénéré.

— Dégénéré ? C'est un euphémisme. Vous avez vu l'état des corps ? s'étonne le deuxième larron de l'équipe locale.

— Oui, merci. J'ai vu l'état des corps et c'est pour cela que nous avons un énorme problème. La violence extrême que montrent les images prouve qu'on a affaire à un véritable sauvage dépourvu de la moindre once d'empathie et d'humanité. En gros, une bête fauve plutôt très intelligente se promène dans la nature et je ne vous ai pas tout dit.

— Quoi encore ?

— Nous sommes quasi convaincus que c'est le gamin qui les a tués. Les marques, les empreintes et j'en laisse sur le bord de la route, mais il ne les a pas seulement massacrés, il les a mangés.

— Hein ? C'est une blague ! De l'anthropophagie ?

Henri lorgne en direction de Franck.

Mais, bon Dieu ! Que se passe-t-il dans le monde ? De quelle façon en est-on arrivés à produire de telles créatures et pourquoi existent-elles ? Se trouvent-elles là simplement pour nous ramener à nos origines ou la dérive vire-t-elle de bord encore plus brutalement ? Les flics tirent des têtes d'enterrement. La petite dispute de début de journée est dorénavant oubliée.

Que venait chercher David dans ce trou à rat grand luxe ? La question demeure figée, comme en suspension dans l'air lourd. Avait-il connaissance de l'existence de cet enfant, à supposer que cela en soit vraiment un ? Aucun des deux n'est capable de répondre.

— On a un autre problème et il vous concerne, celui-là.

Le commandant se tourne vers les Marseillais.

— Le lieutenant Buttafoghi, c'est ça ?

— Exactement. D'abord, on est sûrs qu'il est passé par ici d'où notre alerte matinale. On est également certains qu'il savait où il mettait les pieds. En tout cas, c'est l'impression que cela donne. Ça veut dire une complicité dont on ignore le niveau d'implication au milieu de l'absurdité dans laquelle on s'embourbe. Plus grave encore, on a géolocalisé son téléphone au milieu du plateau, un peu plus haut, et ce que nous avons découvert n'est pas de nature à nous rassurer. Je vous y emmène puisque vous êtes venus pour ça.

— Avant, juste une dernière chose. À qui appartient la maison ?

— Je l'attendais depuis le début, celle-là. À un certain Hans Köhler, un médecin à la retraite et chercheur de son état dans le domaine du génie génétique. Un profil à affiner, bien sûr. On sait, par les appels émis récemment du filaire, que le couple se trouvait souvent en relation avec une dame, Claire Maccadi. Et là, ça devient très intéressant.

— Pourquoi dites-vous ça ? demande Franck

— Vous ne voyez pas ? Il y a huit ans. Un viol doublé d'un accident sur une autre route départementale de notre belle région. Un abcès que l'on traîne depuis des lustres. Et enfin l'occasion de le percer. Croyez bien qu'on ne va pas s'en priver.

— Si vous le dites. À notre décharge, on arrive comme deux cheveux sur la soupe.

Henri clôt la discussion sur cette ferme excuse sans davantage apporter d'explications. À quoi bon ? Le dossier se trouve aujourd'hui dans le sac de la section des recherches de la gendarmerie. L'équipe responsable de l'enquête possède suffisamment d'éléments pour faire parler l'une des rares survivantes de cette histoire. Maintenant, lui s'en moque.

Sous le ciel d'un bleu divin, Henri regarde le cadavre de David, ou ce qu'il en reste, attaché au câble du palan par le linceul de toile. Cela uniquement importe. Le corps ne montre plus de visage, mais une bouillie à la place. Il ne présente ni thorax ni ventre tels que l'on peut se les imaginer sur un être normalement constitué. Il ne propose plus grand-chose sur quoi se baser pour confirmer l'identité si ce n'est les vêtements déchirés et, bien sûr, les fameuses empreintes. Le flic ne pense à rien. Il se dit qu'il n'est pas à la hauteur et qu'il n'aime pas la chasse. Surtout quand il s'agit de traquer un fauve. Il serait capable d'y rester.

35

Fin d'après-midi crépusculaire par l'impression davantage que par la luminosité.

Plus loin, à Mazaugues, scène innocente, Claire contemple l'enfant. Il vient d'arriver de l'école. Attablé tranquillement devant un verre de menthe au lait et une tartine couverte de miel, il goûte comme si de rien n'était, et comme s'il n'existait rien qui puisse le distinguer d'un autre. Elle empoigne fermement l'une des barres en carbone de son siège high-tech avec sa seule main encore valide et se demande pourquoi la nature devient parfois si cruelle.

Dans la courette, un bruit de moteur se fait entendre. Alban. Elle l'a appelé aussitôt la nouvelle confirmée. Fabien est par nature bavard, surtout lorsqu'il se sent bien et aujourd'hui, son visage beau et paisible ne propose aucune ombre susceptible de l'effrayer. Aujourd'hui, il a discuté avec une femme, paraît-il, dans le bus et, ce faisant, il s'est débarrassé d'un poids énorme. Mais à qui a-t-il confié ses visions brumeuses ? La question taraude Claire depuis le début de l'après-midi. Désormais seule, elle n'a, elle, personne avec qui se débonder si ce n'est Alban, et l'homme ne connaît aucun des mystères qui l'enveloppent.

Une fois dans la pièce, l'oncle interroge très vite Claire du regard. Une habitude pour ne pas inquiéter l'enfant et ne pas trop fatiguer la femme que la parole éreinte. Il pique une gorgée du liquide dont Fabien fait son plaisir. Celui-ci râle un peu, mais une douce bourrade le ramène au rire puis un signe impératif de sa nièce l'invite à passer à autre chose.

— Fabien, j'ai à parler avec ta mère, hein ? On va en bas, d'accord ?

— Oui. Je n'ai pas fini de toute façon.

Le garagiste sourit, ébouriffe les cheveux de l'enfant et s'éclipse à la suite du fauteuil roulant vers la rampe puis le bureau de Claire dont la porte fermée est décorée d'une petite pancarte sur laquelle sont inscrits les mots : *Mes Merveilles*. Il lui avait demandé de l'enlever. Elle ne l'a jamais écouté. Dieu seul sait à quoi elle pense.

— Fabien a dit qu'il a parlé à une dame, ce midi sur le chemin du retour, bégaie Claire une fois la porte poussée.

Alban comprend, aux efforts qu'elle produit, combien son angoisse devient perceptible et combien l'heure semble grave. Il tourne la tête à droite et à gauche, toujours à la recherche d'un brin de vérité parmi tous les papiers, puis regarde sa nièce qu'il devine empêtrée depuis longtemps dans une terrible histoire.

— Allume ton ordinateur, Claire. Ça sera plus facile.

— Il m'a aussi donné ça. Il sait tout. Mon fils sait tout.

Il prend la photo que Claire lui tend d'une main tremblante, celle que Briet Arvesen a laissée à Fabien. La même qu'il a regardée dans le restaurant.

— Chut, Claire. Attends, calme-toi. Que souhaites-tu me dire, finalement ?

Une fois l'ordinateur allumé, Claire frappe sur le clavier avec une dextérité incroyable.

— *Connais-tu cette femme ?* lit Alban sur le moniteur.

— Oui, je suppose que c'est la même qui est venue me voir au garage, lundi matin, répond-il. On a ensuite mangé ensemble. Elle désirait savoir ce qu'il s'est passé au moment de ton accident. Je le lui ai dit, puis je lui ai demandé de nous foutre la paix. Elle devait partir dans la journée. J'ai donc normalement pensé que les choses semblaient sous contrôle, mais apparemment non. Que veux-tu que je fasse ?

— *Rien*, écrit-elle en caractère gras.

— Alors, pourquoi m'as-tu fait venir ? J'ai encore du boulot. Hein, pourquoi ?

— *Pour tout ça.*

Elle montre les piles de livres, de dossiers et de documents. Alban hoche la tête, la bouche plissée à la commissure des lèvres. *Nous y voilà !* se dit-il. Il n'a jamais posé de questions après le déménagement subit du laboratoire de Luminy. Il croyait qu'en étant la patronne et pendant son absence prolongée, les recherches ne pouvaient plus se poursuivre avec un état d'esprit identique. Jamais ne lui est venu à l'idée de fouiner et de fouiller avant l'installation du digicode. Il n'aurait de toute façon rien dénoué de ces galimatias. Il pensait pareillement qu'il s'agissait de sa vie et que ce bien demeurait, quoi qu'il en coûte, précieux. Il pouvait le comprendre et, encore aujourd'hui, cette attention toute particulière ne lui paraît pas plus absurde. En revanche, ce soudain besoin de se confier l'intrigue et l'angoisse, d'autant plus qu'il intervient après le passage de cette drôle de jolie femme. Elle ne semble pas étrangère à ce revirement et il s'en veut. Il aurait dû agir avec plus de discernement.

— Je m'en fous de tout ça et tu t'en doutes, Claire. Je ne t'ai rien demandé, alors pourquoi aujourd'hui ?

— Je suis un monstre, arrive-t-elle à énoncer, la respiration brisée par une profonde et envahissante détresse.

Démuni, Alban voit les larmes couler. Chacune délivre un fardeau maintenant trop lourd à porter. Il soupire puis s'assoit en face d'elle. Doucement, il essuie sur son visage une goutte qui ne veut pas partir et la prend dans ses bras. Il cherche ses mots, car il a autant peur qu'elle. Pire encore, il ignore quel contenu cette frayeur doit endosser. Elle se trouve simplement là, diffuse et ambiguë, posée sur son épaule comme une mauvaise amie que l'on chasse, mais qui revient toujours.

— Bon, vas-y, écris. Retranscris tout ce que tu as dans la tête et je lirai tes phrases. Promis. Mais sache que je ne te jugerai pas et ne pourrai pas davantage t'en vouloir, quoi que tu aies commis. Les hommes qui t'ont agressée ont fait pire à mes yeux, même si l'un d'eux nous a ensuite beaucoup aidés. Ce sont eux les monstres. Je me refuse donc à croire que tu es responsable de ton état et je ne supporterais surtout pas de t'entendre dire que tu es une bonne à rien. Claire, avec Fabien, tu es la seule famille que j'ai. Tu comprends ?

Elle opine.

— Sais-tu qu'Antoine a eu un très grave accident ? demande-t-il pour finir. Et ironie du sort, il est mort renversé par une voiture. Il ne pourra plus rien nous offrir.

— Je sais.

— Comment le sais-tu ?

— *Je m'en doute. Il n'est pas venu, samedi*, tape-t-elle finalement sur le clavier.

— Oui, mais enfin, ce n'est pas parce qu'il ne s'est pas pointé ce week-end que l'on doit immédiatement conclure qu'il lui est arrivé quelque chose. Antoine Médrano a peut-être de la famille ou…

— Non, c'est comme ça, bégaie-t-elle une nouvelle fois.

— Mais purée, pourquoi ? Je ne comprends rien !

Les yeux humides de la femme se ferment. Comment avouer l'impensable et l'inéluctable ? Une fois sa vision retrouvée, elle frappe le clavier avec nervosité. Les lettres en caractère gras sortent plus mystérieuses encore.

— *Parce que tout le monde est mort.*

Alban produit un signe d'apaisement puis s'absente un instant. Il laisse la porte entrebâillée. Dans la cuisine en enfilade au bout du couloir, il s'entretient quelques minutes avec Fabien puis revient. Dans son regard prédomine l'incrédulité. Il comprend soudain qu'il ne s'agit pas que d'une simple agression, de celles, nombreuses, qui alimentent les faits divers.

— C'est vrai ce que raconte Fabien ?

— Oui.

— Pourquoi ne m'as-tu jamais rien dit ?

La femme, prisonnière du fauteuil, délaisse une nouvelle fois le clavier.

— Je ne pouvais pas.

— Claire, bon Dieu. J'aurais pu… Je ne sais pas. J'aurai pu les…

— Tuer ! Non, tu aurais été comme eux.

— Mais pourquoi ? Pourquoi ont-ils fait ça ?

Claire garde le silence autant en parole que dans les actes. Son chagrin inonde son cœur et laisse, il le sent bien, un goût amer dans sa bouche : celui de la vase un jour de grand cataclysme, tandis que le monde vacille et se noie.

— S'il te plaît, Claire. Dis-moi la vérité.

— Ils voulaient que j'avorte.

— Florian, ton mari, voulait que tu avortes ? Putain, merde ! Mais pour quelle raison ?

— Parce que.

Claire, de nouveau, éclate en sanglots. Ses pleurs vifs vibrent et résonnent tristement au milieu de la pièce. Ils roulent le long de ses joues, agitent ses épaules et se posent, diffus, sur les pages noircies et gribouillées de son cahier pense-bête. Quant à Alban, son imagination lui fait toujours défaut et les nouvelles circonstances le laissent pantois. Pour se révolter, il faudrait qu'il puisse au moins connaître une once de vérité. L'oncle finit par s'impatienter.

— Parce que quoi ? Claire, je te demande d'écrire, donc pour une fois, écoute-moi. Si à la lecture de ton journal, je suis assommé, j'ose espérer alors que tu prendras tes responsabilités sans que je sois obligé de le faire à ta place. C'est tout.

La femme renifle avec discrétion, acquiesce et s'exécute.

Cela fait déjà deux minutes qu'elle s'attelle à la tâche. L'homme l'observe en silence. Les doigts de l'infirme virevoltent d'une touche à une autre. Ils deviennent les terminaisons nerveuses de sa détermination retrouvée. Les mots défilent. Chacun, dans un ordre choisi avec précision, ressort plus dur encore que le précédent, mais aucun ne saurait dorénavant mentir.

— Je suis désolée, Alban. J'aurais souhaité que l'histoire s'écrive différemment, mais on ne décide pas de son destin ou plutôt, c'est la Providence qui, parfois, nous rattrape. Elle contient une multitude d'ingrédients dans lesquels on puise, ou pas, ce qui construira notre personnalité. Je n'ai pas choisi les bons composants et, pour cette raison, je suis seule responsable de ce qui m'arrive. Florian souhaitait que j'avorte parce qu'il ne supportait pas ce que j'avais fait avant : les fameux choix. Je ne suis pas un monstre par mon infirmité, mais à cause de l'égocentrisme autour duquel mon corps s'est élevé au fil des années et si l'on prend chacun des actes auxquels j'ai participé au cours de la décennie passée, les termes lucifériens peuvent alors facilement s'appliquer à moi. Pour comprendre l'inébranlable et absolue logique qui m'a fait avancer, il faut remonter au début du siècle. Je parle du vingt-et-unième siècle, bien sûr (un smiley). *Des rencontres sont décisives. Elles forgent notre conscience trop larvaire à la sortie de l'école. Rappelle-toi, j'émergeais d'une période faste où chaque nouvelle étape était l'occasion d'honorer mon intelligence. Mauvaise idée. La cognition ne se mesure pas aux résultats en bas d'un bulletin. Elle s'apprécie en fonction des réalisations que l'on entreprend et, surtout se détermine en fonction de la qualité de ses actes. Je voulais boire et m'enivrer de ce vin-là. Un homme m'a offert la possibilité d'accéder à la création scientifique, le fameux génie génétique. Devrais-je dire, le dopage génétique. Il n'existe pas de mots différents pour décrire cette approche novatrice libérée de toute aporie*[1]*, même si de nombreux Faust s'y sont essayés. Je me souviens encore de notre première rencontre, fin 2002, en marge d'un colloque sur la bioéthique et l'eugénisme. Si j'en parle au passé maintenant, c'est qu'il est mort lui aussi, il y a à peine trois jours. Il s'appelait Hans Köhler. Mon histoire ne commence donc pas par ces mots :* « Il était une fois une douce et gentille fille ».

1 Aporie : contradiction insoluble qui apparaît dans un raisonnement

36

Allons-y. Le centre du monde a finalement pour adresse Mazaugues. C'est précisément à cet endroit que l'ensemble des acteurs concernés par cette affaire va converger, chacun possédant une idée différente dans la tête et une pugnacité à degré variable.

Drôle de destin. Je n'aurais jamais imaginé lieu plus anecdotique que celui-ci. Quoiqu'inconnus il y a moins de vingt-quatre heures, Hans Köhler, étripé dans son salon, et Grégory, en fuite, deviennent l'objet de toutes nos préoccupations. Le jeune adulte, à bien des égards, reste encore une énigme, mais le faisceau des présomptions se rétrécit sérieusement d'autant que dans l'histoire, un flic est mort. Je suis encore une fois du même avis qu'Henri Doumerc. Le gâchis à venir vire au cauchemar et nous conduit tous, les yeux bandés, à la queue leu leu sur une sente étroite et ravinée. J'en suis là de mes cogitations alors que je l'interroge plus pour la forme que pour autre chose.

— Qu'allez-vous faire ?

Les mains crispées sur le volant, Absalou tend l'oreille, mais les répliques vives et rapides au téléphone ne lui procurent que de l'insatisfaction.

— Pour tout vous dire : rien, répond tristement Henri. Je voudrais avoir la peau de ce monstre, mais à Mazaugues, chez cette femme, euh… Claire machin.

— Maccadi !

— Oui, Claire Maccadi. Ils vont tous se comporter comme de bons petits louveteaux. Ça sera au premier qui décrochera la timbale. J'en ai à braire de toutes ces conneries. J'ai envie de croire que je réglerai ça en toute discrétion après la foire. Je n'en aurai probablement pas le courage et pas le temps. Mais on devra, de toute façon, bien trouver une solution rapide à ce problème sans se voiler la face.

Les mots ressortent durs dans la bouche du capitaine. Sans concession, ils prônent une radicalité qui, si elle arrive aux oreilles des plus vertueux, pourrait se transformer en un beau scandale. Je conviens que la tâche risque de devenir difficile. De là à graisser les fusils de chasse.

— Vous parlez du gamin ? Vous pensez que c'est le même ?

— Que c'est le fils de Marion Birkel ? Forte chance, hélas. Elle a peut-être eu raison de l'abandonner, finalement. Vous connaissiez un peu David ?

— Si l'on peut appeler cela connaître. J'ai eu affaire à lui, il y a cinq ans. Je me trouvais du mauvais côté du bureau et il n'a pas été tendre avec moi lors de ma déposition. Il faut avouer qu'il avait des vues sur mon ex-copine. Les contacts n'étaient donc pas toujours au beau fixe.

— Celle qui s'est suicidée. Ouais, je m'en souviens. Une chouette fille et une bonne personne.

Je botte en touche.

— Et après sa mort, on s'est un peu rapprochés. On entretenait des relations, disons particulières, sur courant alternatif, mais j'aimais parler avec lui. Je gardais comme ça un lien vague et lointain avec la famille.

— Vous saviez qu'il faisait l'objet d'une enquête de la police des polices ? Je viens de l'apprendre.

— Non, mais je ne suis pas étonné.

— Hum, on se voit chez la folle ?

— Claire Maccadi ? Non. En tout cas, pas moi. Je suis un privé maintenant. Chacun sa place et j'ai une tromperie à prouver. Vous savez, je ne vis pas uniquement d'enquêtes morbides. Briet Arvesen, ma collègue, sera là. Elle me représentera.

Absalou, imperturbable, écoute et fronce de nouveau les sourcils.

— Toujours à vouloir avoir une longueur d'avance, c'est ça ? conçoit Henri.

— Pas nécessairement, mais si je divulgue le fond de ma pensée, beaucoup vont me rire au nez, donc je garde tout ça pour moi et j'avance un peu à l'aveugle. De toute façon, on vous mettra sans doute au courant.

— Ah, les mystères. Il y a cinq ans déjà, vous avez appliqué la même recette, alors faites ce qui vous semble juste, mais cette fois-ci, ne rencontrez pas le loup. Vous pourriez y rester.

Les derniers mots sonnent comme un avertissement. Je le reconnais. Je ne sais plus réellement où mes ennemis se cachent. A priori, aucune silhouette malsaine ne se détache à l'orée du bois, à part Grégory, mais je ne dois pas vendre la peau de l'ours avant de l'avoir tué. Putain de dicton à deux balles. Tellement vrai.

— Absalou, tu pourras stopper au prochain bled, Belgentier, je crois. Je voudrais acheter une carte de la région.

— Une carte ? s'étonne-t-elle

— Ouais.

— Pourquoi ?

Je la regarde comme si la question ne me concerne pas et hausse les épaules.

— Pour rien. Je te déposerai à Mazaugues. Je n'ai pas envie de croiser la cavalerie. Briet te ramènera, à moins que tu sois arrêtée pour le meurtre du type dans l'appartement de Médrano. Tu seras, en tout cas, entre de bonnes mains.

Je rougis un peu de ma boutade maladroite.

— Tu plaisantes, j'espère ! C'est quoi l'embrouille ?

— Il n'y a pas d'embrouille. J'ai du travail et d'autres affaires en cours. Écoute, c'est cool, maintenant. Toutes les polices de France sont au courant. Ma vie ne prend pas fin avec cette histoire. Je n'ai plus rien à faire là-bas. Tiens, on y arrive. Arrête-toi avant le dos-d'âne.

— Et l'enquête ? On ne sait pas qui a trucidé Leroy et son pote Deboschères. C'est une blague. Et puis moi, tu me largues ?

— Bon, stoppe cette putain de bagnole, je te dis ! Et on discute.

La femme freine brutalement devant un passage pour piétons rehaussé. Elle ne cache pas sa colère, mais ce n'est que justice. On ne me prend pas facilement pour un pantin. Elle devra s'y faire. Je la regarde donc sans complaisance une fois la voiture mal garée presque en double file.

— Alors, je t'écoute. C'est quoi le problème ?

— Le blème ? C'est qu'on a fait un deal et que tu ne le respectes pas, lâche-t-elle tout de go. Je t'ai embauché pour trouver le meurtrier de Leroy et t'en as rien à foutre. Tu te la coules scred, alors oui, ça me saoule grave. Chuis pas une meuf qu'on abandonne comme une simple radasse.

— Et que veux-tu ?

— La protection, bébé. T'es ma garantie sinon je suis marron. Bonne pour la taule et tu le sais. J'ai pas le choix, chuis obligée de te lécher les bottes alors on finit le taf ensemble et on va jusqu'au bout quoi qu'il arrive et quoi que t'aies décidé. Je t'ai entendu bavasser avec l'autre plumeau. Ils sont pas malins, les keufs. Nous, on l'est et j'ai la gouache.

Je souffle longuement pour chasser les démons qui m'habitent. L'un d'entre eux, le plus virulent, m'intime l'ordre de ne plus écouter. Les autres s'amusent de mes hésitations. Ils savent que la fille, manipulatrice par défaut, ne respire pas le même air. Et si j'ignore où se trouvent mes ennemis, je ne sais pas davantage où se cachent mes amis.

— D'accord. À deux conditions : tu m'accordes deux coups de fil et tu m'écoutes ensuite sans broncher.

Je la fixe. Elle approuve d'un large sourire.

En marchant vers la petite librairie qui fait également bar PMU, je la regarde, plus déterminé encore, et pénètre dans le magasin. Je me souviens tant de ma répulsion maladive pour le téléphone portable collé contre l'oreille en permanence comme une extension corporelle. Cinq ans en arrière, les appels vibraient au milieu du désert et m'avaient laissé un goût amer. Aujourd'hui, ils deviennent ma porte de sortie.

La carte de randonnée dans la main, je jette un œil à travers la vitrine encombrée de la boutique. Absalou est dehors, appuyée contre la voiture garée sur le trottoir. Son visage a repris ses mauvaises habitudes. Avec les obligations, il apparaît dur, froid et impénétrable. La dernière fois que j'ai croisé ce regard, la jeune femme tenait mon pistolet et s'apprêtait à fuir, décidée à en découdre avec le monde entier.

Je ne peux plus reculer. Le commissaire Marcellin saura quoi faire. Il connaît le contrat que j'ai passé avec Doumerc. Une bonne chose. Je ne vois plus que lui pour me couvrir et obtenir des garanties.

— Waouh, tu en as mis du temps, merde ! On y va ?

Ignorant l'agitation suspecte d'Absalou, je fais le tour du véhicule et lui retire les clés de la main.

— Ouais, on y va, bras dessus, bras dessous, mais je prends le volant.

— Léo, tout baigne ? s'inquiète-t-elle.

— Aucun problème. Tu sauras, tôt ou tard, qui a tué Bouathong si c'est ça qui t'angoisse. C'est maintenant seulement une question d'heures si je ne me trompe pas. Pourquoi me demandes-tu ça ?

— Non, rien. Une impression.

— Il ne faut pas se fier aux impressions. Allez, viens. Monte. Je t'expliquerai. Il est tard et on a des courses à faire.

Bon signe, la petite route sinueuse qui traverse le vallon ne ressemble en rien à un purgatoire. Elle vire par la gauche puis par la droite à travers la forêt et les vignes encore faméliques, laissant derrière elle un ruban vert indélébile. L'air est si léger. Il transporte déjà l'été sur la plage arrière comme une brise divine. Un début d'insouciance loin de la mer. Pourtant, l'humeur est maussade. J'ai peur. J'ignore ce que je vais trouver et ma glotte se resserre à chaque pensée négative. Dieu sait que j'en possède. Absalou, à côté de moi, ne montre rien. Elle reste muette et stoïque. L'idée qu'elle se fait de cette fin de journée lui convient. Bien sûr, il faudrait être fou pour croire le contraire. Le monde n'a maintenant plus qu'à bien se tenir.

37

Léopold ne viendra pas à leur petite sauterie. « Fait chier ! » a lâché Briet lorsque l'homme lui a avoué sa décision irrévocable, tout à l'heure, dans le bar PMU de Belgentier. Elle était en colère. Elle croit dur comme fer qu'il n'en fait qu'à sa tête. Elle attend de lui davantage, des confidences par exemple, sinon à quoi bon poursuivre comme si les yeux de ses partenaires étaient bandés ? Décidément, elle ne le comprendra jamais. Mais, en agissant de la sorte, il ne fait que protéger les personnes qu'il aime.

Les gendarmes, eux, se trouvent bien devant la maison. Ils déboulent bruyamment, la fièvre au corps. Une vraie cavalcade en mode neuvième symphonie, mais sans les hélicoptères. L'instant apparaît plus grave que Briet ne le pense au premier abord. Rien n'est simple. Les portes de voitures claquent. Une dizaine d'enquêteurs courent et cernent presque l'habitation, certains en bleu, d'autres en tenue camouflée.

Que soupçonnent-ils en fin de compte venant d'une handicapée et d'un enfant qui pourraient tant les inquiéter ? Mystère.

Une voiture de fonction, dernière de la file, se détache du lot. Un type en costard cravate, aussi grand que mince, déplie son corps de l'habitacle, la mine sévère. Le représentant de l'État force le respect par sa prestance.

Bon ! On plonge ! s'encourage Briet presque en apnée. Elle saisit son sac posé sur le siège du passager et sort. Dehors, il fait incroyablement bon. Un geai traverse subrepticement la route tandis que la fille parcourt le reste du chemin à pied. Déjà saupoudrée de touches vertes, la forêt environnante, tachée ici et là de fourrés plus denses et d'herbes brunes, lâche des brins fugaces de liberté comme des envies de randonnée entre amoureux. N'importe où, mais pas au milieu de ce désordre extatique apparent que le silence dérange. Les admonestations, les cris et les injonctions emportent, en effet, la plénitude dans un maelstrom peu recommandable. La paix n'existe plus. Elle se dissimule comme une bête traquée au fond d'un trou que les hurlements ne cessent de colmater.

La jeune femme tressaille de tout son corps. À peine devant le portail, elle est happée par deux gendarmes, comme prise en défaut, coupable par son mutisme avant d'être coupable par ses mots. De loin, contre la façade de la maison, elle distingue Alban. Le même scénario. Lui reste moins calme. Elle lui pardonne. L'homme déterminé est furieux. De l'autre bout de la cour, il lui fait comprendre. Il hurle en la voyant :

— Salope ! C'est de ta faute tout ce bordel. Putain de merde. Mais qu'est-ce qu'on vous a fait, hein ? Qu'est-ce qu'on vous a fait pour que vous veniez nous emmerder ?

Un soldat, le gilet pare-balle à peine fixé, tente de clore le bec de l'homme, les mains à la hauteur du visage. Les insultes pleuvent. Elle n'aurait peut-être pas dû quitter la voiture. Léopold lui a enjoint de se montrer et de ne surtout pas fuir les responsabilités de l'agence. Facile lorsqu'on demeure absent. Elle lui a reproché au téléphone. Il lui a aussi conseillé d'être prudente, autant dans ses déclarations que dans son attitude. Elle lui a répondu avec désinvolture qu'elle se gardait le droit de draguer le plus bel uniforme.

Plus loin sur la route, les officiers sans doute de la criminelle marseillaise et toulonnaise pointent enfin le bout de leurs nez. Quatre types en civil, l'air pataud et la mine renfrognée des mauvais jours. Ils n'ont apparemment fait que suivre l'escouade et se joignent très vite à l'équipe d'intervention déjà dans la maison. Un homme, quatre galons sur les épaulettes, tance vertement une jeune recrue avant de se tourner vers le procureur ou son substitut. Elle n'en sait fichtrement rien.

Briet sent la poigne ferme du gendarme, le même à qui l'on a expliqué le métier, tandis qu'escortée, elle s'apprête à couvrir les derniers mètres qui la séparent de l'intérieur de la propriété. Le planton, remonté comme une pendule, la regarde, un masque méchant sur le visage, celui de l'intimidation. Il n'a plus envie de vivre les mêmes remontrances face à ses collègues. Il ne filtre plus. Il barre le passage avec la volonté d'aviver son autorité. Elle oublie un temps les gros mots qui fusent du fond de la cour. Toujours Alban.

C'est vrai. Lui reste bien présent au milieu de la cacophonie environnante. Il continue d'invectiver alors que deux hommes le maintiennent, l'un par le cou et l'autre à l'aide d'une clé de bras contre le mur. Son nom ressort à chaque virulence. Elle sait qu'elle va devoir tout dire. Elle s'y est préparée, même si les raccords sont parfois un peu cassés et si la version qui la hante laisse poindre une imperfection de compréhension. Il manque le principal pour remplir les blancs. Elle s'en moque. Elle n'ira pas en prison pour ça. Quant à l'oncle virulent, il récoltera déjà sans doute les ennuis engendrés par sa colère. Il n'entreprend rien pour lisser l'histoire et lui donner une chance de s'échouer à l'abri des tempêtes.

Qu'adviendra-t-il de Claire, par exemple ? Elle ne possède plus la grâce et l'absence de déréliction[1] qui l'amenaient auparavant à croire qu'elle se trouvait protégée par son oncle, par Samuel Médrano et peut-être par d'autres personnes. Isolée sur son île, elle va probablement offrir un regard perdu sur toutes choses, mais finalement, il ne restera dans ses yeux qu'un foyer éteint consumé par la folie.

Les pensées de la Danoise ne se dirigent donc que vers Fabien, mais elles n'avancent pas. Elles demeurent figées à l'orée du champ de mines, là où le monde explose et bascule en laissant des cratères béants. Le gendarme serre plus fortement l'avant-bras de la jeune femme, presque à lui faire mal, tandis que son corps souhaiterait poursuivre plus avant. Fabien aura-t-il autant de force à proposer face aux épreuves inconnues qui se présentent à lui ? Ce qui est certain, c'est qu'il n'y est pas préparé. Le traumatisme s'installera alors à moins qu'il n'ait déjà forcé la porte. Il se construira un petit nid douillet. Il se blottira dedans avec l'espoir qu'on lui fiche enfin la paix. Il laissera ensuite suffisamment d'espace pour que l'amertume et l'incompréhension apparaissent et grossissent. Plus grand, que tentera-t-il pour pousser les autres et se faire une place ? Elle n'ose l'imaginer et elle ignore encore l'existence de Grégory. Si elle savait ? Briet, abattue, abandonne son bras au gendarme. En constatant le capharnaüm intérieur qui plante son cancer, elle conçoit qu'il est déjà trop tard.

1 Déréliction : sentiment d'abandon et de solitude morale

38

— OK. Maintenant, vous vous calmez ! ordonne l'un des cinq enquêteurs qui s'occupent de lever le voile sur cette histoire.

Alban ne dit mot. Revenu des confins de la colère, il s'assoit docilement sur une chaise du salon, les avant-bras posés sur le rebord de la table en bois. Il ne voit pas un jeune homme apporter devant lui un verre d'eau. Il reste étonné de découvrir cette sollicitude soudaine alors que, tantôt, les attitudes semblaient verrouillées d'un côté comme de l'autre. Fait-il tant pitié ? Distingue-t-on tant la bêtise et la naïveté sur son visage ?

— Ça va. On peut commencer ? Le bordel, c'est fini ? insiste un autre officier.

— Faites ce que vous voulez.

Sa voix enrouée, presque saccagée par la trahison, charrie des remugles de haine. C'est comme s'il ne pouvait rien retenir et comme si toutes ses convictions glissaient sur la table de guingois du monde.

— Non, on ne fait pas ce qu'on veut. Claire Maccadi représente qui pour vous ? claque, cinglante, la question de l'enquêteur.

— Vous ne l'ignorez pas. C'est ma nièce. Vous étiez peut-être déjà dans les parages, il y a huit ans, alors inutile de perdre votre temps.

— Savez-vous pourquoi nous sommes là ?

— Écoutez. Tenez, tout se trouve dans ces quelques pages. Faites-vous plaisir et ne me faites pas chier.

Alban leur tend les feuilles recto verso qu'il a eu le temps d'imprimer. Les confessions de Claire. Il les a lues avant que l'armée ne vienne. Par rage, surtout par désespoir, il aurait voulu les détruire, mais ils sont arrivés sans sommation, bélier en tête. Et puis, à quoi bon ? Il reconnaît, au fond de lui, que ce sont les aveux qui l'ont de prime abord bouleversé. Il admet avoir eu du mal à supporter cette prévarication subite et intense, au point de jouer le type impulsif, lui qui rejette toute forme de violence. L'homme plonge un rapide coup d'œil au texte puis poursuit.

— Étiez-vous au courant ?

— Non.

— Pas l'ombre d'un doute ?

— Non.

— J'ai des difficultés à vous croire.

Alban secoue et lève la tête vers le plafond. Que voulez-vous qu'il entreprenne pour sa défense ? Les apparences restent trompeuses, mais l'individu est bâti de cette façon-là. La curiosité n'est pas son fort. Il n'a jamais trouvé le besoin de s'immiscer dans la vie de sa nièce sauf pour lui faire plaisir, pour répondre à ses désirs et pour lui construire un château fort.

— Et Briet Arvesen ? Ce nom vous dit quelque chose ?

— Un peu, mon neveu. C'est une salope !

— Je vous en prie ! Si on est là, ce n'est certainement pas de sa faute. Elle est une inconnue pour nous aussi. Ne mélangez pas tout.

— Avec l'excuse d'une panne de voiture, elle m'a interrogé sur l'accident de Claire, hier dans la journée, prétextant une enquête interne. Une connerie de plus. Elle s'intéressait à Fabien, également à cause d'une photo. Une histoire à dormir debout. Je ne l'avais jamais rencontrée auparavant. Je pensais que c'était elle qui vous avait avertis pour une raison que j'ignore.

— Non. Ce n'est pas elle, mais je vais y venir ensuite. Hans Köhler, ça vous dit quelque chose ?

— Hum, je suis désolé, mais j'ai appris son existence, il n'y a pas plus d'une heure en lisant le texte que vous avez sous les yeux. Vous pouvez me croire. Bon, soyons francs. Je n'ai jamais voulu m'intéresser à la vie de Claire. C'est comme ça. Pour moi, elle symbolisait à l'époque, avant la collision, un monde dont j'ignorais le mode de fonctionnement. La science et tout le tintouin, je m'en moque comme de mon premier calbar. Franchement, comment aurais-je pu me pavaner au milieu des cadors de la recherche ? Donc j'ai pris les événements que vous connaissez tous tels que normalement ils auraient dû se présenter : un terrible, mais banal viol et un grave accident anecdotique. Le hasard affreux et inéluctable. Ça me suffisait. Pourquoi fureter ailleurs alors que la conclusion saute aux yeux ? C'est d'ailleurs ce que vous avez fait aussi, non ? Ensuite, j'ai recollé les morceaux tant bien que mal.

— Vous connaissiez tout de même Antoine Médrano ?

— Oui. J'ai appris sa mort par l'autre conne. Je le connaissais pour la simple et bonne raison que j'étais son garagiste attitré avant le drame. Le monde est petit. Après, également, mais par obligation. Je suis le seul dans le coin, c'est facile. C'était un brave type, mais une grosse merde. Une de plus, apparemment, dans ce foutoir. Il n'avait d'yeux que pour son Dieu, mais celui-ci n'a pas sauvé son âme. Le plus drôle, dans toute cette histoire, est qu'il a ignoré un temps que j'étais l'oncle de Claire, à un point tel que c'est moi qui ai réparé le pare-chocs avant de sa voiture à la suite du drame. Un sanglier, l'excuse bidon ! C'est lui qui a mis Claire dans cet état.

— Et tous ces gens ? Ça vous rappelle quelque chose ?

Le gendarme lui tend une liste sur laquelle six noms sont posés : Léopold Camaert, Absalou Sia Batifèmbé, David Buttafoghi, Leroy Bouathong, Paul-Édouard Deboschères et Florian Vergnes.

— Florian, forcément… Et peut-être Camaert, mais sans aucune conviction. C'est peut-être la fille dehors qui y a fait allusion, mais je ne m'en souviens plus.

— Parlez-moi du dernier sur la liste.

— Que voulez-vous que je vous dise ?

L'enquêteur montre les feuilles étalées sur la table.

— Vous êtes au courant maintenant, non ? Alors, vous avez une opinion sur l'homme, sur le geste et sur ce qui lui est peut-être arrivé ? On pourrait comprendre que vous nous mentez et que vous l'avez tué, vous savez. C'est une éventualité à laquelle on ne doit pas se soustraire.

Alban sourit pour la première fois depuis la venue de la gendarmerie. Dans ce cloaque aux effluves caustiques, il veut croire qu'il sera le seul à ne pas baisser la tête. Il espère trouver un peu de commisération et d'humanité dans le regard de ces militaires que le devoir endurcit. Lui aussi pense au gamin et aux épreuves à venir plus terribles que celles qu'il est en train de vivre.

— En lisant le texte : oui, je l'aurais tué, mais je vous promets que Claire n'a jamais rien laissé transparaître. En agissant de cette façon, elle m'a protégé. C'est seulement aujourd'hui, à l'instant où elle se trouve acculée, qu'elle passe aux aveux. Pour moi, c'est logique. Je n'ai rien à dire à ce sujet. Elle m'a simplement évité la prison, il y a huit ans.

— Où est Florian Vergnes selon vous ?

— Si je pouvais vous le dire, je le ferais, mais je ne sais pas. Demandez au gosse. À Fabien. Lui sait tout !

39

— Non, je n'ai jamais rencontré Claire et je ne connaissais pas Alban avant de venir ici. Ne me croyez pas si vous voulez, mais c'est la stricte vérité.

Le gendarme reste dubitatif. Assis à côté de Briet dans la fourgonnette, il sait discerner un mensonge quand celui-ci pointe le bout de son nez. Dans le cas présent, il demeure intrigué. La jolie fille a de quoi perturber le meilleur des enquêteurs, mais il reconnaît qu'il ne s'agit pas de cela. L'embarras se situe ailleurs. Il consulte les toutes dernières fiches rédigées à la va-vite par ses collègues après les divers entretiens puis relève le front tout en tapant du bout des doigts sur le plateau qui se trouve devant lui.

— Je sais. Vous êtes l'adjointe de monsieur Camaert, c'est ça ?

— Oui, tout à fait. Vous n'aviez qu'à me demander, je vous l'aurais dit.

— Oui, mais c'est écrit là.

Il montre du doigt la ligne calligraphiée. Elle hoche la tête en se demandant quand cette plaisanterie se terminera. Il continue.

— Je l'ai rencontré une fois, monsieur Camaert. Vous savez, un colloque ou un truc comme ça. Peu importe. Un type extraordinaire. Le genre de mec qui ne lâche rien et qui va jusqu'au bout, mais putain ! Pardon, purée, on peut légitimement se demander où l'animal se trouve, aujourd'hui. Qu'en pensez-vous ? En tant que privé, il s'occupe de cette affaire et pourtant, il vous laisse dans la panade. Waouh ! Il a du style, le garçon. C'est bizarre, non ?

— Je ne me sens pas plus dans la panade que vous et je peux très bien remplacer Léopold. Pour ce qu'on a de toute façon à vous révéler, il est inutile d'acheter un cahier de quatre-vingt-seize pages, rétorque Briet, plus amusée qu'autre chose.

— Oui, je vois, s'exclame-t-il en grimaçant. Bien. Où est-il en ce moment ? Allez, un effort ?

— Probablement doit-il terminer quelques dossiers à Marseille. On ne fait pas que dans le champêtre si vous voulez tout savoir. Les humains se déchirent suffisamment. Et en y mettant beaucoup de volonté, ils nous offrent de quoi subvenir à nos besoins. Mais vous pouvez toujours l'appeler de ma part.

Briet pose une carte de visite sur la surface aluminium de travail au milieu de laquelle traînent quelques plans topographiques de la région.

— Ouais, on va le faire. Tiens, bonne idée. Simplement, connaissant le type et sa façon d'être, un peu obtuse, je ne serais pas étonné de découvrir qu'il nous cache quelque chose. Pas vous ?

— On fait quoi, là ? Vous pensez que c'est mon associé qui tient les manettes, c'est ça ? Vous croyez dur comme fer qu'il a tué Bouathong et Deboschères par pure délectation ? Franchement, vous vous écoutez ? Ça n'a pas de sens ! J'ignore ce qu'il dissimule, mais je sais en revanche ce qui vous embête, c'est la crainte d'avoir toujours un temps de retard. Il y a huit ans, c'était le cas et, aujourd'hui, il est possible que cela soit pareil. Démerdez-vous et posez-moi des questions qui tiennent la route.

— Deux minutes !

Le capitaine, contrarié, saisit la carte sur la table puis sort du véhicule. Briet serre les dents. Elle n'aurait pas dû lui tendre la perche. Ses collègues vont localiser son téléphone, c'est certain, et peut-être anéantir les efforts de son ami, quel que soit l'objectif qu'il s'est fixé. Elle commence seulement à comprendre les desseins du détective.

L'homme, tout sourire, de nouveau assis à côté d'elle, la regarde avec plus d'attention encore.

— Oublions l'épreuve de force, si vous voulez bien. J'ai eu mes réponses. Mais j'ai encore une question pour vous. Pourquoi êtes-vous parmi nous ? Ce que je veux comprendre, c'est ce qui vous a motivée à venir ici, à Mazaugues, ces cinq derniers jours. Oui, l'hôtelier est bavard.

Elle plisse le regard.

— Si je vous le dis, vous n'allez pas me croire.

— Essayez toujours, lance le gendarme.

— Une photo.

— Une photo ? Ah, enfin une information. Quelle photo ?

— Celle que le fils de Claire a prise en octobre et qu'il nous a envoyée à l'agence, à Marseille, en début d'année.

— Et qu'a-t-elle de particulier, cette photo ?

— Bon, vous allez penser que je suis folle, mais peu importe. La semaine dernière, nous avions chacun fini nos travaux respectifs, Léopold Camaert et moi. Je m'ennuyais et j'avais toujours voulu connaître l'histoire de ce cliché. On l'avait gardé sous le coude comme on conserve les bêtises des autres, une sorte de *best of* des courriers les plus improbables. C'est con, mais c'est comme ça. De plus, je profitais un peu de cette excuse pour me mettre au vert. Les deux derniers mois n'avaient pas été de tout repos. Donc je débarque ici vendredi. Mon but est de découvrir le lieu de prise de vue de l'image, puis son auteur. De lui demander pourquoi il a immortalisé ce paysage, pourquoi il nous a envoyé la photographie et, ensuite, de partir comme je suis venue. Ça, c'est la théorie. Comme vous pouvez le deviner, la pratique est devenue tout autre.

— Waouh ! Un hasard, quoi ? Vous créchez à Mazaugues pour une photo qui se révèle être liée de très près à une autre affaire dont le centre se trouve à Mazaugues. Pas mal. Vous l'avez, cette photo ?

Briet lui tend une mauvaise reproduction réalisée avec le scanner de l'agence. Elle est un peu froissée à force d'être trop manipulée et de traîner dans son sac à main.

— J'ai donné l'original à Fabien, l'auteur du cliché.

— Juste retour de courrier. Eh bien, avec ça. L'officier siffle et fronce les sourcils. Et alors, vous avez trouvé ?

— Oui. Je viens de vous le dire.

— Si je me penche sur l'image avec les yeux de la foi, cette route ne m'est pas inconnue. Vous n'ignorez pas qu'il y a une enquête par rapport à ce qui est arrivé sur le lieu que vous me montrez ?

— Oui.

— Et vous dites que c'est le fils de la personne, apparemment victime sur cette précédente enquête, qui a pris cette photo. Pourquoi ?

— Qu'est-ce que j'en sais, moi ? Demandez-lui. Demandez à Fabien.

— C'est ce qu'on essaye de faire, mais, pour le moment, il s'est réfugié sous son lit et on attend le pédopsychiatre. Alors, si on pouvait gagner un peu de temps. Bon, autre chose, connaissez-vous Hans Köhler ?

— Oui, mais seulement depuis deux heures. Depuis le dernier appel de Léopold. Si vous pensez que je mens, regardez l'historique.

Elle pousse, cette fois-ci, son téléphone portable vers l'enquêteur.

— Décidément, après la carte de visite, maintenant le téléphone. Tout y passe. Je plaisante, bien sûr. Et Grégory, lui, vous voyez qui c'est ? Je suppose que vous allez me dire la même chose.

— Non, jamais entendu parlé.

— Curieusement, je vous crois. Et toujours pas d'idées sur l'absence de votre collègue ?

— Non, mais si j'étais à votre place, je chercherais là où personne ne pense aller. C'est de cette façon que Léopold aborde les enquêtes, mais vous le savez. Vous avez suivi un de ses magistraux colloques. Il met tout à l'envers, même ses chaussettes. Pour le reste, je vous le répète, demandez à Fabien. Je vous laisse la reproduction. Et si j'ai un dernier conseil à vous donner, parlez-lui doucement et lentement et tenez-vous à sa hauteur. Il est probable alors que le gamin vous ouvrira les portes de son monde.

40

— Écoutez ! On ne peut pas continuer comme ça. Vous comprenez que ce n'est pas possible. Tôt ou tard, on vous embarquera, que vous gardiez le silence ou pas.

Le commandant Danval ne bouge pas. Déjà dix minutes qu'il se tient face à elle, sur un tabouret au confort indélicat. Le dos courbé, les avant-bras posés sur les cuisses et les mains pieusement enlacées. Il pense à cet appel mystérieux intervenu en pleine investigation, là-bas au Revest, tandis que les légistes prenaient leur courage à deux mains pour prélever et réunir les morceaux de viande. Un abbé, celui qui fréquente la grotte de Sainte-Marie-Madeleine, au cœur du massif de la Sainte-Baume. Plus maladroit qu'autre chose, son sermon enjoignait les gendarmes à la prudence face aux démons. Ce qu'il ignorait, c'est que l'enfer se trouvait déjà à leurs pieds et qu'il s'appliquait, cynique, à peaufiner sa défense.

Il poursuit sa délicate, mais insidieuse observation. Il essaye de briser le mur de silence et de plonger dans les tréfonds de l'âme blessée et torturée avec l'espoir d'y dénicher enfin un éclat d'empathie. Il connaît ce qu'elle a subi, cet ignoble acharnement auquel elle a dû faire face un soir de novembre, mais, aujourd'hui, il est en droit de se demander si sa responsabilité n'est pas également engagée et si ce n'est pas elle, le monstre.

La femme conserve la même posture. Recroquevillée dans son fauteuil comme si les ans l'avaient soudain frappée, elle ne réagit que très peu. Des cillements infimes de paupières. Des tremblements imperceptibles des lèvres. Les yeux dans le vague.

L'enquêteur continue.

— Je sais qu'en acceptant de m'occuper de vous, je n'ai pas choisi la partie la plus facile de l'affaire, mais si j'ai voulu me retrouver dans cette situation, c'est qu'il y a huit ans, jeune capitaine, j'étais presque assis à cet endroit. Vous comprenez ce que ça signifie pour moi. C'est un constat d'échec. En janvier 2013, à votre retour de Marseille, on ne voyait que la victime, immense, presque idolâtrée et intouchable. Oui, je me souviens que nous avions à peine le droit d'émettre la moindre réserve sur vous. On l'aurait tout de même fait si nous nous étions détachés également de la passion qui nous animait, mais on a commis cette erreur parce que les non-dits et le brouhaha populaire devenaient trop lourds à supporter. On cherchait à l'époque un homme qu'on n'a jamais retrouvé et de la même manière, vous ne disiez pas un mot. Le traumatisme, l'accident, le coma, l'amnésie et le temps. Vous étiez pardonnée quoi qu'il arrive. Seul monsieur Maccadi déjà hurlait et je ne vous parle pas de *PharmaGène*. Vos patrons vous ont protégée, tellement que ça en devenait gênant et pathétique. Ces puissantes sollicitudes de grands chevaliers encombraient également l'enquête, alors on a réalisé ce qu'on a pu et Florian Vergnes a revêtu l'habit du bourreau que l'on devait à tout prix abattre. On en est là aujourd'hui. Seulement, il manque la fin. Vous ne désirez pas terminer mon histoire ?

Claire relève la tête qu'elle tenait depuis le début de l'entrevue penchée sur son ordinateur. Elle le regarde et baisse à nouveau les yeux. Le gendarme attend quelques minutes encore puis se lève, déçu et prêt à quitter les lieux pour livrer la bête en pâture.

— Bon, comme vous voulez. J'avais peut-être l'espoir d'un sursaut de votre part concernant Grégory, mais l'abbé, ce matin au téléphone, m'a mis en garde avant de briser son vœu de silence. Conséquence, les *snipers* montent déjà leurs bijoux et font briller leurs lentilles. Le gamin a été repéré du côté du Moulin du Gapeau.

Surprise par les derniers mots entendus, elle rejette tout l'air vicié qu'elle tenait prisonnier, arrête brutalement le départ de l'officier d'un geste ferme du bras et tape sur le clavier de l'ordinateur.

— *Vous n'attraperez jamais Grégory.*

L'homme lit la courte phrase irréfragable. Intrigué, il tire de nouveau à lui le tabouret à l'assise incommodante.

— Pourquoi écrivez-vous cela ?

— *Il est particulier.*

— Ça, on s'en est rendu compte. Vous connaissez Hans et Brigitte, n'est-ce pas ? Vous voulez apprendre de quelle façon il les a tués et avec quelle hargne il a entrepris son acte de destruction brutale. Curieuse acception, vous en conviendrez, lorsqu'on suppose qu'à cette destruction s'est ensuite substituée l'incarnation d'un mal plus innommable encore, celui de l'anthropophagie. Un terrain de jeu auquel nous ne sommes pas préparés. Et vous, connaissiez-vous la voie qu'il allait emprunter ? Je ne parle pas de sa petite randonnée au cours de laquelle il a croisé le chemin du lieutenant Buttafoghi, mais de cette éclosion obscure et nihiliste. Étiez-vous dans le secret ? Probablement.

De nouveau, il patiente. Claire, pourtant troublée, ne réagit pas. Les doigts écartés, elle voudrait saisir le passé et revenir en arrière, avant la mort de ses parents. Retrouver l'insouciance de son enfance et une vie normale.

— S'il vous plaît ? s'abaisse à implorer l'enquêteur.

Elle tremble subrepticement puis reprend enfin son clavier.

41

— *Vous savez comment Antoine m'appelait ?*

— Antoine Médrano ? interroge l'officier.

— *Oui, l'homme qui est responsable de mon état.*

Le commandant Danval affaisse les épaules et serre les dents. Il se moque des souvenirs pathétiques. Il ne veut entendre que la vérité factuelle.

— Madame Maccadi, bon Dieu ! Venez-en au fait.

— *Il m'appelait Juliette, tout simplement parce que je possède une multitude de merveilles dans la pièce où l'on se trouve. C'est lui qui disait cela. Il me parlait également d'une chanson, je n'en avais cure. Mais ce ne sont pas des merveilles que j'égare, seulement des secrets.*

— Alors de quoi s'agit-il, hein ?

— *C'est nous qui l'avons modelé.*

— Je ne comprends pas ? Grégory ?

L'officier pâlit à ce début d'aveux timides.

— *Oui, Hans et moi. Au cours de différentes séances de pointe thérapeutiques, chirurgicales et surtout génétiques au sein de la clinique de l'Espérance à Marseille, nous l'avons bâti et modifié avant la naissance, puis pendant son enfance, afin d'essayer de construire un être parfait. La thérapie génique. Un premier échec, certes, mais secondaire quand on sait que le rêve peut devenir bientôt tangible. Les clés existent. C'est le cas de le dire. La technologie CRISPR-Cas9 et les fameux ciseaux moléculaires, par exemple. Du chinois pour vous, je le conçois, mais imaginez ! Atteindre la perfection en modifiant les gènes ex-vivo par recombinaison non-homologue grâce à l'ARN guide.*

— La perfection ! À quelle perfection faites-vous allusion ?

— *Vaste sujet. À la suite de nos nombreuses études réalisées pour ma part en toute clarté dans les laboratoires du pôle recherche de PharmaGène à Luminy, puis après, nous nous sommes aperçus que l'apprentissage pourrait être plus efficient en éliminant certaines variables. Celles que la société crée en permanence en fonction de l'environnement dans lequel le sujet baigne, bien sûr, mais surtout celles, héréditaires, qui se trouvent au cœur même du patient. Celles qui font de nous des êtres fragiles. Notre postulat de départ restait simple, éradiquer les variables et modifier au nucléotide près, A, G, T ou C, chaque gène de l'ADN responsable de la faiblesse. Faiblesse osseuse, musculaire, mémorielle et même intellectuelle. La liste est longue. Tout le monde rêve d'avoir un bébé sur mesure, ces fameux designers babies construits de toute pièce selon le principe de la transplantation autologue. Je vous passe les détails. Arriver à nos fins était évidemment, en revanche, beaucoup plus compliqué, car parfois, nous intervenions à un moment crucial du développement embryonnaire. Mais c'est le jeu de la recherche que de s'abrutir sur des paillasses obscures pour finir par épouser la gloire.*

— Grégory est donc une de vos gloires ? Un bébé éprouvette en quelque sorte ? Et que dire de Fabien ?

— Oui, comme je vous dis, Grégory est effectivement le premier. Mais il représente un test in vivo par obligation afin de mesurer la pleine efficacité des traitements et des opérations dans le temps. Il nous était impossible de pratiquer différemment pour des raisons évidentes de contrôle du processus d'intégration des cellules modifiées. C'est monsieur Deboschères qui constituait le centre opérationnel de toute notre organisation. En toute logique puisque c'était le géniteur de Grégory et le premier volontaire. Tout est parti de lui. À l'époque, je ne connaissais ni Paul-Édouard ni Hans. J'ai su simplement, plus tard, que le travail en clinique du docteur, par rapport aux études dont je vous parle, ne le satisfaisait pas. J'ai été séduite par le projet PERFECTION et c'est à ce moment-là que, peu à peu, la structure s'est mise en place autour des activités du vidéaste et d'un groupe de personnes qui provenaient du même environnement. Les boîtes de nuit. Des gigolos que la gent féminine ne laissait pas indifférents. Je n'avais affaire qu'à Deboschères pour ma part. Quant à Fabien…

Claire, coupable, baisse les yeux.

— Bon Dieu. Pourquoi ? Putain ! Vous les… Ils les engrossaient ? Et je ne parle pas de votre fils.

La femme acquiesce.

— Comment est-ce possible ? demande-t-il.

L'homme tente un effort pour accepter l'irrecevable. Il veut croire que l'idéal terrible d'une population conforme aux attentes et dans laquelle aucune difformité ne viendrait cabosser la parfaite planéité dort encore sous les décombres du troisième Reich ou dans des tombes fermement scellées pour l'éternité. Mais comment ne pas songer à l'institut *Ahnenerbe*[1] ? L'officier se rappelle son mémoire et son travail

1 Institut Ahnenerbe (allemand) : institut de recherches pluridisciplinaires nazi créé le 1er juillet 1935 pour la recherche archéologique, l'anthropologie raciale et l'histoire culturelle de la race aryenne. Son but était de prouver

de prospection sur Schilling et Mengele. Ses études universitaires théoriques lointaines le rattrapent et laissent un goût aride dans la bouche. Sa gorge se rétrécit rien qu'à l'évocation d'un possible *sonderweg*[2].

La femme poursuit.

— *Nous recherchions des sujets adaptés à la spécificité de nos investigations et surtout des jeunes femmes faibles que monsieur Deboschères pouvait conduire là où il voulait. Il ne suffisait souvent que d'un petit mensonge. Le reste, je ne souhaitais pas en prendre connaissance. J'attendais mon heure.*

— Non, je ne vous parle pas de cela, même s'il le faut, mais de la raison qui pousse des personnes telles que vous à enfreindre les codes déontologiques et les lois naturelles. Pouvez-vous seulement imaginer ce que vous avez produit ? Réduire l'individualité de pauvres créatures sans défense à ce qu'elles possèdent de plus avilissant en s'excusant presque d'avoir échoué. Vous êtes…

La femme l'arrête d'un geste ferme de la main puis se met de nouveau à écrire.

— *Les années futures nous remercieront. Aujourd'hui, le monde se trouve sur le même credo, l'environnement, la solidarité. De beaux discours, mais qui oublient les fondements qui font que notre société est telle qu'elle est. Je vous parle d'inculcation et de façonnement. Ils vont devenir, si on n'entreprend rien, l'échec le plus cuisant des années à venir et quand on sait que tout le reste dépend de l'éducation, on peut légitimement s'inquiéter. Les gens demeurent attentistes et ne remuent pas un seul de leurs cheveux pour améliorer leur quotidien ni celui de leurs enfants. Uniquement*

---

la validité des théories nazies sur la supériorité raciale des Aryens (source : Wikipédia).

2 Sonderweg (allemand) : la voie particulière ; un terme désignant une hypothèse ou une interrogation historique quant à une éventuelle particularité du peuple allemand (source Wikipédia).

l'impression, ou plutôt l'intention, tisse un décor idyllique en toile de fond, mais ça ne suffit pas. Ce n'est pas normal. Je suis alarmée. Est-ce un crime que de vouloir créer un monde meilleur ?

— De cette façon, bien sûr ! se révolte le gendarme, scandalisé, oubliant son devoir de réserve. Vous ne pouvez pas modifier et lisser le comportement du peuple. De moi. De vous. Imaginez le futur, la privation du libre arbitre et la construction d'une société uniforme dépourvue d'originalité et de cœur. C'est ça que vous souhaitez ? Réduire sciemment les libertés individuelles sur l'autel d'une possible perfection. Mais c'est monstrueux !

Claire ne bouge pas. Elle tente de contenir un sourire narquois et y arrive. Il serait mal interprété. Elle ne veut pas entendre de tels volumes d'inepties. Ils représentent pour elle les erreurs d'un passé en totale inadéquation avec le challenge à venir : sauver le monde.

— À combien de femmes avez-vous fait du mal ?

— *Difficile à savoir. Il faudrait pour cela retrouver les disques durs, uniques sauvegardes complètes du projet PERFECTION. Si seulement Florian n'avait pas tout détruit.*

— Tout détruit ?

— *Oui. Le soir du 5 novembre 2012, il est resté tard pour travailler au laboratoire en prétextant des mises à jour récalcitrantes. J'étais partie plus tôt puisque nous devions passer la fin de journée dans un restaurant tous les deux. Je me souviens qu'il était distant et froid, un comportement inhabituel. Ce soir-là, après avoir compilé les conclusions validées par moi et Hans, il a formaté l'ensemble des postes sur lesquels convergeait le détail de nos analyses quotidiennes depuis le début, ainsi que la base de données externe hébergée en toute légalité, dans les sous-sols de PharmaGène, sur le plateau de Signes. Facile, en tant qu'ingénieur-conseil et informaticien en chef, il possédait toutes les clés de sauvegarde qui permettaient de protéger les données d'attaques extérieures. Je sais simplement qu'il a conservé une copie. Il me l'a montrée, le soir même avant qu'un de ses complices, le Noir, ne lui tire dessus avec son pistolet. J'ignore ce qu'elle est devenue.*

Le gendarme tourne en rond. Il se sent comme enfermé dans une cage sans barreaux au milieu d'un monde dépourvu d'horizon. Il commence à saisir l'importance que pourrait avoir ce dossier aux yeux de la police, bien sûr, mais surtout aux yeux de la recherche. Peut-on croire qu'il s'agit d'un trésor infiniment plus prééminent que la valeur d'une simple vie ? À contempler Claire, la réponse devient évidente. Des gens tueraient probablement, et en toute connaissance de cause, pour posséder ce terrible trésor.

— Les responsables de *PharmaGène* étaient au courant de vos agissements ?

— Oui, bien entendu. Ils me laissaient carte blanche, à la seule condition que je mène en parallèle les recherches plus conventionnelles qui m'étaient échues. C'est ce que j'ai fait. Elles sont là devant vos yeux pour la plupart. Ils ne connaissaient en revanche pas le contenu exact du projet, mais ils comprenaient que, dans un certain sens, il entrait dans leur politique d'optimisation des performances. Vous devez saisir une chose importante, c'est eux qui ont organisé le déménagement une fois le drame passé. La direction devait faire vite, alors elle a fait le nécessaire. Elle a soigneusement effacé les ambiguïtés de fonction qui nous liaient avec l'entreprise puis a fermé le laboratoire de Luminy, quinze jours après, arguant des difficultés et des coûts subits trop élevés. Mais ça, vous le savez.

— Florian voulait les faire chanter, n'est-ce pas ?

— Non. Il souhaitait à mon avis tout balancer à la presse. C'était un puriste très honnête et d'une obséquiosité, à l'époque, maladroite. Un gars aux visions trop étriquées.

— J'imagine. Et pourtant, vous l'aimiez !

— Oui, on peut dire ça, écrit-elle, embarrassée.

— Il faisait partie du programme, je suppose ?

— *Oui et non.*

— Que dois-je comprendre ?

— *Il devait simplement organiser l'ensemble des espaces de travail afin de les rendre les plus efficaces et discrets possible*, tape-t-elle.

— Je vois. Votre ami a fait le job puis s'est aperçu du contenu du projet. Il n'a alors plus voulu bosser pour vous. J'ai raison ?

Claire avale difficilement sa salive. Sans doute le souvenir de cette longue et pénible discussion étouffe toujours son amour-propre.

— *En partie, oui. Il s'en moquait presque, tant que ça ne touchait pas notre vie privée.*

— La vie privée ! Que s'est-il passé en 2012, puisque ce n'était pas ce que l'on croit ? Ça concernait votre fils, Fabien. C'est ça ? Vous aviez décidé de l'incorporer à votre programme et il ne voulait pas. Hein ? Répondez-moi.

Le policier se révolte et perd patience. Claire secoue la tête de haut en bas. Un vertige indélicat la saisit. Elle se sent subitement si médiocre et si insignifiante au regard du monde perfectible qui avance, imperturbable. C'est vrai. À l'époque, rien ne pouvait l'atteindre. Elle se hissait au-dessus de la mêlée et piétinait la fange en gloussant de plaisir. Ces corps-là, remuants et accrochés au lendemain comme à une mamelle asséchée, ne représentaient rien pour elle, juste du bétail qu'elle devait manipuler et tromper pour la gloire. Oh ! Personne ne devinait, car elle se drapait derrière un sourire dévastateur et une joie de vivre communicative.

Danval sort un instant. Il ressent un besoin impérieux de prendre l'air et de regarder le paysage tel qu'il ne doit surtout pas changer. Il veut également se rassurer, mais tremble, malgré tout, en songeant qu'il est possible de trouver ailleurs de pires créateurs. Claire Maccadi aurait peut-être dû mourir, tout compte fait. De retour, il lui tend une clé USB récupérée auprès d'un de ses confrères.

— Écrivez !

— *Quoi ?* demande-t-elle.

— Vos aveux ! Ce qu'il s'est passé exactement dans la nuit du 5 au 6 novembre 2012. Vos relations avec Florian Vergnes et avec David Buttafoghi. Tout !

— *Vous les connaissez. Vous savez, je n'ai pas perdu la mémoire. Ce soir-là, il y avait Florian, Paul-Édouard Deboschères et le type noir que je n'avais jamais rencontré auparavant.*

— Oui, Leroy Bouathong.

— *Ils se trouvaient là autour de moi. Quelle idée machiavélique croyiez-vous qu'ils possédaient dans la tête ? Ils m'ont ceinturée et m'ont obligée à m'allonger à même le sol. Ils ont arraché mes vêtements. Ils voulaient me tuer. Je devais me défendre*, écrit-elle avec son seul index sur le clavier souffreteux et bancal.

— Eh bien, voyons. Qu'est-il arrivé à Florian ?

— *Ça s'est mal passé. L'un des trois n'était pas d'accord. Le noir, Leroy, je crois. Il s'est disputé avec lui et le coup de feu est parti. Un accident. Moi, j'en ai profité pour fuir. Vous connaissez la suite. Le reste, je m'en fiche*, soupire-t-elle enfin, les yeux fermés.

— Bon Dieu, merde !

Le commandant, de rage, lance son stylo contre l'étagère. Claire serre les dents.

— *Arrêtez avec votre colère mal placée. Demandez à mon fils. Uniquement à lui. Tout ce qu'il vous racontera confirmera mes dires. Tout. Et cessez de m'importuner. Je ne dirai pas un mot de plus.*

HUITIÈME JOUR

Mercredi 17 mars

42

Je m'assois au bord de l'escarpement, sur un accotement naturel que propose le sol avant de rebondir et descendre en pente raide vers le fond du vallon. Je suis exténué. Dix mètres plus loin, Absalou l'est autant.

Je regarde la faille dans laquelle se perd un fin filet d'eau. Contre l'une des parois de cette faille concave, accessible difficilement par le haut, un enchevêtrement de bois morts a créé, par accumulation, une cage pérenne et solide. Le squelette habillé se trouve là, prisonnier du maillage. À la suite de mes fouilles, il est maintenant visible.

Je me lève, une fois mon souffle retrouvé. Je pense à la nuit, cette soudaine courbure quotidienne du temps qui vient lentement soumettre et dévorer chaque millimètre de lueur. J'ai vu la noirceur de la pénombre, aussi profonde que celle de l'âme. J'y ai puisé une énergie nouvelle pour me convaincre qu'il existait une réponse juste aux problèmes que je n'arrivais pas à résoudre. Tout ça demeure si futile, car en apparence, aucune parole n'est crédible. Rien ne repose sur un socle tangible. Et pourtant, j'ai pris les devants, en supposant qu'aux aveux absents pouvait se substituer l'imagination prolifique et fantastique d'un enfant. Ce n'est pourtant pas mon genre. Absalou, maintenant à mes côtés, reste muette comme sidérée, mais étonnamment calme. Je sais qu'elle me cache quelque chose. Dans le cas contraire, elle fuirait.

Cinq heures du matin. Garé sur les lieux précis de l'accident, je suis parti à pied, la fille dans mes pattes. J'ai franchi d'abord le premier rideau de feuillus soigneusement nettoyé, puis ai pénétré l'épais maquis. Des griffes invisibles et complices tentaient de me retenir, mais las, elles lâchaient prise devant l'obstination. Certaines, trop vivaces, se mettaient en travers de mon chemin. Il fallait toute ma hargne et celle de ma complice pour briser ces chaînes envahissantes qui, parfois, nous ligotaient plus sournoisement encore au niveau des chevilles.

À force d'abnégation, j'ai fini par atteindre le lit du petit ruisseau au milieu d'une improbable jungle. Je percevais au loin les hululements chronométriques d'une chouette hulotte. Plus proche, je sentais des courants d'air souffler au-dessus de ma tête, peut-être des chauves-souris. Je devinais des glissements furtifs et brusques à la frontière de la réalité, des sangliers ou des renards dans les broussailles denses qui déjà enveloppaient nos ombres.

Une fois au fond de l'étroite gorge, je descendis le cours du ru en me frayant parfois un passage à coups de machette. C'est là, après de multiples ressauts et quelques scabreuses désescalades sur des rochers glissants de mousse que j'ai fini, longtemps après, par localiser ce que je cherchais.

Plaqué contre l'une des courbes calcaires que peut produire la rivière temporaire lorsque celle-ci est gonflée par les pluies, l'amas d'objets avait, au fil des crues, bâti un cercueil naturel. C'est dans ce réceptacle que je découvris, il faut le reconnaître par inadvertance, le corps ou ce qu'il en restait.

La lumière du matin commençait à laver le noir d'encre. Ce faisant, elle levait peu à peu le mystère qui environnait l'endroit. Malgré l'épuisement et sous le regard distant d'Absalou, j'entrepris ensuite de libérer seul la tombe. Je ne savais pas vraiment à quoi m'attendre.

Les os, verts par endroit, rongés probablement par quelques petits carnivores, se trouvent dans un tel état que je reste encore étonné de m'apercevoir que le corps, passage après passage, a presque conservé son intégrité. Quelques tissus apparents semblent s'agripper à la mémoire sur la surface oblongue et rugueuse du crâne, à moins qu'il ne s'agisse que de vilaines moisissures.

Dans l'une des poches intérieures du manteau élimé et déchiré, je déniche un portefeuille. Je le prends et l'ouvre méticuleusement comme si la découverte avait valeur de trésor archéologique exceptionnel. Les papiers non protégés, redevenus pâte brute sous les assauts de l'eau, ne laissent rien deviner. La carte d'identité plastifiée en revanche lâche un nom : Florian Vergnes. Plus étrange encore, cette deuxième trouvaille faite en tâtonnant doucement la surface de l'anorak de montagne pour ne pas réveiller le mort. Une pochette étanche et rigide plus épaisse que la normale et de la taille d'une tablette solidement fermée par des scratchs. L'ossuaire répond au fantôme aphasique qui déjà hante l'espace.

— C'est ça que tu veux, n'est-ce pas ?

Accroupi au bord du mystère, je tiens les deux disques durs miraculeusement intacts dans ma main. Je ne daigne pas me retourner pour une nouvelle fois jauger la personne qui me domine. Je devine, enfin, l'objet de sa mission et m'attends à devoir en subir les inévitables dérapages.

— Comment t'as entravé ? élude Absalou.

— Ah, on va jouer au jeu des questions-questions. C'est ça ? Au premier qui craquera.

— Ne fais pas chier, Léo ! J'ai galéré dans cette bouillasse comme toi donc on va faire à ma façon. Tu sais ce que je veux, alors ne force pas ta nature.

Elle lève un pistolet et tend le bras avec plus de fermeté encore dans le prolongement des épaules. Le ciel moutonné de petits nuages posés comme des dessins pastel sur un papier peint d'enfant devient soudain si lumineux qu'on pourrait se croire sur le parvis du paradis. Il n'en est rien. Loin de là.

Je lui demande.

— D'où tu sors ce flingue ?

— Ton rebeu[1] en avait une petite collection dans sa penderie. Un gars cool.

— Ah, évidemment. Bien joué. Tu sais où on se trouve, là ?

— Ne me gave pas et file-moi les disques !

— On est exactement à deux-cents mètres d'un lieu-dit qui se nomme Grand-Saint-Cassien. En prenant la piste et en marchant cinq minutes, on met le pied sur la départementale et si l'on poursuit encore dix minutes en voiture, on pourrait sonner à la porte de l'ancienne maison de Samuel Médrano. Enfin, tout ça, tu le sais. Tu as vu la carte comme moi, hier soir. On est donc à la croisée des chemins, en quelque sorte. On pourrait, chacun, pivoter et retourner à nos misérables petites vies. C'est vrai, quoi. Il y a huit jours, tu étais une loque. Maintenant, regarde-toi. Ce n'est finalement pas mieux. Alors, c'est quoi le deal ? Tu ramènes le Graal aux apprentis sorciers de *PharmaGène* et il te file l'absolution, c'est ça ?

— Tu n'as pas répondu à ma question.

1 Rebeu : maghrébin

— Comment je l'ai su ? Grâce au commissaire divisionnaire Marcellin lorsque je l'ai appelé hier. Lundi, tu as mis, comment dis-tu déjà ? Un coup de pression sur les responsables locaux du laboratoire. Ils t'ont alors vaguement avoué l'existence des disques durs et leur disparition. Rien de précis, juste des circonvolutions, histoire de ne pas griller leur couverture. Ils t'ont offert du bout des lèvres, je suppose, une somme sympathique à la seule condition que tu fermes ta gueule et que tu retrouves l'objet tant convoité, coûte que coûte. Mais comme les flics, tu ignorais où et quoi chercher. Quoi de mieux alors que de manipuler Bibi. Tu es une mythomane doublée d'une menteuse, Absalou. Des comme toi, j'en ai rarement rencontré. Toujours prête à vendre un plus gros bobard, et plus celui-ci ressort énorme, plus on en bouffe. Mais bon, tu vois, maintenant, c'est chose faite. Tu es avec moi. Plus besoin de mentir.

— Tu piges que dalle. J'voulais pas être bébard[2]. À la ramasse, quoi avec les nuggets[3] au boule. Et pour se calter, il faut des tunes. Crois-tu que j'avais le choix ? Alors maintenant, pose ce putain de disque devant toi sur le rocher. Allez, magne-toi !

— Et dire que j'ai pensé un temps que le militaire que tu as dézingué dans l'appartement de Médrano travaillait pour la société. Rosecki, un ancien mercenaire. Mais je trouvais son profil trop alléchant. C'est pour cette raison que j'ai aussi passé cet appel, hier. Marcellin est un type que les conventions embarrassent. Il veut toujours conserver la première place, surtout devant les gendarmes, même s'il les adore. Alors il m'a offert sa bénédiction en me faisant promettre de te ramener au bercail. Il suppose que c'est toi qui as tué Leroy Bouathong et Paul-Édouard Deboschères. Il faut être tordu tout de même pour monter un plan pareil. Tu as, au moins, ton *pass* pour la calèche.

2 Bébard : se faire escroquer

3 Nuggets : poulets, flics

— Ta gueule. Tu as tort. Les disques.

Son index devient plus pressant sur la détente. Ses tempes, malgré la fraîcheur matinale, se couvrent lentement d'une fine sueur grisâtre et chargée en poussière. Au loin, quelques pies jacassent sur les branches faîtières des arbres avant de s'envoler, effrayées.

Il est temps.

J'entretiens la pause puis obtempère et place l'objet tant convoité en équilibre sur une roche plate et lissée par le passage de l'eau.

— Maintenant, casse-toi ! ordonne la femme.

— Et toutes ces conneries auxquelles j'ai eu droit. Ce sont vraiment des mensonges ?

— Un peu, frérot. Juste la version de Leroy. Lui ne supportait plus de cacher la vérité. Ce qu'il avait fait. Alors, un jour, il m'a raconté ce qui le bouffait de l'intérieur, notamment ses nombreuses parties de jambes en l'air dans lesquelles on l'incitait ousde à être convaincant avec son pélo[4]. Des gens peu recommandables qui bossaient pour une grosse boîte. J'ai compris plus tard qu'il s'agissait de *PharmaGène* parce que la société avait été l'un des sponsors du boxeur, du temps de sa gloire. Il disait que c'était à cause d'eux, tout ça. Moi, je m'en foutais. Basta, il n'avait pas encore clamsé. C'est seulement après l'assassinat du boxeur que j'ai compris. Aussi simple que ça. Je veux maintenant ma part. Celle que Leroy aurait dû m'offrir si quelqu'un ne l'avait pas buté.

Je regarde rapidement la montre que j'ai piquée à Briet, dans l'agence. Que ne tenterait-on pas pour de l'argent ? On tuerait et, par pur sadisme, on y mettrait même les formes sans le moindre remords. Mais, finalement, à qui revient la faute ? Les donneurs d'ordres, au mieux, ferment les yeux et, au pire, encouragent les dérives. Ils restent tous pareils et ne font jamais dans la demi-mesure quand il s'agit de dissimuler leurs intérêts.

---

4 Pélo : pénis

43

C'est le moment. Les oiseaux piaillent plus haut dans le ciel. Les soldats sont en ordre de bataille, prêts à bondir aussi. Mais rien ne se passe comme prévu. Dans le dos d'Absalou, à quelques dizaines mètres, du bruit s'entend. De très vagues piétinements dont la teneur n'abuse personne. À travers les taillis, je ne distingue encore aucune forme, mais tendu à l'extrême, je prends soudain conscience qu'au mieux, je me suis sans doute fait doubler par la gendarmerie et qu'au pire, je peux mourir si l'un des invités tergiverse un peu trop. Absalou, quant à elle, réalise qu'elle vient de tomber dans un piège.

— Léopold ! Qu'est-ce que tu as branlé ?

Intransigeante, elle attrape la pochette et se rapproche de moi. Je recule prudemment de deux pas vers le fond de la petite gorge.

— Depuis lundi et à cause de Doumerc, j'ai un traceur GPS collé au derche. Tu pensais que je n'allais rien tenter ? Je n'ai pas le choix, Absalou, je dois te ramener. Maintenant, laisse tomber.

La femme ne m'écoute pas et abandonne l'idée de l'otage. Tant mieux pour moi. À quoi bon ? Je ne ferais que la retarder. Elle conserve, le pense-t-elle, un mince espoir de se sortir de ce mauvais pas en jouant sur la surprise et en filant le long du bosquet vers la sente animale qui part plus à l'est vers les épais taillis. Le terrain reste découvert sur quelques mètres, mais en ne négligeant ni la chance ni la vitesse, l'histoire peut se répéter. Cinq secondes. Un battement d'ailes.

— Léopold, pourquoi ? aboie-t-elle une dernière fois, les jambes contractées à l'extrême.

— Non, n'y compte pas, Absalou. Rends-toi !

— Va te faire mettre, balance.

Elle entame sa course.

Tout va trop vite.

Une seconde. De la main droite, elle tire au jugé. Deux secondes. Une sommation verbale sort de nulle part. Trois secondes. Les détonations n'attendent pas et retentissent, vivantes contre la haute paroi et amplifiées par la caisse de résonance naturelle. Les balles percent le feuillage et se perdent en sifflant entre les fins rameaux. Quatre secondes. En face, la réponse ressemble à une exécution. Le feu nourri et concentré fouette l'air en sifflant avant de toucher la cible. Quelques munitions égarées ricochent au-dessus de ma tête tandis que je me suis prudemment allongé en contrebas de la zone de tir. Je beugle afin que cesse cette opération surprenante, en vain. Personne ne m'entend ou ne veut m'entendre. Cinq secondes. Absalou, proche du but, titube une dernière fois puis s'effondre, atteinte au thorax et au ventre. La troisième ogive fracasse le boîtier des disques durs et traverse la main de la pauvre femme de part en part.

Un linceul épais s'installe enfin sur la combe. Le dos étendu contre le sol meuble et humide qui longe le ravin, les yeux rivés sur la crête lointaine, je réalise combien les hommes demeurent fourbes et combien il reste difficile de soustraire la vérité à l'obscurantisme. Le silence radical qui suit devient en ce sens éloquent. Il témoigne du gâchis sciemment entretenu par l'équipe d'intervention. Je songe à Doumerc et à son discours évocateur.

Les bras en l'air, je me lève avec difficulté. L'odeur envahissante de poudre laisse un goût âcre dans la bouche. À la lisière du bois, les agents aux habits ténébreux franchissent enfin le périmètre et passent comme des fantômes. Ils revêtent l'aspect de silhouettes fugaces et sans grande épaisseur, les mines probablement sévères derrière leurs cagoules noires d'opérateurs froids et distants.

Je devine maintenant derrière quels mensonges les recommandations vont prendre le pas sur la réalité. Elles deviendront autant de clous à enfoncer dans le bois du cercueil d'Absalou avant que celui-ci ne finisse en cendres. Je recevrai une lettre de remerciements en guise de félicitations et c'est tout. Je serai ensuite invité à oublier et à poursuivre le cours de ma vie.

Je ferme les yeux une énième fois. Pour cette raison, je discerne à peine le manège qui s'opère dans mon dos avec la volonté de nettoyer et de dissimuler l'exécution sous le tapis épais du sous-bois. Quant aux disques durs pulvérisés, ils gisent à quelques centimètres du corps de la femme. Ils seront récupérés, mais à qui incombera la tâche de les détruire définitivement ? Je l'ignore.

— Monsieur Camaert ! Veuillez me suivre, s'il vous plaît.

Un gendarme encagoulé rigide me sort brutalement de ma névrose. Je hoche la tête en me demandant quelle va être la nature du lavage de cerveau. Je verrai bien.

44

Dans le bureau, les tubes néon diffusent une lumière hivernale de la température des cœurs, une fois dissoute l'adrénaline de la frayeur. Sur le meuble, devant moi, aucun objet ne vient davantage réchauffer l'atmosphère. Peut-être un cadre photographique pourrait suggérer une chaleureuse intimité, mais de dos, il ne propose qu'une absence lisse et brune sans consistance. Outre cette projection probablement personnelle, rien n'arrive à rassurer l'esprit égaré. Pas plus ce diplôme affiché comme une évidence que cette vaste bibliothèque dans laquelle les lois ne demandent qu'à sortir. Il faut un soupir prolongé et maladroit du commissaire divisionnaire Philippe Marcellin, assis et le regard déterminé, pour m'extirper de mes pensées sombres, plus profondes que la noirceur de la mort, un matin de printemps.

— Les gendarmes ne sont parfois pas tendres, n'est-ce pas ? J'imagine que la journée a été éprouvante pour les nerfs et je ne vous parle pas de mardi. Vous avez d'ailleurs bien fait de m'appeler, hier. Ce n'est pas conventionnel, je le reconnais, mais je devais au moins faire quelque chose par respect envers le lieutenant Buttafoghi. Il aurait approuvé.

Rien n'est moins certain. Je tourne la tête que j'avais volontairement dirigée un peu par habitude vers l'extérieur, dans l'espoir, peut-être, de pouvoir enfin m'évader. Je ne dis rien. Il n'y a rien à objectiver. Parfois, mon visage se crispe à l'évocation de l'exécution, mais l'impression s'effiloche aussi vite qu'elle est apparue.

— Vous n'avez pas grand-chose à vous reprocher, monsieur Camaert, reprend l'officier supérieur. Si la grande muette a fait ce choix, c'est en son âme et conscience. Et avec les éléments qu'elle possédait sur le moment. J'étais, pour ma part, assis le cul entre deux chaises. J'ai donc été contraint de reprendre aux uns pour donner aux autres. Dans ce cadre-là, hors de question de vous laisser agir à votre guise. J'imagine que, pour vous, cette approche reste dure, certes, mais...

Soudain en colère, je l'interromps.

— Absalou n'aurait pas dû être abattue et vous le savez. Ce n'était pas le but de l'opération que nous avions mise en place au téléphone. J'avais votre promesse. De plus, les accords ne mentionnaient rien d'aussi expéditif.

— Oui, mais elle n'aurait pas dû tenter de fuir, qui plus est en utilisant son arme. Une chance qu'aucun gendarme n'ait été blessé.

— Des conneries. Elle part avec ses secrets et finalement, on s'aperçoit que pas un élément ne vient dissiper le mystère sur les assassinats de Bouathong et Deboschères. C'était probablement l'objectif avoué en la tuant. Ne pas faire de vague. Pas vrai ?

— Non. Vous n'y êtes pas. Quoi que vous pensiez, elle représentait un réel danger. Comme Grégory, d'ailleurs. À ce propos, je vous informe qu'il est cerné, enfermé dans un cabanon du côté de Signes. Ce n'est qu'une histoire d'heures maintenant.

Le commissaire ne marque aucune impatience, mais le ton dans sa voix change. Il porte une dureté catégorique dont l'imprégnation devient évidente à l'oreille. Pourtant, remonté, je poursuis comme si de rien n'était. Je m'en fiche de Grégory.

— Ouais ! Le secret et la protection des données. Je connais les procédures. À la suite de votre appel, les militaires n'en ont fait qu'à leur tête, comme d'habitude. L'ordre ne venait pas de chez eux. Vos recommandations, ils s'en foutaient royalement. Ce qu'ils voulaient, c'était reprendre la main.

— Écoutez, je vous dois des explications. Je le reconnais. Vous avez peut-être raison sur un point, l'éventuelle bavure, mais probablement ne voulaient-ils pas de deux malades dans la nature. Vous avez songé à cela ? Alors non, l'histoire ne s'arrêtera pas là. Je peux vous l'assurer.

En répondant, il ouvre l'un des tiroirs qui se trouvent sur sa droite et en sort une fine liasse de feuilles. Certaines d'entre elles sont couvertes de longs textes imprimés sur un formulaire à en-tête. D'autres sont presque désertées par les mots, mais chacune renvoie l'idée d'une correspondance réalisée par courriel. Marcellin me tend les documents et reprend.

— Vous savez, pendant que vous organisiez votre petite rando, le capitaine Doumerc, le lieutenant Baccamontès et les officiers de l'armée chargés de l'enquête n'ont quand même pas chômé. Henri est d'ailleurs en train de rédiger son rapport. Les fameuses explications. Mais ne croyez pas une seule seconde que l'on se moque des hommes qui sont morts à Marseille, quelles que soient les qualités morales de ces types. Les réponses, simplement, peuvent devenir abruptes quand on ne s'y attend pas. C'est le cas, ici.

Surpris, je saisis la petite pile disparate. Je voudrais pouvoir m'y attarder, mais les évocations évasives du haut fonctionnaire taraudent mon esprit.

— Je peux vous raconter une histoire, monsieur Camaert ?

— Pourquoi pas ? Si elle n'est pas à dormir debout.

Le haut fonctionnaire sourit à cette dernière remarque puis commence.

— Pour comprendre l'affaire qui nous a occupés, ces huit derniers jours, on doit remonter à 2011. On doit également dissiper les éléments parasites qui peuvent perturber notre analyse. Je dis cela parce que ce n'est pas ce que nous avons proposé en abordant les événements avec trop de précipitation et en y collant trop d'évidences brodées de toutes pièces. Alors, de quoi s'agit-il, finalement ? Eh bien, d'un coup de foudre. Un simple coup de foudre.

Je bondis sur ma chaise.

— Un coup de... ?

45

Coup de massue. Je ne m'attends pas à cette intrusion simpliste sur les cendres encore chaudes d'un projet voué, dans notre pays, aux gémonies. Je regarde, surpris et interdit, le haut fonctionnaire dans l'attente d'une explication rationnelle à la suite de mon intervention.

Marcellin reprend.

— Oui. Soyons en phase tous les deux. Je vous parle uniquement des meurtres de Bouathong et de Deboschères. Laissez-moi vous expliquer. En 2010, Claire Maccadi rencontre, dans le cadre d'une de ses présentations magistrales destinées aux professionnels, un homme passionné, libre et attirant. On pourrait penser que je brosse le portrait de Florian Vergnes, mais il n'en est rien. Florian et Claire se connaissent déjà depuis longtemps et si l'un est amoureux, la femme ne l'est pas du tout, malgré ce qu'elle dit. Elle se moque de lui, fait semblant et ne l'utilise que pour lisser une attitude a fortiori trop rigide. Non, il s'agit de tout autre chose. Florian prend d'ailleurs ses distances, car il comprend que les agissements qui se trament derrière son dos ne sont pas de nature à le rassurer. Il se souvient des premières années et de sa rencontre avec Deboschères lors de son arrivée à Luminy en 2005. Il se remémore les regards échangés, un jour de septembre 2006, avec Claire et ce balbutiement d'amour qui restera lettre morte. Il se rappelle, plus encore, son intégration dans le projet PERFECTION en cours d'organisation. Dans le secret des dieux, le croit-il, il croise alors régulièrement Bouathong, l'étalon parfait parmi d'autres, dont il ignore tout. Il saisit vite qu'il porte une grande part de responsabilité dans ce qui se trame, mais ferme les yeux. Et plus son libre arbitre et sa justesse morale se voilent, plus l'acceptation devient évidente, mais encombrante. Il prend finalement l'habit du lâche puisqu'il en faut toujours un.

J'interviens encore, peu convaincu et lorgnant sur la liasse.

— Bon, un enfoiré. D'accord, un de plus. Mais, franchement, je ne vois pas où vous voulez en venir.

— Attendez ! Vous allez comprendre. Florian courbe donc l'échine et se dissimule autant qu'il peut derrière l'imposante et embarrassante silhouette de sa gracile copine, mais il ne faut pas pousser le bouchon trop loin. Deboschères est l'un des premiers à exprimer des réserves sur le projet. Empêtré dans de multiples petites affaires insalubres, il avoue avoir du mal à sortir la tête de l'eau et craint de ne pas pouvoir poursuivre longtemps dans cette voie. Ça tombe bien. Claire est enceinte. L'enfant à venir offre enfin à chacun l'occasion d'agir en fonction de ses moyens et les trois hommes se mettent d'accord pour serrer la main du nocher[1]. Une chose est alors importante à saisir, ils ne font pas cela de gaieté de cœur, mais ils comprennent que le projet qui anime Claire

1 Nocher ; pilote, homme chargé de conduire une embarcation

Maccadi et Hans Köhler propose un cheminement strictement odieux. Ils passent aux actes, le soir du 5 novembre 2012. L'histoire ne dit pas, en revanche, ce qu'il s'est vraiment passé cette nuit-là. On devine des hésitations, une dispute même entre les trois hommes, avec finalement l'accident bête, le coup qui part. Et Bouathong responsable.

— Et ensuite, pour lui et Deboschères ?

— C'est le fameux coup de foudre qui les a tués. J'y viens. C'est lui le seul responsable de ces horreurs. Présenté de la sorte, le trait ressort grossier, mais comprenons-nous bien, chacun des trois hommes avait une raison de faire du mal à Claire. Deboschères, je vous l'ai dit, ne retrouvait pas ses billes. L'argent et les protections promis restaient sans lendemain. Bouathong ne supportait plus cette hideuse manipulation qui l'exposait, à son goût, plus que les autres. Il tremblait moralement de devoir un jour s'expliquer devant un jury d'assises et pire encore. Enfin, Florian était le cocu de la bande. Mais d'abord, dissipons une idée que l'on est arrivés à se coller au front et qui demeure complètement fausse. Le type se moquait des étudiantes à qui l'équipe volait l'innocence. Il se moquait plus encore des expérimentations d'optimisation en cours. Il voulait seulement se venger et tuer cet enfant à naître pour une unique raison : ce n'était pas le sien.

— Tout ça pour ça, alors, hein ? Une petite coucherie comme nombre de gens en font. Et quel nom porte l'heureux père ?

— Monsieur Camaert, je vous demande maintenant de réfléchir un peu et d'élargir votre esprit critique. D'après vous, qui peut être, comme vous le dites si bien, l'heureux père ?

Je plisse les paupières, les cils en abat-jour et respire amplement. Je songe à la jeune femme. Elle a minimisé sa responsabilité en oubliant que, parfois, les hommes sont prêts à tout pour conquérir l'être aimé, mais le jeu en vaut-il la chandelle ? Quand bien même cette femme devient magnifique seulement à leurs yeux résolument aveugles. Faut-il donc proposer un visage plus fou que son voisin pour arriver à ses fins ? Je me surprends à trembler à la juste évocation que mon imagination appelle de ses vœux.

— Je me trouvais, au début, dans le même état que vous, mais pour conclure, je me suis rendu à l'évidence. Je n'avais pas le choix des réponses aux questions qui s'imposait. En effet, quel homme, en raison de sa fonction, peut obtenir ses entrées dans n'importe quel lieu ? Quel type est capable de conduire une enquête en toute discrétion dans le seul but également de se venger ? Parce qu'il ne s'agit finalement que de cela, le châtiment vil et malsain, odieux et ignoble. Il faut enfin saisir une dernière chose, Claire n'a grand Dieu jamais connu l'amour. L'individu rencontré au cours d'un colloque en avril 2010 devient, à ce titre, providentiel. Il lui donne l'occasion de s'égarer dans des sentiments passionnels qu'elle ne pensait jamais aborder avec une telle résilience. L'agression et l'accident viennent briser l'élan pulsionnel des cœurs et des corps. Que croyez-vous qu'il puisse arriver de la part d'un homme que l'on connaît pour sa fougue ? Peut-être sa folie !

Derrière la fenêtre du bureau, la nuit broie lentement et consciencieusement les sages qui se terrent, effrayés, au cœur de la fourmilière ennemie. Personne ne se pointera pour frapper aux portes, à ce compte-là, si devant elles, on jette le bon pour ne garder que le mauvais. Ce dernier n'offre de fortune à personne et pourtant, chacun songe que l'égoïsme prévaut et qu'il convient de mal faire en toute circonstance. J'exagère, mais tellement peu. Un sacré gâchis.

Je hausse les épaules et finis par briser le silence.

— Pensez-vous qu'il était au courant des recherches de Claire ?

— Lisez les courriels. Pour ma part, je pense qu'il fermait les yeux. Vous savez ce qu'on dit, l'amour rend aveugle. La vengeance aussi, répond le commissaire.

Je me penche enfin sur les feuilles que je tiens toujours dans la main droite et acquiesce.

— Quand a-t-il appris la vérité ?

— Très récemment, à cause de madame Batifèmbé. Cela explique les rebondissements de ces derniers mois et l'implication de la femme. Il voyait en elle le parfait pigeon et la maîtresse dépourvue de cervelle.

— Et pour Médrano ? C'est, je suppose, la déposition classée sans suite qui l'a conduit à commettre l'irréparable ?

— Oui. Enfin, il n'avait, à mon avis, aucune intention de le tuer. Les deux hommes ne se connaissaient pas. Il voulait surtout éviter d'attirer l'attention sur Claire Maccadi et donc sur lui.

— Et Rosecki ?

— Il représentait apparemment son bras armé. Je pense que les deux hommes se contactaient par courrier. On ignore beaucoup de choses sur l'homme, un barbare passé par l'école yougoslave. Ils ont dû se rencontrer au cours d'une enquête et le mercenaire devait avoir une dette de sang envers lui. De celles qui vous font commettre des horreurs. On ne le saura jamais. C'est sûrement Rosecki qui a eu l'idée, par excès de zèle, de maquiller les meurtres de la pire des manières. Je vous dis, un taré. Madame Batifèmbé, sans le savoir, a donc eu gain de cause et obtenu sa vengeance. Je peux effectivement regretter aujourd'hui qu'elle ne soit pas avec nous pour tout de même se réjouir.

— En parlant d'Absalou, justement. Qu'est-il advenu des disques durs qu'elle convoitait tant pour le compte du laboratoire avec un gros chèque à la clé ?

— Hum, les disques. Ils sont irrécupérables et partis avec l'eau du bain. Bon, monsieur Camaert ! Je veux être clair avec vous. Aujourd'hui, une nouvelle enquête commence. Elle va être longue et pénible, car elle concerne l'implication ou pas de *PharmaGène* dans toutes les odieuses manipulations que nous venons de découvrir. Si pour vous, elles sont évidentes, rien, pour le moment, ne nous permet de l'affirmer. Elle va donc coûter cher aux contribuables, car elle va faire appel à un collège d'experts scientifiques qui devra, sur le chantier de nos investigations, compiler et analyser les données recueillies afin d'offrir aux juges la possibilité de délivrer un verdict. Pas évident. Alors franchement, maintenant, je serais à votre place, j'arrêterais de me tourmenter. Il est tard. Vous ne pensez pas que vous avez droit aussi au repos. Je vous invite. Qu'en dites-vous ?

— Non, merci, sincèrement. Je... Je crois que je vais rentrer. Vous avez raison. Je n'ai plus ma place dans ce cirque et je suis crevé... Les papiers ?

— Oh, gardez-les. Je suis convaincu que vous en ferez bon usage.

Je grimace un assentiment maladroit et jette un dernier regard sur les feuilles avant de m'éclipser. Au bas de l'une d'entre elles, cinq mots bien innocents m'interpellent : « Ton amour à jamais, David. »

Épilogue

Jeudi 18 mars

La nuit n'a pas apaisé mes tourments d'adolescent.

Ce matin, enfermé dans mon bureau, devant l'ordinateur, je commence à taper quelques mots, mais le fond d'écran ne me propose qu'un paysage morose et cendreux sur lequel les lettres ne s'accrochent pas. Pour qu'elles se fixent durablement, il faudrait aborder l'histoire avec l'œil de l'expert indépendant et détaché de l'insalubrité sentimentale ambiante. Je suis loin d'acquérir une telle sagesse.

Comprendre l'émotion amoureuse et la circonscrire dans les frontières d'un territoire normalisé maintes fois exploré n'est pas chose aisée lorsque chacun n'y met pas du sien. Absalou a aimé probablement passionnément, mais l'approche demeurait pulsionnelle et désinvolte. Elle possédait assez d'atouts pour que la violence de ses sentiments outrepasse toutes les bornes admises par la correction. Mais ceux-ci n'étaient pas de nature à perdurer. Ils représentaient une confortable couverture derrière laquelle la jeune femme pouvait, à loisir, s'enrichir et tirer les ficelles.

Je ne suis pas convaincu par le contenu des dernières lignes. Je ne suis pas un pantin. Excédé par l'absence d'inspiration, je rejette mon corps en arrière contre le dossier du fauteuil. Je touche machinalement ma joue à l'endroit des fines blessures et soupire. J'ai dû ce matin m'expliquer sur l'origine de ces entailles que le temps déjà absorbe. Je m'y suis employé en collant au mensonge une douceur indicible et naïve. Mon cœur s'emballe encore à l'évocation de cette tromperie que pas une raison n'invite à formuler. J'avale difficilement ma salive et poursuis ma thérapie maladroite de résilience.

J'ai toujours tenu David Buttafoghi en haute estime. Cette attitude respectueuse a pris ses aises cinq ans auparavant alors que je devais m'expliquer sur l'existence d'un cadavre déjà trop encombrant. Elle s'est ensuite posée avec plus de conviction au fur et à mesure que s'étalait au grand jour le souvenir persistant de l'être cher trop tôt disparu en la personne de Mélodie Chastaing, mon ex-copine et officier de police. David possédait la passion chevillée au corps. Pour cette raison, il ne ressemblait en rien à Absalou qui ne vivotait que de passades sexuelles. Lui exigeait la grande et belle histoire. Son être entier frémissait à la seule perception d'une aventure exceptionnelle, durable, envahissante et en marge de la bienséance. Il n'avait donc que faire des diktats consciencieusement épelés par des exégètes policés. Pauvre David. Romantique sans l'être.

Je frappe fébrilement sur le clavier. À défaut d'exprimer le fond de ma pensée, je prends à témoin l'instrument en lui demandant de m'introniser confesseur pour la bonne cause. En tout cas, je le souhaiterais. Je tente de formuler de nouveau quelques idées, mais celles-ci butent encore sur un monument d'incompréhension trop raide pour être gravi seul : Claire.

La femme aussi brillante qu'indomptable ne pouvait que séduire le lieutenant en quête d'aventure. Sa folie produisait un son que l'oreille de David a très vite adopté. Bien sûr, comment aurait-il pu en être différemment alors que l'un et l'autre possédaient la même attirance pour les interdits et les mêmes envies de reculer leur seuil de tolérance physique et morale ? Je ne parle pas de souffrance au sens strict du terme, plutôt de dépassements corporels inavouables pour l'homme et innommables pour la scientifique. Mais l'altérité s'exprimait aussi sur un terrain que le policier ne connaissait pas. Évidemment puisque Claire, cachottière, tenait les manettes. Dans cette optique, elle n'avait que faire d'un Florian. Elle désirait un homme obéissant, malléable à l'envi, pleinement soumis, mais surtout puissant, le cas échéant. David, le policier, portait l'habit de l'individu providentiel.

En fin de compte, tout divisait Florian et le flic. L'un retenait une couardise pitoyable tandis que l'autre proposait une vaillance exemplaire, mais aveugle dans la difficulté. Les deux sont morts pour des causes perdues bien différentes. Léopold s'aperçoit que cette opposition peut également s'appliquer à Claire et à Briet. La blouse blanche : indomptable et inexpiable créatrice rugueuse et démoniaque. La Danoise : impétueuse fanfaronne parfois angélique, parfois diablesse, mais toujours heureuse quoi qu'il arrive. Les deux sont belles, merveilleuses même, mais chacune libère un parfum distinct. Les contours de bras semblent identiques et pourtant, ils ne renferment pas le même attachement. Dans l'un, on sombre, emprisonné et empoisonné. Dans l'autre, on s'épanouit, bercé à tout jamais.

Je m'égare, le regard fixé sur le gris neutre de l'écran. Coupable, je me surprends à imaginer des images confuses et brouillonnes que l'encre rouge passion de l'érotisme envahirait ostensiblement. Je reconnais volontiers quelques faiblesses, mais sont-elles sages ?

— Merde !

En guise de réponse, je me voile le visage d'une main, le pouce et le majeur appuyant sur chaque tempe dans l'espoir de retrouver une certaine forme de plénitude depuis peu fourvoyée. Mon cœur bouillonne, enserré dans les mâchoires d'un étau dont je connais la force et l'inéluctable puissance pour les avoir déjà testées. Dans la foulée, je referme brutalement l'ordinateur portable avec la volonté de me cacher la vérité. En vain.

— Putain, merde !

— Léopold, ça va ? Je t'entends gueuler du bout de la pièce, s'inquiète Briet, la tête passée dans l'entrebâillement de la porte du bureau.

— Je... Oui, oui, ça va. C'est seulement que...

— Tu sais, tu devrais maintenant te reposer et ne plus penser à cette histoire. C'est difficile pour tout le monde. Ça le sera plus encore pour Fabien et Grégory, maintenant que les gendarmes l'on attrapé. Tu penses à ces gosses ? Ils n'ont plus rien. Seulement un passé de merde. Quant à leur avenir, n'en parlons pas. Donc ton rapport peut attendre. Ce n'est pas comme s'il était indispensable. Et puis, on a du travail en retard.

Je la regarde, l'air coupable de celui qui est pris sur le fait.

— Non, ce n'est pas ce que tu crois. Je suis conscient de tout ça. Je souhaitais juste corriger des trucs, mais... j'ai l'esprit ailleurs.

— De quoi s'agit-il alors ? C'est en relation avec les griffures que tu as sur le visage, c'est ça ? Tu veux qu'on en parle ?

— Non, non.

Je rougis. La jeune femme patiente quelques secondes à l'entrée de la pièce puis va pour partir en haussant les épaules lorsque je l'interpelle.

— Non, attends, Briet. En fait, je...

— Bon, qu'as-tu, Léo, qui t'ennuie tant ?

— Je... Je crois que je t'aime.

— FIN —

Remerciements

Ce roman a représenté deux ans de travail. Cela n'aurait pas été possible sans l'aide inestimable de Pierre Perla, sa passion des mots et ses critiques sans concession dans lesquelles j'ai dû malgré tout faire des concessions. Je ne peux pas non plus oublier Jean Michel Dufour, Christine Faure et Philippe Brient, des lecteurs passionnés. Je vais vous étonner, mais ils n'ont pas forcément lu ce manuscrit. Le fait est qu'ils se sont penchés sur mon cas et m'ont ainsi permis de sortir de l'ombre malfaisante sous laquelle, blessé dans mon amour propre, je me recroquevillais. La maison d'édition a fait le reste, elle m'a donné quelques bons coups de pied aux fesses. Comment donc ne pas remercier Violaine Georgiadis, la directrice des éditions Alter Real et toute l'équipe pour leurs travaux précieux, professionnels et indispensables. Je finirai, vous vous en doutez, par la famille et par une question qui n'attend pas de réponse. Comment croire que tout ceci est possible sans l'aide naturelle et patiente d'Isabelle, ma moitié, le regard intéressé d'Éva et le silence reconnaissant de Tristan, mes enfants ? À eux, je dédie ce livre.

Avertissements

Je ne peux pas tirer un trait sur cette terrible histoire sans quelques aveux. J'ai, je l'avoue, fait mon apprenti sorcier en modifiant l'aspect géologique de quelques lieux rares afin que ceux-ci collent parfaitement à la situation du moment. Je tiens à m'en excuser auprès des puristes et randonneurs qui pourraient ne pas s'y retrouver. Quant aux personnages, ils n'existent que dans mon imagination et si une ressemblance s'avère possible, elle n'est que le fruit du pur hasard. Un grand merci pour l'accueil que vous ferez à ce thriller. N'hésitez pas à partager vos impressions sur les réseaux sociaux et sur les plates-formes de vente en ligne.

ZOOM sur l'auteur

Michel LECOCQ

Michel LECOCQ, technicien de laboratoire de profession, est un artiste photographe et romancier né à Saint-Dizier en 1969, accessoirement moniteur de plongée, breveté d'état.

Il a commencé à réaliser des images en 1998. Il a eu la chance de pouvoir exposer à maintes reprises au cours des années 2010 – 2020, une quarantaine d'expos en France et ailleurs, en Belgique, Suisse, Émirats arabes unis et Portugal. Il a créé, en janvier 2011, avec sa femme, Isabelle, le laboratoire d'impression fine-art « Tirage-Art » unique dans le Var. Enfin, certaines de ses images sont cotées sur la plate-forme internationale de l'art « Artprice » depuis novembre 2018.

Il se consacre aujourd'hui davantage à l'écriture avec la reprise actuelle de son premier roman jamais édité, terminé en 2015 et la réalisation d'une seconde œuvre, « Orvide », sortie en février 2019. Des thrillers, ou plutôt, comme il aime à le dire, des romans noirs. En effet, il aime à sonder l'âme humaine. Son écriture s'inspire bien souvent de l'actualité, grande ou petite, et surtout de l'Histoire. Elles représentent les fondations. À lui ensuite de voir où le conduit son inspiration lorsqu'il énonce la règle, point de départ de toute fiction : « Et si ... »

Vous aimerez aussi :

Mise en page : Le Cercle digital
Illustration : Fleurine Rétoré

www.editions-alter-real.com

ISBN numérique : 978-2-37812-403-8
ISBN papier : 978-2-37812-404-5

Dépôt légal : septembre 2021
Imprimé en France.

ALTER REAL (SARL PROVEXIM) bénéficie du soutien de la Région Centre-Val de Loire, de l'État (DRAC Centre-Val de Loire) et de Ciclic dans le cadre de l'aide aux entreprises d'édition imprimée ou numérique.

Lightning Source UK Ltd.
Milton Keynes UK
UKHW020826250921
4371UKFR00011B/417

9 782378 124045